自 然 旅 人

威尔特郡的
乡野生灵

Wild life in a
southern country

[英] 理查德·杰弗里斯 著

石梅芳 赵永欣 译

天津出版传媒集团
百花文艺出版社

图书在版编目（ＣＩＰ）数据

威尔特郡的乡野生灵 /（英）理查德·杰弗里斯
(Richard Jefferies) 著；石梅芳，赵永欣译. -- 天津:
百花文艺出版社，2016.10
 ISBN 978-7-5306-7060-6

Ⅰ.①威… Ⅱ.①理… ②石… ③赵… Ⅲ.①散文集
–英国–近代 Ⅳ.①I561.64

中国版本图书馆 CIP 数据核字(2016)第 193970 号

责任编辑:张 雪 **封面设计:**郭亚红

出版人:李勃洋
出版发行:百花文艺出版社
地址:天津市和平区西康路 35 号 **邮编:**300051
电话传真:+86-22-23332651（发行部）
 +86-22-23332656（总编室）
 +86-22-23332478（邮购部）
主页:http://www.baihuawenyi.com
印刷:天津金彩美术印刷有限公司
开本:880×1230 毫米 1/32
字数:200 千字 **图数:**56 幅 **插页:**34 页
印张:10.125
版次:2016 年 10 月第 1 版
印次:2016 年 10 月第 1 次印刷
定价:45.00元

这里是做梦的地方，

你可以带上一把椅子、一本书

来果园坐着——相比花园的座椅，

这里的蚊虫更少。

把一切关于时间的念头都放到一边吧……

当我们竭尽全力从时间

中榨取最大的价值时，

它反倒从我们手中溜走了，

就像狗贪婪地追逐影子，最终却什么也得不到。

现在就尽情地幻想吧，

苹果、李子、核桃和欧洲榛

都在你伸手可及的地方。

目 录

前　言

在这个国家里,文明的边界限依然存在,自然的边疆距离伟大的文明中心地带并不遥远。在鸟兽得以留存的地方,现代化进程对它们的生活习性几乎没有产生什么影响。因此,虽然大城市里面房屋鳞次栉比,夜莺每年仍要返回它原先的驻地。从城市走出去不过数小时的路程,再跨过大路——汽犁的车轮在尘土中留下了宽大的印迹——向灌木、矮林和小溪放眼望去,自然之子正在原野中无拘无束地生长,与远古时期英格兰蛮荒之地的自由生活并无二致。农夫的情况从某种程度来说也是如此:古老的生活方式和风俗习惯依然得以留存,他们雄浑宽广的语音似乎还在与那早已逝去的久远年代相应和。

不过,对于想要记录下自己所见所闻的探险者而言,还要面对这样一个难题:自然既不是什么可以被切开、晾干、拿在手上把玩的标本,也不能轻易地进行分类,因为研究对象之间紧密相连。比如,就研究燕八哥这样常见鸟类的生活方式来说,你无法将其与农舍分开,因为它在茅草屋顶上交配繁殖;你无法将其与白嘴鸦群分开,因为二者总是聚集一处;你也无法将其与温顺的绵羊分开,因为它时常落在羊背上。由于不同研究对象之间的联系异常紧密，为了方便，最好的方式也许是根据它们喜欢驻留的地点进行划分，并尽可能按照它们通常造访的区域进行分类。

于是，本书的章节基本按照该地区的海拔高度进行了安排。我们从最高处开始，以坐落在丘陵上的一个古代战壕为起点，首先探索了高原地带。接着来到山下的一处泉源，然后追踪其流向，随之来到低地的农舍和村庄。再向远处去，溪流渐渐变成一条宽阔的小河，流经一片孤零零矗立着一座农庄的草地。房子、花园和果园吸引了各种不同的鸟类和动物前来拜访。在田地附近——在大树篱和矮林丛中——还有为数众多的鸟兽，我们还会对森林进行探索，接着回到作为中心的农场，考察鸦群的栖息地以及树篱中的居民的生活方式与习性。最后我们对小溪和湖中的鱼类和野生水禽进行考察，在山谷中结束整个行程。

理查德·杰弗里斯
科亚提农场，1879

第 1 章
山　丘

　　如果你漫步田野，会发现在视野最开阔的山丘之上有古时构筑的工事——荒草覆盖的堤坝和条条战壕，此处视野极佳，可将山地与平原尽收眼底。绿色壕沟内坡的倾斜角度适合躺卧，头部正好可以没入边缘，得以避开夏日骄阳。听着外面传来细微的声响，就如梦中听到的海浪发出的噬噬声，渐渐隐去又悄悄回荡，那是清新的风浪穿过花梗和干草的声音。蜜蜂发出欢乐的嗡嗡声，它们热爱群山，满载金色的收成疾飞而过。空气中弥漫着令人迷醉的温暖香气，混合着野生百里香散发的甜蜜气息。壕沟下沉处，背面就是高耸陡峭的壁垒，两只蝴蝶正在峰顶上盘旋飞舞，飘忽不定。你只需稍稍抬头，就会有清凉的微风轻拂面颊，只有这里凉爽宜人，阳光照耀下的平地上则是暑热难消。

　　此时一片小小的黑影飞速划过——那是一只鹞鹰低低飞过山坡投下的影子。它绕山盘旋一阵，便冲向高空，半路上又折返回来，在休耕的田地上盘旋，那里有一个小小的干草堆。它挥动翅膀,向下击打空气,然后轻巧地后转,尾巴收缩,消除了倾斜,使它得以向前滑翔片刻。它不时地滑翔保持平衡,又不时将自己带起来几码,沿曲线转弯以便绕着草堆盘旋。它若窥见佳肴,便如石头般坠落,突然降到很低的位置——普通鸟类极少拥有这种力量。大多数鸟儿都要逐渐接近地面,它们在飞行中缓缓地向地面倾斜,角度时刻递减直到几乎与地面平行才会落脚,收起翅膀,安全地在草地上降落,随后挺直身体。那时,它们的原始冲力已经消失,不会受到任何中止动作的冲击。而鹞鹰却与此相反,它们看起来几乎是垂直下降的。

云雀也如此,常常从高处非常敏捷地降落,和别的鸟相比,它一副落地就会粉身碎骨的架势。但是在离地面几码的时候,它的翅膀会向外张开,在落地前先滑行一段距离。后一个动作让人很难说云雀究竟是在何处落地的。它们看起来就像沙锥鸟一样直直地坠入了小溪的一角,你唯一能肯定的就是那一连串的俯冲发生的准确位置;但是在你到那之前,沙锥鸟就在你的脚下呼啦啦地向上飞去了,比你预想的要近十码或十五码,这时云雀已经在河岸藏身,紧贴着水面飞走了,踪影全无。

有时,云雀一飞冲天之后又向下飞,接连下降一两次,大概有五十英尺吧,它们的翅膀开始重新派上用场,平行地朝某个方向飞上一段距离,以此来控制速度。这样的动作重复两三次后,它就会安全着地。若要飞到高处去歌唱,它常先在空中盘

威尔特郡的乡野生灵

旋，飞行一两圈；然后，看似已经升至想飞的高度了，它却猛地直插云霄，几乎垂直向上连飞几个高度——不时地停下积蓄力量，接着直冲高空，成为天空中的一个小黑点。若是十来只云雀同时放声歌唱，它们全都小弧度地盘旋着飞翔——这在春天的丘陵草地很常见——那活泼动听的音符魅力可要大得多，因为一只鸟孤独吟唱时，那甜美的音乐很容易消失在头顶碧蓝的天空之中。

在这期间，云雀连续进食的时间似乎只有短短几分钟，就像是无法控制的冲动促使它们猛然冲向天空高歌一曲，再返回地面，如此循环往复长达几个小时。它们也会飞到距离地面六码或八码高处，伸展翅膀使身体保持平衡，慢慢向前飞，同时一直柔和地低声吟唱。云雀似乎格外关注路边的草地，它们不停地从耕地飞过，落脚之后马上又起身往回飞。早春是它们交配的最好季节，玉米地里，嫩嫩的叶片刚刚露头，就成了有趣的竞争场所。放眼望去，好像遍地都是云雀——它们叽叽喳喳、来来回回地相互追逐着，一会儿紧贴着地面飞行，一会儿又不停地落脚又起飞。耀眼的阳光、温暖的南风带来了这些欢乐的小生灵。云雀的颜色与山丘的棕色泥土十分接近，哪怕只隔上几步远，你也难以看清楚泥土地上的云雀。有些云雀好像总爱待在草地上，不过大部分都更爱造访耕地，尤其是山地斜坡上的玉米地里，云雀的数量可与别的鸟儿相匹敌，甚至数量可能还要

山丘

多一些。

乍看起来，燕八哥的数量好像更多，其实这是因为它们习惯一群一群地聚在一起，有时候铺天盖地的一大群飞过来，落脚之处黑压压一片。不过，你若是在丘陵上走一天，仍然会发现到处都是云雀。所以尽管四处分散在相距很远的地方，它们的数量却与燕八哥差不多，甚至还要多一些，后者只是让人感觉很多而已。这里的燕八哥胆子可不小，几乎不受一丁点干扰：你可以靠得很近，仔细观察它的每一个动作，只有在想唱歌的时候它们才会起飞。它们好像从不知道到底在何处落脚——就好像它们特别焦虑，非要精挑细选，找到一块自己最满意的泥块为止。

很多其他种类的鸟儿也表现出类似的特性：它们通常不会在第一根树枝上停留，而是犹豫不决，会挑剔地放弃自己不太喜欢的树枝。在找到喜欢的灌木丛之前，画眉鸟会沿着长长的树篱一直盘旋飞行，要经过多次巡视后才决定在哪里落脚。啄木鸟会径直飞向一棵树，再放慢飞行速度，一副精挑细选的神气，然后突然飞到了半里之外，事先没有露出一点迹象。你本来发誓已看到鹬鸪几乎要在树篱上落脚了，结果就在落脚前的一刹那，它却又转了个九十度的直角，飞到五十码外的地方去了。

在观看鸟类的运动之后，我感觉鸟儿真是太灵活了——它们身上涌动着无穷的生命力，只有在受到惊吓时才有所遏制。

除了偶然的一两次以外，它们从来没有表现出丝毫想要节省气力的念头——它们不会在起飞之前一次把地上的食物吃光，而是飞快地啄食几口就飞走了。又或者，它们在树上警觉地查看某根树枝的每处裂纹和每道裂缝，却又留下另外五十根树枝不查不看，飞到几百码之外的另一棵树上去了。燕八哥啄食的时候，的确会在地上彼此竞争——好像相互嫉妒，看谁能争得第一；不过，它们又会一大群呼啦啦地飞走，完全不像刚才看上去的那样。然后，它们又飞出一段距离，飞到田地的另一边。每只燕八哥看上去都是一副很不服气的样子，想要争个高低——急切地想要超过同伴，多吃上一两口，结果却错过了本来能发现的更多的食物。它们就像城里人一样喜欢群居，彼此紧张焦虑不已——冲冲撞撞、吵吵闹闹。云雀要安静得多，即使在它们特别兴奋的时候，也总是沉着安静，不会和同伴们推推搡搡。

看，刚刚一闪而过，几乎消失不见的鹞鹰又盘旋着回来了，从不远处再次擦肩而过。这是鹞鹰常见的习惯，拍打着翅膀绕着大圈子飞行。它被微风吹拂着，飞行线路有些倾斜，有那么一瞬间它好像是用一侧翅膀拍打飞翔，就像滑冰的人在外侧用力滑行一样。

山上到处都是土垒，在封闭的空间里长着一丛野草，羊群不会来这里吃草，因此绿茵如毡。野兔就把这里作为窝的入口，它们肯定得有什么诀窍才能爬进自己的洞穴，因为这里很多草叶长而弯曲,纵横交错,兔子肯定不是猛然冲进洞里,因为它们的个头太大体重太重,足以压倒这片草丛。若是有路人惊扰,除非有狗,否则兔子会悠闲自如地走开,显然是觉得凭双腿绝对能保证自己的安全。跑出去大约一百码之后,它会蹲在那里查看不速之客。野兔的"奔跑范围"要比家兔宽得多,路线也笔直得多——家兔从来不离家乱逛到远处,它的路线就是穿过草地到另一侧的树篱,不会再远了。野兔的路线可能会翻山越岭,不过随着路越长,野兔的数量也越少。家兔能把自己"奔跑"过的地方形成一个极好的网络,好像总是按照固定路线觅食;而野兔显然是走到哪就吃到哪,不怎么参考"路线",只是简单地抄近路从一个地方跑到另一个地方。有时候,你可能还会看到野兔在小径上与相熟的女士月下漫步。

看着这样的两只小家伙相互撞击挺有意思的;它们都是用后腿站立(后腿很长),和人们教狗学乞求的动作一样,然后用前腿相互攻击,很像拳击,只是每一次击打不是落在肩膀上,而是更向下一些。在很远的地方都能听到它们相互击打所发出的"嘚嘚"声。它们就像一对跳华尔兹的舞伴,一圈一圈地转着;一会儿这只失利让步,一会儿那只失败后退,它们的前腿始终不停地飞快出击,速度惊人。它们偶尔停下来——只是为了喘口气而已,"时间"一到,立马精力旺盛地投入工作,一圈一圈地跳个没完,驻足观看的人都会莞尔一笑。这个动作会一直持续,直到让你看得不耐烦。

在山上也有这样的洞穴,深度不超过一码,水平地进入山坡之中,据说这是野兔一时兴起打的洞,并非真打算作掩体之用的。不过,野兔不像大多数的野生动物那么喜欢潮湿;而鸟儿正相反,潮湿的地方正好合适,那里能找到大量的蚯蚓、蠕虫。尽管野兔喜欢四处游荡,它总是返回固定的洞穴,如果不受干扰,则会每天在洞里待上很久,到了夜晚才跑到几英里外的地方逛逛。如果遇到狗在后面紧追不舍,它能纵身一跃,姿态优美地跳过宽阔的溪流,不过它通常还是宁愿从桥上过河。到了傍晚,夜色渐深时,你若站在壕沟处向远处观望,可能会发现这些小家伙偷偷地溜进坡下的一片玉米地,先是一只,然后两只、五只、六只——在朦胧黯淡的光线中,它们显得比实际体积大多了,就好像是突然出现在视野之中的。耕地由田埂划分为一块块的田地,野兔擅长沿着低矮的田埂走,神不知鬼不觉地溜进玉米地,所以一直等它们出现在空旷地,你才会发现它们的影子。

蹲在耕过的田地里,想要找出一只野兔可不是件容易的事,它的颜色与泥土融为一体,未经训练的眼睛看不到野兔。带枪的老手可不会随便就沿着耕犁的沟壑走过去,他们总要本能地查看正常的犁沟是不是被藏着的什么东西破坏掉了。农夫通常会格外注意大路两边的犁沟,因此路基附近的垄沟都是笔直的。他们干出来的活就像是用尺子比着干出来的,具有透视画

山
丘

法的效果。顺着垄沟看去，就在拐弯的地方，可以看到微微的闪光。犁头沉重，力道十足，边翻开泥土边平整地面，不一会儿就为土地整出另一副"面孔"，潮湿的地方还反射着光线。你若见到农夫驾马车去市场，你会发现他们的眼光不时扫过垄沟，查看自己的技艺，也搜寻着猎物；如果他们发现一只野兔，就会勒住缰绳，伸出手指指点点，你从远处就能判断。

鹧鸪一听到车轮响或脚步声就害怕地缩成一团，不过它们一缩身，棕色的背部就变得圆滚滚的，这可骗不过对土堆崎岖的形状了如指掌的人。从高处可以轻而易举地发现野兔和家兔，如果你在高处一直静悄悄地不出声，它们几乎不会发现你的存在。它们警觉地四处查看，不过永远想不到要向上看，除非有什么非同寻常的声响引起它们的注意。

从山上的峭壁向远处眺望，越过堡垒，看，远处的狭窄谷地上有一群羊在吃草——即使距离羊吃草的地方这么远，你也能分辨，因为羊群四处游荡，星星点点地散落在地上，它们习惯在被驱赶时成群跑动。再往远处走走，慢慢地登上另一处山地，可以看到另一群羊被驱赶着聚集在一起，朝着山脊上行，就像一层浓厚的白雾，缓缓地向山坡上移动。

就在犁沟之外不远处，几乎还在耕田范围内，有一个小小的白色的东西，半被野草遮挡着。这是一只野兔的颅骨，经过风吹日晒，露水漂洗之后变得发白了。它的躯干早已消失不见，只

威尔特郡的乡野生灵

剩下头骨的轮廓,在外界的摩擦和冲刷下光滑异常,隐隐暗示着它的一生。把它拿在手里,投下的阴影染黑了原本长着忧伤双眼的空腔,这双眼睛曾在此处的山巅观望山下覆盖着甜苜蓿的旷野。狩猎的动物和游荡的野狗带走了它的骨头,丢得四处分散了。乌鸦和蚂蚁无疑也曾共享了这顿美餐。也许是被猎枪所伤却暂时得以逃脱,也许是慢性疾病的消耗使之无力觅食,它最终倒地毙命;又或许是某个狡猾的敌人爬进它的洞穴袭击了它。

这些动物在有生之年还是尽享其欢乐的——的确,几乎所有的动物和鸟类都生活在自由王国里。你可以从它们的每一个动作里发现这一点:野兔灵活敏捷,家兔轻快跳跃,云雀和燕雀放声高歌;山楂树上的鸽子发出温柔、可爱的咕咕声;画眉站在围栏上扑棱着翅膀。生命的迹象——可视、可感的意识——在它们身上表现得淋漓尽致,这本身就是一种完美无缺的快乐。它们的食欲似乎永远很好:它们冲向大地母亲在四处准备的盛宴,尽享美餐,就是卢库勒斯的盛宴也无法与之媲美。它们优雅地啜饮小溪之水,就好像这是最美的酒。春季里观察鸟儿,看那一对对情侣在枝头欢腾跳跃,好像不知道如何才能表达自己极致的幸福。野兔的欢乐表现在肢体的灵活轻快:它用鼻子嗅着空气,肌肉强健,走起路来泥土四溅;它像离弦的箭一样冲上陡峭的山坡,而我们上山则要缓行慢爬,喘喘歇歇。燕子展开翅膀,在空中飞翔飘舞，接着猛然向下疾飞，借力又能轻而易举地向上飞行。因此，就在此时此地，躺在手掌上的这个轻飘飘的颅骨——灿烂的阳光照耀其上，眼窝处空洞的轮廓投射的黑暗阴影——让我们感到悲伤。"恰如落叶覆于落叶之上，人也要代代死亡"，对于这些生命如此短暂的生物而言，这句话是多么贴切啊。

如果我们在堡垒所在的山坡上仔细观察这里的草，就能看见一队忙碌的昆虫正起劲地急匆匆来回穿梭。要穿越这么一大丛绿色的草叶、地衣、石楠的丛林，再穿过茂密的百里香花丛，它们肯定觉得辛苦异常。但高高的雪松才是最难穿过的，它们乱糟糟地四处伸展着，枝叶纵横交错，根本没有路可供通过丛林。看着一只蚂蚁耐心地前行，我以一株高大的花梗为标志，标出了它跋涉的路程。

蚂蚁先爬上去年秋天残存的一株干枯的白色草梗，从上面又向下爬到一片蓟草叶子上，在上面团团转，再顺着弯弯的叶片爬到了盘根错节，漆黑一片的根部。过了好一会儿，它又爬上了一段枯草的须根上。这些须根颜色棕黄，早已枯萎了，被羊践踏却没有被吃掉：它们像在地面凹陷处架起的一座桥——这是在草皮潮湿柔软的时候，一匹马四处践踏留下的马蹄印。尽管不算重，蚂蚁在走过一半的时候还是压弯了须根；它一下就掉进了凹洞里。但它并不害怕，稳稳神后，便开始顺着陡峭的边缘上爬，又回了丛林之中。它爬上一片宽大的叶子，本以为有开阔

威尔特郡的乡野生灵

地,结果却发现这里更加杂乱,要想通过,势必困难重重。所以这位长途跋涉的旅人努力想从下面通过,结果却只能绕行。接着,出现了一大片苔藓地衣,这比一大丛带刺的树篱还要糟糕——野蛮的国王们用树篱来保护自己的城市,抵御探险者,好让它们无处落脚,只能从上面掉下来再爬上去,反反复复二十余次,最后只好在背阴地里挖了一条地道通过。

接下来,有一束百里香横在通道上:过了很久蚂蚁都没露面,它钻到里面慢慢地寻找着路线,最后终于在登山杖所在的一片草叶上冒出头来。登山杖戳在地上,压弯了草丛,无意中给这位旅人开了一条巷子。按照直线距离,它要痛苦地穿越大概十英寸或十二英寸;当然,蚂蚁穿越此地实际要走三倍那么远的路,或者更多——此时,它正一会儿上,一会儿下,一会儿往回走,一会儿靠边儿走,寻找着往外的出路。

在这个漫长的夏日,蚂蚁从早到晚都在如此前进,我模模糊糊地对旅行产生了一些想法,若是以这样的表现,克服重重困难和险阻,即便是横跨非洲,横穿海洋,也算不上什么难事了。可是,蚂蚁是怎么在这弯弯曲曲像个迷宫似的通道里设法找到相对正确的行走路线的呢?即使路上到处是弯道和迷宫般的曲折,它也总能掌握前进的方向。看到前面较远的地方是根本不可能的——多数时候,它都看不到自己身体的两倍远。因此,它常常得一而再再而三地重新规划路线并且开掘新路——

山丘

若是人类以这种方式前进,哪怕身处英格兰的丛林,大多数人也会被搞糊涂的。

不过,要说观察能力,体型小的生物比那些更大的要强得多,小家伙在耕田的垄沟上一步一步稳稳当当地走进自己的洞,没有绕什么远。可以这么说,蚂蚁在观察力上,与人类的实践能力很相似,我曾经很多次对这种看似永远也不会犯错的本能进行过试验,结果发现这并非本能:蚂蚁肯定具备一种自我修正能力,这是一种特有的推理能力。在通常情况下,蚂蚁不能辨别自己经常往来的地方;我经常会走过花园的一条通道,在那常常看见有很多蚂蚁;它们从这边走到那边,本来能形成一条清晰可见的路线,可是它们永不停止的足迹早就把自己走过的通道破坏了;那里有一个小洞,一只只蚂蚁相继消失在洞里了。幸好这个花园没有被人利用,否则园主的长把扫帚就会把蚂蚁走出的"高速公路"一扫而光。看着一群一群的生命鱼贯而来,我觉得那似乎就像是一群人匆匆地走在著名的大街上,他们对周围的任何标记信息都不屑一顾,只是按照惯例,毫不犹豫地跟着队伍往前走。

一旦马路上的便道被毁掉了,人流就会疏散,跑到马路的另一侧,人们凭借经验找到一条最便捷的通道又开始行走。那么,假如蚂蚁的这条步行街被毁掉了,结果又如何呢?我用一枝木棍把蚂蚁的通道擦掉三英寸,盖上薄薄的一层土,又放上点

威尔特郡的乡野生灵

细砂子，做成平面。马上，一群蚂蚁一到这儿就停下来；最开始的蚂蚁停在原来是沟槽而现在是端头边缘的地方，它转过身和后面的蚂蚁用它们特有的方式激烈地说些什么；第三只蚂蚁来了，第四只、第五只来了——一会儿就聚集了一群蚂蚁。现在，这条路没有真正遮断——什么都挡不住它们会匆匆地越过这个地方，继续它们的行走。可是，它们为什么停下来呢？它们为什么马上左顾右盼地侦查起来呢？它们为什么要这边试试，那边探探呢？是不是因为原来熟悉的东西现在被推翻了？它们那种万无一失的本能是不是能帮助它们不费吹灰之力地越过这个三英寸大的空间呢？

　　几秒钟后，有一部分探险的蚂蚁走出了一条曲线，撞开了通道的另一头，消息马上就传开了，其余的蚂蚁几乎立刻就跟了上来。如果把一块小石子放在这条通道的另一端，对它们的行进会产生几乎同样的效果。蚂蚁洞的附近，垄沟边上，它们破坏了的通道路线已经看不清楚了——地面很硬，难以留下任何痕迹，也就没有什么沟纹，这时，蚂蚁也会经常犯错。有时，它们会走错了洞，进了一些它们讨厌的蠕虫留下的洞；短暂停留后，它们马上出来，又开始寻找，直到找到自己的洞，一头钻进去不出来了。对独居的昆虫来说，这种情况经常会发生；由此可见，蚂蚁的行动似乎具有试探性，它们注意在什么地方失败过，换个地方试试，直到成功。

第 *2* 章

干　旱

　　随着岁月轮回、季节更替,酷暑来临了。此时群山好像流淌着滚烫的血液,将动物赖以生存的绿色植物烘干殆尽,随后旱灾和饥荒也接踵而至——数天变为数周,数周延至累月,依然滴雨未落。烈日倾泻着光辉,随着夏季的推进,天气更显炎热。群山之上的天空湛蓝美丽,但对地上哀鸣的牲畜却毫无怜悯。微风从南面吹来,带来洁白的云朵,在高空漂流游荡。云与云之间的间隔,宛如湛蓝的湖水,又像缥缈的地中海被蒸腾的水汽分割环抱。

　　若从要塞观看那些云朵,会看到它们慢慢消散。碎片不时脱离大团的云,好似极地冰川的边沿从冰崖滑落入海,只不过它们没有声响。分离之后,碎片逐渐变得稀薄、透明,它们不断地向外伸展,边缘也变得参差不齐。这个过程看起来像飘在空中的一件纤尘不染的袍子,丝线随气流起伏旋转,逐渐消失,最终隐匿在大海的湛蓝之中。云团撕裂的现象通常被视作好天气即将到来的征兆。站在坡顶,你也许会注意到一朵孤云从地平线升起,慢慢地向我们漂浮过来,现在它又裂成了好几块;这些小块再次分裂,变成一团团参差不齐、形状不均的泡沫般的碎块。在升至天顶之前,这些碎块已经延展拉长了,云团彻底融解,碎块也就随之消失不见。这种淡淡的色彩,羊绒白与深蓝的对比,不断变化的形状,如微光透过轻纱的质地,那柔美而梦幻的流动,赋予了云朵别样的美丽。

不久,风由弱渐强,然而特点也随之变了。风吹个不停,刮过花梗丛发出的嗖嗖声不绝于耳。在山崖迎风而立,胸口顿生一种压迫感,必须得长长呼气才能顺畅地呼吸。其实这并非空气,只是流动的热浪罢了。它好像沙漠里吹过的西蒙沙暴,令人产生强烈的疲惫之感。最初,烟雾朦胧弥漫,远处的丘陵沟垄原本起伏的曲线变得柔和了,陡壁也显得平滑了。现在,一切都清楚起来,每道线条都变得清晰醒目,就好像大雨将至,只不过没有彼此相邻的错觉。

热风吹拂,雨却不至。天空开阔,万里无云,虽不够蓝,但色调硬朗。夜色清亮而温暖,你坐在草坪上直到午夜,可能也见不到露水,却依然能感受到热浪那使人慵懒、疲倦的力量。这种情形一直持续,随后热浪被清晨的浓雾取代。雾气氤氲,如同一件极为柔软的袍子覆在山丘上,沟沟渠渠都被填满了。随着白昼到来,雾又慢慢散去,一片晴朗,太阳仍像往常那样明亮地当空照耀。牧羊人说"晨雾带雨去",雨果然没有来。

干旱

有时，好兆头会自动出现。一团浓郁的蒸汽迎接落日，东方巨大的云团如山丘一般，正幻化出转瞬即逝的陡壁和洞穴，而雷电俨然暗藏其中，在静寂的夜里酝酿着、翻涌着。农夫把帆布摊开，盖住未及铺上屋顶的干草堆，思忖着今夜将至的大雨。但一直到早上，雨也没有来。我们这儿的气候往往变化无常，其独特之处在于，一旦天气变得非常确定——无论那是干旱还是湿润——所有变化的征兆就变得毫无价值，尽管在其他时候它可能是对的。

因此，炎热旷日持久，干旱日益加剧。田野边的"陆泉"早已消失不见，随着地下水存量的日渐减少，真正意义上的泉水日趋衰竭。山谷的草地干裂，巨大的缝隙宽阔幽深，若是把手杖伸进去，只有手柄能露出来。山上土地的表层变得坚硬，原本质感松软适宜步行的泥土也失去了弹性。草色惨淡，摸起来如同铁丝一般——草的汁液都已蒸干，余下的只有粗糙的纤维。连石灰石底下也毫无水分草木不生了。在烈日下，石灰石或碎石铺成的旁道和小径分外刺眼，刚翻过的田地上，遍布着燧石，它们好像都在辐散热量。本该一眼望去葱葱绿绿的一切，都显得枯黄灰暗，就连榆树叶也是如此。唯有小麦生长旺盛，修长而结实，这边是深浅不一的黄色，远处则一片赤褐、金黄，麦穗饱满结实，一眼望去显得丰饶而璀璨。此时，昆虫大量繁殖，各以自己的方式补充能量。蜘蛛们尽可能地忙碌起来，有些静坐蛛网

威尔特郡的乡野生灵

等候,还有些如猎狗一般在草丛中追赶猎物。

然而,在美丽的天穹和艳阳之下,让人心生怜悯的哀号哭诉着这漫长的一天——是羊群发出了颤抖的悲鸣,它们饲料匮乏,已渐渐失去体力。绿色的农作物难以生长,根也枯死了,结果就是草地长不出任何东西。数周之后,"物资"更加稀缺,食物也更加奢侈,事实上,饥荒已经出现。在所有的动物中,注视一头受饥饿折磨的羊最令人难以忍受,不单是因为其骨瘦如柴的轮廓,也不仅因为本该是脂肪和肌肉的地方都是凹陷,更是由于人类的代代延续已将人性独特地赋予了羊群。羊群的一切都仰仗人类的指引。它们望着牧羊人,就好像他是自己的父亲;而牧羊人到来之后却无能为力,因此在干旱肆虐的山上,真没有什么比羊圈里的情形更为悲苦的了。

在徒步约二十五英里穿越山丘和草原高地时,我一度难以自持地将所见之景与旅行者所讲述的沙漠地带和国外饥荒的情形联系起来。在整个漫长的夏日,当我急切地向南奔走,渴望看见海滩,渴望闻到大海的气息时,我曾经过不少奄奄一息的羊群:路旁的洼地里,随处可见骨瘦如柴的羊,纤瘦的肋骨向外突出,其状恐怖一如死尸。成群的苍蝇嗡嗡作响。乌鸦停在栏杆上,因得以享受盛宴而胆大包天,几乎没有转头看我一眼,只是等着下一只羊羔倒下,等这"牲畜的灵魂入地"。在幸福的英格兰,经历这些事情实属罕见,即便出现过,也因为只发生在当

干旱

地,以致十个人里面也少有一个人确曾耳闻目睹。

牛群自然也是备受折磨。整整一天,成群结队的运水车进入泉水奔流的洼地,这些时候,农场半数的工作都在于把珍贵的水从一英里之外甚至更远的地方取来。即使是在夏季正常的时候,用水也经常出现困难,有的农舍的家庭用水都要去半英里外的地方取。最近几年,越来越多的水井水位下降,而满足需要的水井仍然少之又少。水对于人类选择定居地的影响,在这里显示得再明显不过了。你若在山岭上一直走啊走,也许只会路过一个棚屋;房屋都坐落在有泉水流过的山谷,或如人们所言的"狭谷"或"谷底"。谷地的村落通常依溪流或冬季河道而建。

夏天时,谷底便成了宽阔蜿蜒的沟渠,两边是低平而葱绿的河岸。你可以赤脚沿着河床漫步,金黄的谷物就在岸上,触手可及。小片莎草星星点点,水一经过植物,就会留下一道奇怪的白痕,表明小溪曾经流过。这里与东部的水道和河流一样,在暴雨前是行人往来的通道。你瞧!上午的时候就洪流滚滚了。在村子附近的池塘里可以看见一池水,池塘已经被加深用来蓄水,同时也由泉水维持。

冬天时,溪流看上去常常像宽阔的小河:你会看到由于降雨,水流把燧石从田地里冲出去了。因为村子都位于不起眼的溪流旁边,所以城镇便坐落在河流交汇处的两岸。通常,一排大大小小的村子坐落在草丘最下面的斜坡上，那也是山丘与平原、山谷的连接处。这样一来，若有人沿着山的边缘走，很自然会认为此地住户众多。但一个人若是深入腹地而非沿着山丘边儿上走，则会有迥然不同的想法。水仅在山丘边缘，这里是无数溪流的发源地，因此草木郁郁葱葱。在过去，财富主要靠家禽和畜群的数量衡量，人们自会选择在有水的河流处定居。

当干旱总算结束大雨终于来临时，那雨又常如热带暴雨，倾盆而下。因此斜坡上田地的土壤被冲刷进溪流，泥土块裹挟着沙子把犁沟填平了，较轻的土粒漂浮在细流中，较重的沙粒则沉淀下来。有时候农民慢悠悠地垂头走路时，会瞥见一个发着微光的小片，如果他用自己粗糙的手指捡起来，就会发现那是一枚古老的硬币。通常阵雨过后才会发现硬币，淘金者用的是同样的道理，用"摇篮"筛洗含金的泥土，只留下黄色的微粒。有时，这样的硬币也同样是贵重的金属，天然而古老。有时，锄头也会磕碰到硬币，古币就是这样在许多个世纪之后重见天日的；尽管没有被发现，但在这许多年间，古币一定十分接近地表，以致被犁铧翻了一遍又一遍。

防御工事占据的空间之广，垒墙之高与壕堑之深，都说明此地当初曾被强大的军队占据。如今有了现代化的大炮、机枪，特别是后膛装弹的来复枪，一只相当小的队伍便可守住这样的要塞之地：三面陡坡，第四面的山脊平缓却狭长，很容易被火力

干旱

覆盖。然而，这座防御工事建成时（那时他们似乎没有排车，石灰质泥土和燧石皆以杞柳木条筐搬运），每一码堡垒都要装配长矛或令人畏惧的箭头，以在山顶展示其牢不可破的阵列。若非如此，敌人在不断逼近且同时向多处发动攻击时，就会找到他们可能用以涌入营地的缺口。由此可见，这些工事很有可能曾庇护过一支军队；再看看这浩大的规模，更让人很难不得出这样的结论——它们不只是临时的战壕，而是长期有驻兵戍卫的工事。

还有另外一种可能。在互相敌对的国王发动的无名战争中，这些工事也许会被周围人口用于避难。在那种情况下，它们可以容纳大量人口，包括妇女、孩童以及老人，牛羊肯定也在内。不过，再细想这些情况，以及之前谈到的山丘缺水的事实，一个令人惊异的问题就会浮现出来：这么大规模的一支军队，或这么多的难民，再加上牛羊骡马，其饮水需要是如何被满足的呢？对营地展开的最细致的勘察也没能给出一丝半毫的提示，至于找到答案就更别提了。

此处并无一丝水井的痕迹，人们可能也会质疑那时候此处怎么会有水井可用。这是因为这山脊高耸醒目，且建于高出地面的高原或台地之上，泉水从高原下方流出。该区所有的水井都建在这台地或平原上。洼地的选择也是有目的的，水井一般有九十英尺深——还有不少更深。但是到了这种深度，再顺着堆在平原上面的山坡往下挖掘所费的工夫就增加了,难度也会变得极其巨大。

绕着壕堑底部的沟渠走,要留意草本植物,它们是绝佳的向导,你会注意到这样一个地方,草地的犁沟处生长着些许"罗伊特"草。没有任何迹象表明这里有盆地或人工洼地可以储存水分,湿气也着实微弱,因为此地的泥土坚硬无比,和其他地方并无二致。因此,这轻微的湿气显然是由工事上流下的雨水积聚而成。若从工事的外围寻找潮湿的来源,可以在距壕堑约八百码(即半英里)的深谷找到一处泉水,这还是直线距离。所以从这条泉流取水——估计那时候需要用皮囊——还得爬两回山坡:首先要爬上平缓的高地,这里异常狭窄;接着爬上陡峭的丘陵。只有那些亲身体验过在山上放牧饮牛等繁重劳动的人,才能估量此等工作的辛苦。在早期的战争中人们已认识到高地的战略价值,为了占据有利地形,人们甘愿忍受这样的劳累。

然而,这还不是全部——负责取水的搜寻队与主力队伍之间的联系极易被切断,那时也没有炮火掩护突击。因此,一旦敌方大军挺进,控制了泉源,他们就能迫使对方交战,或是逼迫其受困投降,否则受困者就只能忍受干渴的煎熬。因此,研究英国小山丘——不同时期和地域的状况大不相同——也许能更好地解释古代历史上发生的诸多事件。通往泉水的方向并没有沿山坡而下修建的隐蔽小径或中空堤道留下的痕迹;不过,类似

干旱

的痕迹好像出现在另外两处——沿山脊修建的土木工事的尾部和最为陡峭且极短的上坡处。前者不通向壕沟，中间隔着一道宽宽的缝隙；后者通向壕沟，且很有可能被用作隐蔽的小径，当然，小径如今因遭严重损毁以及其本身过浅的缘故，已经达不到掩护目的。垒墙工事几乎保存完好，在一处泥土有轻微的剥落，但在任何地方其形状和轮廓都清晰可辨。

然而，在某一瞬间去努力回望那未曾书写的历史，去复原和重构十四或十五个世纪以前的状况时，一定不要忘了那时的丘陵可能是另一番面貌。古时，丘陵几乎全为树林覆盖的事实始终未变。我试图集中全部精神来还原山丘的精确形象，无奈这一切就如一团薄雾，仅能从远处窥得，当你真的置身其中时，反而无法抓住其面貌。如今依然如此。老一辈人说国王——他们也不知道哪位国王——为了追逐猎物，要翻山越岭四十英里，先后穿越一片片的灌木丛、树林和蔓生的植被；那显然是个茂密的森林。如今从垒墙顶部观望群山，很难接受古时的说法。这些山丘明显都是光秃秃的，起伏如绿色的巨浪，低矮处是耕种过的宽阔的洼地，却并没有被围起来；它们开阔地绵延数英里，山丘中几乎没有灌木树篱，除了歪歪扭扭生长不良的山楂树外，好像也没别的树木生长了——这显然是一片荒野。不过，若是多花些时间熟悉此地，就能得出不同的结论。

首先，就在修建工事的同一条山脊的边沿相距不过四分之一英里的地方就长着一片挡风树丛，它们是冷杉木和山毛榉；尽管完全暴露于劲风之下，它们却在那稀薄的土壤里傲然挺立。山毛榉和冷杉尚能生长于此。在更远的地方，另一处山脊上也生着一丛类似的树林，从远处看不清是什么树。虽然令人惬意的微风正吹拂着，枝丫也随风摇晃，但树看起来却是一动不动。然而，杨树却是例外，仿佛为了使自身的晃动可以被远远看到，它高高的树冠如拱门一般，阵风吹过便会朝一个方向倾斜。即便距离相对较近，又刮着最强劲的风，人们也难以用肉眼分辨出穿过榆树或橡树枝杈的不同光线，因为阳光平行而出，又离得如此之近。虽然你明知树干肯定在摇动，树根紧紧把住的泥土也会松动，但是远远看去树却是纹丝不动的。

干旱

　　其实不止在一处幽深的山谷中生长着成行的榆木，只是其他的超出了这个有利观察点的范围，那些榆树的树冠约与平原等高，站在边缘，你都能把石子扔进对面的鸦巢里。稍低处，有一片狭长的土地伸向山谷，其上生长着广阔的白蜡树林。距此处一英里稍多一点，在山丘的最贫瘠原始处，还有一些生长不良的橡树，零星地点缀在白蜡树丛之中；如今，白蜡树丛被称作"狩猎之林"，文献资料证明此处是古代的野鹿林旧址。当地也有野鹿林（虽然在七八英里外，但位于同一山脉上），目前栖息着茸角雄鹿。这样的例子不胜枚举，不过以此为据足以证明整片广阔的山地都极有可能曾被茂林覆盖。

我还想要进一步说明，若是放任它自己休养生息，几代之后此地就将恢复以往的状态；因此，经验证明，如果在此地种植林木，狂风或土壤状况并非是阻碍树木生长的重要因素，野生动物和家畜才是造成林木破坏的主要原因。在寒冷多雾的天气里，兔子的胃口大得惊人，它们把白蜡树幼苗的皮啃得干干净净，好像用刀子剥过一样；当然，这常常导致幼树枯死。牛群——有些牛在山上散养——同样也会破坏许多树木嫩绿的细枝或树冠。小马尤其爱啃外皮平滑的树，倒不真是为了吃，而更像是通过撕咬来放松一下牙齿。草原上的橡树，多数是落在草里的橡实发芽生出的幼苗，全都不同程度地被牛群破坏过了，更低矮的则被成群的绵羊啃食了。如果没有牛羊，铁犁也搁在那儿一个世纪不动，那么白蜡树、山毛榉、橡树和山楂树就可以自我恢复生长，这些宽广而开阔的丘陵就能再次变为浩瀚的森林；无疑，河狸、貂、野猪和狼也会像古时那样出没乡间。

这个了不起的土木工事雄踞于山脊之上，从此处越过原始森林的树冠，更可放眼绵延数英里之外的景象，它过去必定是个非同寻常的战略要地，如今却不过处在几乎不见树影的群山之中。当时绵延数英里的植被在冷凝水蒸气上功效巨大，而很可能对降雨有显著的影响，并使得那时的水量比现在更加充沛：这个设想也许能解释为什么这些古代的堡垒会修建于此。

石灰山区普遍缺水的特点，使得农作物的丰收完全依赖于被称为"多雨"的夏天;阵雨每隔两三天就会下一次,而土壤会迅速把水分吸收掉。另一方面,对于山谷下的牧草、干草以及那里泥土结实、适宜耕种的田野而言,适度干旱的天气也是人们想要的,否则耕犁就无法当季使用,农作物也难以成熟,更无法保存起来。因此,有句老话说:干旱之时,山谷补给山丘,湿润之年,山丘补给山谷。如今,这句话在很大程度上仍然适用,至少对牛群而言没错;在大量引进并种植玉米之前,它可能同样适用于人和粮食——对二者的关心和焦虑如今已不像以前那么严重了。我脑子里想着缺水的事,却在山丘顶部找到了一方水塘,这实在有些令人惊讶。

　　请靠近之前提及的冷杉和山毛榉林,这里有一片宽阔的圆形煎锅状的洼地,里面还蓄着水;你可能会在温暖的夏日见到它——就在离工事不到四分之一英里,几乎同一高度的地方。洼地相当靠近山脊顶部,如此才能降到很深的地方,以储蓄足量的水;因为此处几乎看不到支流流入的痕迹,也没有泉流或其他明显的水源。人们自然觉得,在这个裸露的地方,纵使来场暴风雨把水塘填得满满,只要烈日当空一晒,不出一个星期水就都被蒸发掉了。其实情况并非如此。若非碰上异常持久的干旱天气(这类天气隔很久才会出现一次),这里总是能找到点儿水的;哪怕阳光曝晒,也还有个浅浅的水池。通常,这个圆形盆地是半满的。

水塘是近些年才修的，只是为了方便山上农场里的牲畜，和工事的供水并无直接关系。人们采取了特殊措施加厚水塘的底部和侧壁，以防止漏水；通常还会再铺一层煤渣，赶走烦人的蚴蟧和蠕虫，否则它们打出的洞会使水渗漏到下面干燥的石灰岩层。潮湿的雨季，水塘会迅速涨满，之后水就被保存起来。因为即便是夏季炎热的上午，山丘也总是被浓湿的雾气、露水和云般的水汽笼罩着。水蒸气为荒地提供了水分，因此盆地也可被称作露水池塘。萦绕在山脊的薄雾，常常如积雨云般饱含湿气。雾气凝结沉降，徒步旅行者的外衣上便落满一层小而厚的水珠，仿佛滚动的油滴。这些小丘虽然丝毫不能媲美高耸的山脉，可由于积雨云常常压低到较高的山脊，从远处看，山丘便全被遮住；那时，一阵蒙蒙的细雨便下起来了。

夜间一些时候，小溪，多水的草场和山谷沼泽上方会积起浓重的水汽。现在它们由风裹挟而来，在山坡上翻滚。水汽从露水形成的池塘上空经过时，会被温度更低的水冷凝一部分，然后落进洼地池塘里。冬天，蒸汽在山毛榉林中萦绕，凝结在树枝上，形成的不是霜，而是如在山谷见到的那般垂直向下悬挂的冰凌。倘若倏地一阵疾风扫过山丘，这些亮晶晶的冰凌就相互碰撞，叮当作响，地上则随之落满一层参差不齐的碎冰。人们只要亲眼看过冰凌的大小和数量，就会更清楚，到底有多少水被无形的水蒸气带来冷凝在了水塘和树枝上。

在工事另一个方向的同样高度上,大约半英里之外或更远的地方也有一个类似的水塘坐落在高耸暴露的山丘上,大小是那个池塘的两倍。还有许多别的水塘散布各处——近年来人们修的水塘越来越多。有几个水塘位于较低的高原上,现在几近干涸。忍着夏日的酷热在绵绵无尽的山间辛苦跋涉时,虽然深知会带来不可避免的后果,我却常常因为口渴难耐而不得不喝一点水塘里的水。水有一种陈腐的味道:从其会变浑的意义上讲,它并非毫不流动,但即便水质有时相当清澈,这也依旧是死水。喝过这里的水,马上就会觉得口干,还会相当不适,好像难以察觉的尘埃颗粒进到了舌头里面。这种感觉很可能是悬浮的石灰造成的,因为水里有那种味道。因此,夏天为解渴而喝下池塘里的水不能说是毫无用处——其结果可能更糟。下方狭长的谷底淙淙的流水则格外澄澈清冽,与水塘的情况完全不同。

堡垒工事的存在证明,该地储存的水汽在不同条件下可能要量大得多,也说明露水池塘的湿气现象对古时堡垒的供水有间接的影响。冬季,山毛榉树枝上凝结的冰霜说明大气中常含有大量水分,不过是需要有东西使之沉降。所以,如果这些山丘的确如前面所说曾被密林覆盖,古时的居民从事农耕可能就没那么困难,在聚居地储水也会比现在容易得多。这或许可以解释为什么在最贫瘠、最荒凉、最没有希望的山坡上,反倒能看见原始耕作的痕迹。类似的痕迹在山坡各处,山顶上,还有靠近壕

干旱

堑尾部的高地脚下都能见到。

人们从这些地方走过时几乎看不出那些几近湮灭的痕迹——那是在恺撒一世仍鲜活地保存在记忆中的年代里，人类工具留下的些微印记。这些痕迹很像隐藏在崇山峻岭之间，少有人涉足的小径：你若在路上极目远眺，便能清楚地看见它；可一旦出现在脚下，它却又消失不见了，草地被行人踩踏过的迹象几不可见。因此，若要发现古时田野的痕迹，一定要在沿着山坡前行时举目眺望，从远处寻找；你会看到稍稍高出地面的正方形和四边形的模糊轮廓：狭长的边界线尚可辨识，而青草早已在上面生长了许多个世纪，看上去绿意盎然。

这些遗迹有时也会呈现浅浅的梯田样貌，随着山丘的斜坡层层向上延伸。有些梯田可能是人工修建而成；但对于另外一些，我认为地表的自然形态被利用了起来，因为那里看不到一丝刻意塑造的痕迹。想要把真正的古代圈地和相对较为现代的冷杉林场破落后留下的壕沟区分开来并不容易。冷杉林场通常会用矮土堆和沟渠围住，冷杉林消失已久，土堆却依旧绿意盎然。不过，只要对二者稍加研究，区分它们也是有据可循的。

首先，古时的田地通常较小，附近一般会有三四块或更多的小地块彼此相邻，各自被一条条浅绿色的田埂隔开；有时土地规划得大体上与棋盘类似。而用来圈围冷杉林场的土埂要高一些，哪怕最不经意的观察者也能注意到这一点。土埂环绕着一片宽广的土地,形状常不规则,或呈椭圆形或呈圆形。这些土埂也未对土地进行规则的内部划分——这实际上既无必要,也会显得与矮林格格不入。

近年来盛行铲草种田——将草皮铲除一空后放火焚烧,草灰则扬撒在铁犁新翻过的土地上,目的是通过种植芜菁和绿色作物来摆脱依赖青草作饲料的问题, 从而可以饲养更多的绵羊。这在一些地方有效,在另一些地方却不尽然。因为收割两三次之后,土地的产出便会逐渐下降,最终几近绝收。高地的山脊上,靠近古代堡垒工事的地方,就有一片犁过的田地。干旱的夏季,我曾见过成熟的燕麦竟不及一英尺高,大麦也同样低矮。在享有现代农业充足生产资源的情况下, 采用人工肥料精耕细作,再加上对土地的彻底清理,这样的产出似乎无法与付出的劳动相称。当然,情况也不尽是如此,否则人们势必早就放弃了。不过,一想到古时贫瘠山坡上的梯田与耕地,我就难以想象当时人们究竟是如何借助如此简陋的工具依靠土地维持生计的——除非当时土地的状况与我所想的完全不同。

如果这里曾四面为森林所环绕,翻涌的水汽得以凝结,或变成浓重的露水,或化为入地的甘霖,那么这片贫瘠板结的土地也许会更加丰产。树木、蕨类和灌木丛,同样也能为庄稼提供庇护,保护生长的作物免受寒风侵害。初次耕作时,土壤本身便会因为地上积聚的枯枝败叶和腐烂的植被而异常肥沃。如此说来，当时的梯田可能产出颇丰，同时也很有可能被栅栏圈着，以免作物被森林中的野兽践踏破坏。现在，古城镇的遗址几乎无法辨认，但当时的情景大致应该如此：山丘上，绵羊静静地低头吃草，羊羔欢乐地奔腾跳跃，牧羊人在斜坡上酣然小憩，牧羊犬则忠心地照看羊群。

绵绵的阴雨下上一整天，夜晚就变得凉爽宜人——太阳接近地平线的时候，云团便会散开。夏日的一个傍晚，我正在离山丘两英里之外的一片草地上。连绵了一整个白天之后，雨已经停了，头顶的天空异常干净清爽，只飘着一缕薄云；透过薄云，湛蓝的天空清晰可辨。不过，西边依然有一团水汽笼罩着落日，东边通向山丘的方向，水汽也依然厚重、阴暗。我带着枪，缓步走在遮挡住山丘的灌木树篱的内侧，不时躲在突出的灌木丛后面等着野兔出现——要是有一对就更好了。在大雨中，这种情况已经持续了一整天，野兔通常都躲在"掩体"里，若是有那么一只溜出来，一般也会待在土堆上，藏在蔓生植物和树木背后，吃些长在那里的枯草。不过，随着夜幕降临，雨也停歇了，它们自然会跑出来大吃大喝，便有可能被猎枪击中。

时间就这么一点一滴地过去了，轻行慢步间，我来到灌木树篱的一处空隙，从那里朝高地的方向看了一眼，尚能窥见山丘的一部分。当时我脑中立刻冒出了一个想法，从空隙看到的那一部分特别高，比我以前见过的山都要高耸巍峨。事实上，那

百里香

Elizabeth Blackwell, *Thyme*, 1737-1739

　　空气中弥漫着令人迷醉的温暖香气,混合着野生百里香
散发的甜蜜气息。

云雀

John Gould, *Alauda Arborea Wood Lark*, 1862

放眼望去,好像遍地都是云雀——它们叽叽喳喳、来来
回回地相互追逐着,一会儿紧贴着地面飞行,一会儿又不停
地落脚又起飞。耀眼的阳光、温暖的南风带来了这些欢乐的
小生灵。

James Ward (1769-1859), *Sheep on the Downs*

羊群

　　从山上的峭壁向远处眺望,越过堡垒,看,远处的狭窄谷地上有一群羊在吃草——即使距离羊吃草的地方这么远,你也能分辨,因为羊群四处游荡,星星点点地散落在地上,它们习惯在被驱赶时成群跑动。

黄
鹀

William Lewin, *Yellow Bunting*, 1795

　　在春季和初夏,黄鹀的颜色变得更加鲜亮:鲜艳美丽的
柔黄色和棕色的点缀相得益彰,这使得黄鹀光彩照人。

喜
鹊

John Gould, *Pica Caudata Magpie*, 1862-1873

当喜鹊在斜坡旁愉快地前进时姿势独特,它扑棱着翅膀忽起忽落,很远之外就能被人发现。它会光顾沿途每处生长着冷杉的矮林和山毛榉丛林,也会在最爱的地方——山楂树篱里或树篱附近消磨一些时间。

山毛榉

James Duffield Harding, *Beech Trees*, 1841

　　当阴影越过山毛榉时，光带消失了，树林会经历片刻的黑暗。树林里，牧羊少年早已用漂亮的折刀在山毛榉那光滑的树皮上刻下了自己的名字。

酢
浆
草

William Cùrtis, *Wood Sorrel*, 1787-1817

　　泉眼附近,孤零零的酢浆草开出淡紫色的花瓣,几簇灯
芯草散落在四周。酢浆草和灯芯草都是植株矮小,看上去十
分干枯,了无生气,和远处鲜绿挺拔的牧草截然不同。

冷杉

John Evelyn, *The Silver Fir Tree*, 1786

冷杉的枝杈优雅地低垂着,好像被枝头深绿色的花穗儿压得不堪重负一般,春天这些花穗的尖儿呈金色,因为幼芽的绿色实在太浅,看上去就如淡黄色一般。

时候我有些心不在焉，一半心思放在野兔身上，余下的心思多半还在想着别的事情，我决定深入地勘察一下那个地方。然而，走出几码之后，我发现这个高地的海拔的确是前所未有的高。总之，我对此愈发好奇了，于是回到空隙处又看了一次。

我没有弄错，那边的山拔地而起，直指云霄——这是一座黑黝黝的、巍峨的高山，轮廓和我记忆中的几乎一模一样，相当熟悉却又完全陌生。在接近山坡底部的地方曾有一个旧牲口棚，上方则有一排低矮的灌木树篱和土墩，山顶上依旧是那片古老的树林；最后，一柱黑烟袅袅升起，像是从正在作业的蒸汽耕犁里冒出来的。一切都别无二致，只是升高了——小丘变成了大山。我又看着它，长久地凝视着，却无法解释这奇特的现象：眼睛已被彻底欺骗了，头脑却还不能完全相信。为了找到更好的视角，我站到土墩上，从灌木树篱的间隙看出去，立刻就明白了产生这种错觉的原因。

从这个空隙看出去就好比透过狭小的窗户向外窥探，仅有一部分山体存在于视线范围之内。可站在土墩上，整个山脉就能同时被看见。显然，这座高山的两侧都是连绵的山丘，其左右依然保持之前的高度。一团云停留在中间的山峰上空，恰好与其形状完全一样。山岭颇为黯淡，积雨云的灰蒙阴沉恰好与其色调一致，这样一来，山与云便相互交融了。通过折射，牲口棚或树丛得以再现，并且也极有可能被放大、扭曲：如柱的烟雾是色彩更浓的云团的一部分,恰巧处在一个近乎垂直的位置。即便已经意识到是错觉,这错觉也依然完美,肉眼也不能将高山与缥缈的水汽分辨开来。

就在我看云的时候,那道清晰的烟柱变得弯曲,上面的部分飘走了,像真的烟雾一样渐渐消散。风征服了它,使它慢慢地不再向上,而是随风飘动。很快,微风拉扯起云团的一端,又开始把另一端也卷起来,现在又将云向上托;藏在下面的山脊便露出了真容,轮廓也瞬间变得清晰醒目。最后,这团模糊的云在高地上方悬浮着,逐渐随风飘向了东方。过了一会儿,我看到山的影子,如海市蜃楼一般;蒸汽形成的积雨云就躺卧其上,呈现出山的轮廓。不过这个幻象不很完美,因为此处视野更开阔,使得山脉的其他部分也都被收入眼底,而且积雨云的颜色要比它所附着的山体的颜色浅一些。

当然,这些云团飘过的时候距离地面很近:在雨季往往只有几百英尺高,山脊的边缘常常与云混成一体。生活在山谷里的老乡,一辈子都在这样的季节里看云、等云,他们说山"招"雷——不管暴风雨从哪里起,都会被"招"到山地这里来。如果从西面来, 暴风雨常常会一分为二——一场沿着山脊向南,另一场沿着毗连的山脉向北,因此山间的盆地少有雷电造访。他们还有一个古老的迷信,显然源自《圣经》:据说雷电虽然可以到达四面八方,但总是起于北方。他们也相信雷电"到处运行",

因此狂风骤雨之后,就是说在下午,当空气完全干净透明时,他们会告诉你阳光和安静只是幻象。不出几个小时,或者在夜间,暴风雨就会返回,"到处运行"。这情形在当地确实相当常见。据观察,即便是小的灌木丛也会在较短距离内对微风的转向产生相当影响。因此放在背风地方的风向标完全不可信:如果风真从南面吹过来,越过灌木丛,风向标有时候会指向完全相反的方向,服从狂风的"回潮"规则往回吹。

我猜,在一些相对较小的区域,因风雨状况不同,产生的效果也会有所差异。效果还可能因土质不同而有所区别——比如某处的土地温度比另一处高。这些差异在夏天格外明显。阵雨当然时常带有鲜明的区域特征:若是沿着新近降雨留下的深色痕迹走出去半英里,你就会被带到一处土色发白的地方,这里照常堆积着厚厚的尘土,一道鲜明的印记将道路一分为二。冬天降雨覆盖的范围则要大得多。

从土木工事所在山地的高度,可以看到几英里外的平原和山谷——夏季多雨的日子,人们可以毫不费力地看清降雨覆盖的范围。灰蒙蒙的雨带就像一张雨水织成的巨大黑袍,从天空中颜色更深的积雨云中缓缓飘落——不断地向下向后飘移,上方的云团移动得比落下的雨点还快。一片宽阔的空地斜插在山和雨之间,伸向远方;穿过空地,另一片清晰的开阔地再次向外延伸直达天际线。雨带扫过乡间土地,雨水冲刷出一道道沟渠,

干
旱

与此同时,另一边却是艳阳高照。

　　似乎有理由认为,乡间的沟渠在不同时间不同气候状况下会呈现出不同的面貌。这些现象的区域特征相当明显:有时候,农夫会向你展示一片繁茂的庄稼,在骤降的阵雨冲刷下生机勃勃,根须健壮;而就在同一时刻,他的邻居却大声抱怨着他那边没有下雨。天空阴云密布,大片的云团缓缓飘过天空,偶尔会断裂,却并没有雨——有时,阳光会穿过这些狭窄的裂缝,光线被拉长斜落在远处山谷的田地里。大约只有在晴朗午后的教堂中能够见到的那种狭长光束方可与之媲美——它们穿过高耸的窗户,投射到圣坛前铺设的地板上,被空气中的尘埃衬得格外分明。因此,阳光穿过厚厚的云层裂隙直射下来,又因大气中漂浮的水汽或灰尘而愈加明显。光影看起来像是在自己的位置上徘徊,而云团的飘动则几乎无法觉察;劳作的人说太阳把那里的水汽全吸光了。

　　晴朗的下午,可以看得见薄雾在远处的草原上缓缓升起:先从小河开始,一条白色的、蜿蜒的水汽标出了薄雾的路线,不断延伸直至越过湿地和山谷。更高处,薄雾带的颜色更深,与下面的白色条带明显地分开,可能要高出一百英尺;随着薄雾带变得更深更厚,它也就逐渐进入了人的视野当中,形状狭长,这儿一条那儿一条。它们从特质上看更接近真正的云而非薄雾,因为薄雾几乎不会升到高于树篱的地方。风势不明显的时候,薄雾穿过草原,甚至连一片叶子都无法撼动,好像完全服从了因同一区域温度差异而产生的轻盈的偏斜的气流的安排。

在漆黑无月的夜晚,我偶尔会从两三英里之外看一眼山脉。我发现如果视野足够清晰,土木工事所在的山丘就比别的山头看起来更加明显。白天没什么明显的差别,不过在晚上,它的色彩有时看起来更加清淡,因此也显得更清楚。这可能与山坡上未被观察到的牧草的特征,或靠近地表的石灰石下层土壤有关。由于土质或植被不同,地表拥有的反射光线的能力也各异,这些很值得前去查看一番。

干旱

第 *3* 章
山边树篱

在山脚最为陡峭的地方,恰有一溜儿低矮而稠密的山楂树篱在土垒下方伸展。树篱将丘陵的草皮和平原上犁过的土地分开,那土地宽约两三英里,一直绵延到对面的山脊。一些发育不良的白蜡树生长在灌木丛的间隔地带,那是鸟雀的胜地,它们靠觅食耕地中的种子和昆虫为生。由于大部分麦地仅是被浅沟和光秃的田埂分开,因此鸟儿自然会聚在它们能找到的为数不多的树篱上。这样一来,这些树篱虽然相较峡谷中矮林般的灌木树篱要矮小许多,却常常因为鸟类的存在而更显生机:苍头燕雀、麻雀及黄鹂都很可能大量聚集于此。

在春季和初夏,黄鹂的颜色变得更加鲜亮:鲜艳美丽的柔黄色和棕色的点缀相得益彰,这使得黄鹂光彩照人。它栖息在山楂树顶部的枝丫上,又或者停靠在围栏上,从玉米地飞上天去,好像在环视四周——因为黄鹂主要在地面觅食——有时还会啁啾两三声。它的羽毛为树篱增添了生机与色彩,与别处的植被和其他鸟类形成了颇为鲜明的对比。黄鹂的歌声不过是几个小节的往返重复,但在令人昏昏欲睡的温暖夏日,却有令人愉悦、镇定安神的功效。黄鹂偶尔也会光顾草地,不过主要还是在麦田中捕食。

山中喜鹊也在这片树篱中出没:有些喜鹊好像大部分时间在小丘地带出没,别的却游弋于狭谷之中,尽管这两种喜鹊看上去没什么明显的区别。当喜鹊在斜坡旁愉快地前进时姿势独特,它扑棱着翅膀忽起忽落,很远之外就能被人发现。它会光顾沿途每处生长着冷杉的矮林和山毛榉丛林,也会在最爱的地方——山楂树篱里或树篱附近消磨一些时间。在谷物低矮嫩绿的春天,如果你透过灌木丛的空隙,或者在树篱的开口处仔细窥探一番,就会发现喜鹊正在地上忙得不可开交。它的每一个动作都将焦躁易激动的本性暴露无遗:它一会儿向右蹦跶几码,一会儿又朝左飞快地歪歪扭扭地跑,看起来正在慢慢穿过原野向你走来,却又猛然飞奔,以最快的速度完成了一次长长的横越,转向右边飞身而去。不久它高高翘起尾巴,蜷缩身体,头朝下猛扎下去,好像要把喙深深地扎进土里。这种为了寻得最爱吃的蛴螬而在田间搜索觅食的习性,充分证明常被视为无辜者鲜血的化身的喜鹊不是那么罪不可恕——谁也不可能以那种方式接近鸟类。一切动作都完成得紧张、急促。它向一侧转身时,身上白色的羽毛就在绿色农作物上瞬间闪现;换个动作,它看上去又是通体乌黑了。

由于缺少掩体，山丘上的大鸟要比草地上的更难接近。这里的树篱低矮，入口处十分开阔，光秃秃的，不像草地上还长着枝杈横生的橡树，若是满载的货车从树下经过，那弯曲粗壮的枝条总能勾扯下几缕干草。大门本身也是荒废残破——可能有时候只用一个横杆，或者几个用浸了焦油的绳子绑在一起的"晾晒架"冒充一下。因为当地没有成群结队的牛，也就不需要结结实实的篱笆。

远处有片还未成熟的豆田，斑鸠们正在地里忙得不可开交，它们可比农人忙碌多了。斑鸠起身高飞，在觅食处盘旋时有个习惯，就是猛然冲向高空，然后突然向下俯冲，降至合适的高度后沿着一定的路线盘旋翻飞。斑鸠飞翔勾勒出的线条若是画在纸上，大致相当于一顶帐篷的轮廓：其状如圆锥，而侧边稍稍向内倾斜。在斑鸠日常繁衍生息的白蜡树林或冷杉上方，它们也是这样飞；不过，长距离飞行时，它们就会一直向前飞，不再突然变换高度。

初夏时节，豆类作物花香四溢，整个空中都弥漫着醉人的香气；而到了秋天收割的时候，豆梗和豆荚颜色都变得近似黑色，所以离得很远就能看到在山丘一侧堆起的茎秆。在小丘坡度渐缓，高度几乎与树篱相同的地方，有片草地。浅草芬芳袭人，密密麻麻缀满了小花，蜜蜂被花朵和三叶草吸引前来，落脚时几乎紧贴在地面上，所以你若是从草地上走过，几乎都能踩在蜜蜂身上，它们会从你脚下纷纷飞起来，发出尖锐的、愤怒的嗡嗡声。

另一边，沿着树篱伸展的还有一条窄窄的覆满绿色的条状地带，那是耕犁留下的：在每条犁沟尽头，拉犁的马儿都需要一些空间来掉头，因此不能再拉着犁头继续前进，野草野花也就在这个狭长地带蓬蓬勃勃地生长起来。略带硫黄色的田芥菜遍布各处，甚至长到了麦田里——好像没有什么办法能将这种植物彻底清除。它的种子会留在土地里，长久地保持生根发芽的能力，直到耕犁在地上犁出深沟，将它们翻得足够接近地面，到那时若是种子没被斑鸠发现吃掉，它们一定会趁机疯狂生根发芽。这里还能发现一些野生的大蒜，有些就长在麦田里，给面包增添了一点洋葱的味道。野蒜也生在低矮的白垩质土埂边上，土埂比狭窄的货车车道略高，碎石路面嵌着道道深深的车辙，到了冬季，地面上的碎石便会风化解体。

这样的地方虽靠近耕地却并未被开发，是寻找野花的最佳地带。在靠近树篱的狭长带状土地上或是在凹凸不平的小路坍塌的碎石堆上，野花的种类比远处广袤的田野上更多。到了花季，开着硕大洁白的钟形花朵的旋花植物会爬满山楂树，而较小的，花朵上有带着条状纹路的品种则在地面上匍匐蔓延。粉色繁缕就恰恰生长在谷物的地头，不久便会有矢车菊充盈其间——田野上没有什么比它那雅致的色彩更可爱动人的了。黑

山边树篱

紫色花蕊的大朵红色罂粟和"黄油鸡蛋"花——对花儿而言，这名字够别致的——自然也是有的：后者常常在较高的地势上繁衍盛开，若是距离耕地较近，那也必须生在高高的田埂上。

山坡高低起伏，沿途偶有不规则的断裂之处，那里会形成一个个幽深的凹坑——接近山峰处尚为浅坑，随着高度下降，坑底不断变宽加深，一直延伸到山脚的树篱附近，往往自成一个个独立的小山谷。这些绿色的深沟贯穿小丘各处，因此，你最好在山脊或是山脚的平原地带走。如果你沿着斜坡一直爬到半山腰，接下来就只能不停地在山沟最深处爬上爬下，这实在消耗体力。在靠近树篱的坑口，巨大的燧石块和白垩石碎块时常不断地从山上滚落到地面上，累月经年，石头越积越多，以至于那里的草地几乎被一道瀑布似的石堆完全覆盖了。

山脊上生着一大丛金雀花，状如灌木，长势很好，还没被樵夫的斧头摧残过，于是，野兔就把此地当作自己的"掩体"。你若是穿越这些灌木丛，必须十分小心谨慎，因为该地有无数废弃已久的燧石坑，地面极易坍塌。这里是鸣禽的胜地，它们停靠在金雀花丛或是燧石堆上，不断地重复吟唱同一个音符，并似乎因此得名。在被古老工事圈起的土地里，燧石矿工们一直在劳作。他们偶尔会拾到一些生锈的金属残片，那无疑是残存的古代兵器碎片，不过当地始终没有发现什么值得保存的古董旧物。虽说人们一般都会去营地搜寻古旧之物，可相比之下，在紧

威尔特郡的乡野生灵

靠山脚的平原谷地里往往更能找到一些颇为值钱的东西。

拣到古物的工人常常给这些东西增加无限虚高的价值：一枚最常见的，残缺的罗马古钱币，明明数量成百上千，他们却以为能值一周的工钱。收藏家若是拒绝承认那些硬币的"真正价值"，他们又会去找钟表匠，但是硝酸检测之后，他们就会被告知，他们以为是金子的东西不过就是块黄铜。这种情况也发生在化石上：有人曾拿给我一个普普通通的圆饰，认为至少值几个金克朗，他怎么也不肯相信虽然当地不常见，这东西在别的地方却是数不胜数。"克朗"这个货币单位仍然被工人们，特别是上了年纪的工人使用。有时，他们用这个词表示美元，并十分遗憾于圣乔治征服巨龙式样的"大银盘"逐渐消失。

越过山丘，古老的养兔场的痕迹随处可寻，因为这些地方就是以养兔场命名的。兔场、兔舍之类的都十分常见，它们的名字还常被加在村名上，以便区分属于该教区的十分偏远的地方。以土垒为中心的方圆几英里内曾散布着四个养兔场，现在它们已经被用作了耕地。古时，山丘上一定遍地都是兔子。到了草垫和野草被堆起来焚烧的季节，山丘若不是静悄悄的，则有可能呈现出一番激烈冲突的景象——战斗的硝烟顺着斜坡滚滚而下，在平原上空弥漫，继而从凹坑处升起汇聚成昏暗的云彩。只是，那躲在暗处的，制造烟雾的军队的火炮并没有发出轰鸣和嘶吼声。当然，对山丘而言，这些闷燃的山火并不罕见，只

山边树篱

是烟雾在那样的海拔看起来比寻常要浓重得多。

傍晚时分,如果从站在墙垒之上看日落,你会看到随着日轮沉下地平线,影子都被拉长了——下面的树木和旧日的谷仓将长长的影子投射在斜坡上,从山顶向下望去,你会觉得那山比中午时分更加巍峨,也更加陡峭——其实这是光线的位置造成了眼睛的错觉。此时,西面草地上的草仍然是干的——而在后面幽深狭长的山谷中,早在太阳刚开始从墙垒和山脊上落下的时候,厚重的露水就已经开始在草地上凝结了。

一道宽阔的绿色轨迹沿着山丘绵延数英里,时而顺着山脊前进,又时而在青草漫漫的山坡下蜿蜒而过,然后穿过谷地和休耕地向远方延伸开去。这道轨迹与寻常的车辙不同,轨迹上时常也可以看到车辙,而车辙只是在当地才有的。如果你循着车辙顺着地面追查,可以在一片错综复杂的田地里找到源头,又或者会发现车辙在一间孤零零的农舍的堆草场前戛然而止。这道绿色的轨迹也有别于现代建设的那种硬路,因为这些硬路从轨迹的宽阔间隔处穿过,覆满尘土,在阳光下白得耀眼。这道轨迹也非农场小路——你能沿着它在山上走二十英里,但它也不是那种公共的主干大道。这是一条古道。

沿同一方向走出去七英里,旅客也难见到一个路边酒馆,但若继续走下去,就会发现有个小村子坐落在三条现代公路(同样寥落冷清)和绿色古道交错的地方,无花果树的浓荫下放着一把长椅,还有一个水槽,供马解渴。在很远很远的地方,古道隐身于彼此相距甚远的干草堆和树木之中,那里零星散布着几处农庄,农庄附近很可能有一处牧羊人的农舍,若非如此,此地就是一个彻底与世隔绝的地方,一处广袤的仅有山丘和平地的无人之境了。这里还同样寂静,只有绵羊佩戴的铃声叮当作响,或者到了秋天,还会有时不时被秋风从远处送来的脱粒机的嗡嗡低鸣。

　　这条道路建于距今极为久远的古老年代,有证据显示这是一条用于军事用途的古道,当时正值穷凶极恶的丹麦人在内地杀人放火,将自己的"树皮舟"留在河水的各个支流之中。而更早以前,撒克逊人还曾从海上大举进攻过此地。古罗马的鹰旗也可能曾遍插沿途各地,更早之前,不列颠人的战车或许也曾碾过这条路——所有的痕迹都已被找到。尽管经历了长达十五个世纪的沧桑变迁,这条隶属古老住民的道路却始终得以留存。时至今日,每当耕种的季节一到,笨重的蒸汽犁机就会在这凹凸不平的草地上气喘吁吁地颠簸起伏,猛力拉扯着。

　　今天,踏上这条古道,距离巨大的土木工事(如今仍是一处中心观察哨)大约八英里处,我又一次将视线转向远处的墙垒,此时尚能看到,好像画在天空,悬于群山之上的一道线条。在我出发之处,另有一个四周是土堆和壕堑的营地;而距离我前面更详尽描述过的那个营地大约四英里外,还有第三个营地。这

山边树篱

些营地都由同一条绿色古道连接起来，古道沿着丘陵脊部延伸，但与现代公路丝毫没有交叉点。这些营地沿着丘陵—平原边界形成一连串要塞，俯瞰着山谷。在起点处，这条古道仅能从山丘大片的草地中分辨出来：稍凹的路面长满了青草，但野兔常常藏身其中的那种粗壮、浓密的草却长在道路两边，标示了古道所在。再往前走，地面便沉了下去，开始出现麦田并向两边蔓延——大麦已被麦穗压弯了腰，在一缕缕温柔的和风中摇摆，燕麦和小麦则要茁壮得多，此外这里还生长着大片的大头菜、芜菁以及暗绿色的饲料用甜菜。

耕犁和耙子重重地压过古道，却不敢侵占它的领地。古道宽度在二十码到五十码不等，如一条绿色缎带穿过如海般的田地——羊群可以轻易地或并排，或分散着通过，边走还能边啃食青草。浅而干燥的壕沟里生满了野草，同样葱绿的低矮小土堆将壕沟与耕地隔开。耕地上不少地方还可以看到低矮的山楂树丛，饱受风雨摧残，扭曲多节，颇显沧桑。地边上生长着大簇大簇的野生百里香，香气袭人——坐在山楂树荫下，聆听着风掠过麦田时发出的轻柔的沙沙声，就像坐在豪华的坐垫上休息。更远处，云影远远地投在山脊上，似乎突然加速下滑，接着从麦田上空飘过，麦田的颜色也因此加深变暗了，云影后面还紧跟着一条迅捷活跃的明亮光带。当阴影越过山毛榉时，光带消失了，树林会经历片刻的黑暗。树林里，牧羊少年早已用漂亮的折刀在山毛榉那光滑的树皮上刻下了自己的名字。

在小麦即将成熟的时节,傍晚时分某位牧羊少年有时会坐在树下。你若循着小径穿过,就能听到木笛悠扬的曲调,他就是用那粗糙的乐器吹奏出了甜美的声音。笛声没有调门,也没有明显的旋律,他们随心吹奏,只吹给自己听。若在室内,这样的声音无疑将会听起来刺耳而不协调;但在那里——虽然看不见演奏者——他吹出的简洁的音符与广阔的平原、隐约的群山和绯红的落日甚是和谐,就好像在竭力表达被这些自然景色呼唤而出的情感。

在山楂树下的野生百里香花丛中休息,半被遮挡,又悄无声息,我们可以看到小松鸡从麦田里悄悄地走出来,又费力地钻进休耕地里:先是一只,然后两只,接着出现了六只甚至更多。鸡妈妈焦急地跟着它们,眼睛不时地望着天空,唯恐有老鹰盘旋其上;当然,它也不会把它们领到远离麦田无遮无挡的地方去。它伸长脖子,又听又瞧,打消疑虑后才继续往前走,一边走一边点着头。那些小松鸡挤挤挨挨地紧随其后,四处乱冲乱撞,学习生存之道:在何处,以何种方式能找到最好的食物,以及如何躲避敌人——它们模仿着父母,发掘自己的遗传特质。

一旦稍有异响或异动,鸡妈妈会先伸长脖子快速扫视一眼,接着——按劳动人民的说法——"嘎"的一声先蹲下,一两秒后就快速跑开寻找掩护:它仿佛是训练有素的游击兵,得心应手地利用沿途各处坑洼作为掩体。松鸡常被蚁穴吸引,而蚁穴则常常大量出现在麦田边缘,建在极少有人涉足的地方。紧邻绿色古道的土堆上遍是蚂蚁,蚁穴密密麻麻地分布在路基各处,也有些分散在那些穿过田野,未被耕犁翻过的车辙和小径旁边。但凡常有人行走的道路(比如这条古道),无论草色多么鲜绿,路面上也罕有蚂蚁出现:蚂蚁一般会避免把巢穴建在可能遭到踩踏的地方。花园中也是如此:蚁穴或在路边,或在檐下,但绝不在行人走过的道路中间。吸引松鸡频繁地从田间来到地头的,不惜暴露自己的,就是这些土堆和路基上的蚁穴。为了找到美味的蚁卵,它们甚至会跑到路旁行人颇多之处的路基上去。

现在求偶期已经结束,云雀也不再无休止地唱歌。等到麦穗成熟,农人磨快镰刀的时节,如果你从此地经过,两旁都是麦田的话,每隔十码或二十码就会飞出一群麻雀和小鸟,躲进山楂树丛中,这些绿树瞬间就变成了深褐色。躲上片刻,它们挑衅地啁啾几声,便又飞回去,消失在麦田里了。

有时,麻雀会在麦秆上方飞来飞去,并在一处盘旋片刻,似乎想要竭力停在麦穗上,接着,它们用爪子扯下一根麦穗,带着麦穗飞到地上,以便闲暇时尽情享用。有时冰雹和暴雨会将高高的谷物摧折,谷地也化为平地,这些地方于是就成了麻雀的绝佳去处:地里有时一次能飞出几百只之多。但有些雀类更愿意搜寻长在谷地里已经成熟的草籽，当然它们也会不时享用昆虫盛宴。

离开了扭曲的山楂树和坐垫般的百里香花丛，我经过一处废弃的羊圈，这里在以前曾为娇弱的羊羔遮风挡雪。一英里又一英里地走过去，此处依然不见有人生活的迹象，处处一片孤单静寂：山连着山，平原连着平原。不久，草地逐渐被坚硬的路面取代——货车宽大的车轮将燧石碾成了粉末，车上满载着堆成山的羊毛或小麦。此处，这条古道恰好满足了现代文明的需要。走上不久，这段路就重又接上草地。距离山地一两英里外，有一片平地坐落在半圆形的丘陵中；穿过平地，就能看到尽头山楂树的树篱、榛树和发育不良的野苹果树。

草地上有圆形黑色印记，四散的灰烬和烧了一半的枝条，说明最近曾有吉卜赛人在此停留，他们也许夜间露宿在树篱旁。离此处不远有一座古墓，上面生长着一棵悬铃木——虽然瘦小但显然颇有年头，只是因饱受风雨摧残而发育不良，树下则是野兔的洞穴——它们把窝建到了无名战士的坟冢里。在他生活的年代里，这条绿色的路也许蜿蜒穿过一片渺无人迹的树林，只是树木如今早已被砍伐殆尽了。很快，树篱从视野中完全消失不见了，地面再次升高，海拔接近山丘的高度。路在此处变宽——开始宽约五十码，随后变到一百码，金雀花、凤尾蕨和一丛一簇坚韧干枯的野草星星点点地散落在绿色的草地上。向上

山边树篱

仰望，山顶上是另一座古老的营地；而向下俯视，还有两座覆满野草的低矮坟冢，其状如倒扣的碗。在岁月的沧桑变迁中，无疑大多数坟墓已被耕犁夷为平地：时至今日，犁头翻过泥土时，依然会不时碰到阻碍，猛拉一下，便会传出铁器磕碰石头的刮擦声。

农夫急切地掀开泥土，移走石头，便会发现一个他认为是细瘦坛子的东西，而那实际上是个骨灰瓮。和所有没受过教育的人一样——无论是在远东还是在西方——他一直幻想着找到被藏匿的财宝，于是他打碎坛子，却发现里面空无一物。之后他会把残片带回农场的家，短暂的新奇过后，这些碎片就会被扔进瓦片堆里，甚至最后被用来修葺牛棚的地面。这条古道仍然蜿蜒着伸向更远方，越过一道又一道山梁，可惜一整个夏日仍嫌短暂，不足以使我走到古道的尽头一探究竟。

狭窄的谷地中，在之前特别仔细描述过的古代要塞那凹凸不平的墙垒下方，有处迷人的泉眼，不断向外喷涌清泉。三个不规则的环状绿带，颜色比附近干枯的牧草更鲜亮，标示了地下裂隙的所在之处：清澈的泉水循着路径，喷涌而出。这三处细流各自从嫩绿的环状青草带流过，向下弯弯曲曲地流过一段距离，然后交汇在一起形成一条小溪。接下来，渠道里的水才开始变得清晰可见，在阳光照射下闪闪发亮，因为水流源头处蒲草稠密低伏，将水挡在了视线之外。不过，你若把这些草压下去用手拨开,就能找到泉水涌出的确切位置:它就从那里慢慢涌起,缓缓渗出,始终悄无声息。

在更低处,小溪的流势变得湍急,已经冲刷出一道凹槽——时而涌过一层细小的燧石,时而冲过一块光滑的圆石,几乎将其浮了起来——若是在近旁,还能听到美妙的汩汩流水声。离源头更远处,河道也愈加宽阔,浅水迅速掠过陡峭的斜坡,水面上波纹彼此交错,好像四股绳编在一起的图案。这图案和乡下孩子们在溪边闲逛时,用四条灯芯草编织的图案极为相似,仿佛说明了人工编织灯芯草、旗帜和柳条的艺术即来源于此。绵羊在山沟里恣意啃食着,牧草被啃食过度,花也难以开得繁盛。泉流彼此交汇,向更广阔的地带漫去,就在这些地方,生长着少许水田芥和一些婆婆纳(一种草本植物);据说婆婆纳有毒,偶尔还被误认作水芹。泉眼附近,孤零零的酢浆草开出淡紫色的花瓣,几簇灯芯草散落在四周。酢浆草和灯芯草都是植株矮小,看上去十分干枯,了无生气,和远处鲜绿挺拔的牧草截然不同。

水鹡鸰偶尔会光顾此处,有时来的是黄色的水鹡鸰,颜色在泉水中显得格外鲜亮,猛然看上去容易误认作是黄鹂。但即便算上它们,泉源处也说不上常有鸟类光顾,很可能因为水质清澈难以吸引肉眼可见的昆虫,而泉水两岸则是又干又硬,不适合喜欢潮湿的蛴螬和蠕虫活动。就在泉水后面,峡谷的绿色

山边树篱

崖壁陡然耸起，几乎呈垂直状——如此陡峭的峡谷，不费力气定是难以攀爬而上。谷顶是大片的麦田，地面在这里毫无征兆地突然下沉。耕犁已经把所有的土地翻过一遍，只余下一道十分狭窄的边缘，高高的小麦低垂着头，几乎垂到了边界上。一个体格健壮的人也许能把一块平滑的圆形石块从这头扔到狭窄谷地的另一头去，峡谷曲折的线条十分明显。

峡谷犹如一道凹槽，切削出一条朝向小山的通路，离山顶越近就变得越窄，路基的高度也不断收缩，到了接近出口的部分，路只比货车的车辙稍宽一点，几道横杆和一个大门就能把它圈起来。峡谷在丘陵脚下便到了尽头，上面有座谷仓俯瞰着峡谷——谷仓里住着数不清的麻雀，它们把巢筑在房檐下，敏锐的眼睛四处打探，随处都能找到可以挤进去的缝隙。

顺着峡谷的陡坡往下看，靠近底部的地方，有突出的岩架，或称平台，向外伸展，仿佛自然形成的人行道。峡谷对面，还有另一个岩架，或者被青草覆盖的平台与之呼应。这些岩架顺着曲折蜿蜒的峡谷分布，宽度不断收缩变窄，最终逐渐消失。在最宽阔的部分，有个岩架被巧妙地改作了货车道，那路坚实稳固，甚至比峡谷的谷底还要平整。假设一条有潮汐变化、水势涨落的小河流过峡谷，那么这些岩架就会变成河岸。岩架形状规则，令人称奇，而且并非仅存在于这个地方。这沿着山脊的边缘，四处分布着这样陡峭而狭窄的深谷，一直伸向更大的直达天际线

威尔特郡的乡野生灵

的山谷。在方圆十二英里的范围内，至少有十个这样的峡谷，其中许多都有类似的泉眼和平台般的岩架，形状堪称完美。就在这个深谷的另一头——还未通往大峡谷就开始变宽了——泉水漫出，形成了一条更宽的河道，河道旁是一片带状的柳林。

在泉源处顺着水流向下看，在远离丘陵地带的西侧，山谷的尽头似乎与天空相连，由于地势急剧下降，树木抹去了人类居住的一切痕迹。山丘静悄悄的，谷底彼此相连，顶上就是古代的要塞。麦田静悄悄的，一直延伸到边沿。山墙也静悄悄的，两边陡峭的绿色山壁拔地而起：它们靠得实在太近，以至于当燕子急速掠过头顶的蓝天时，只能在视线中停留片刻。傍晚时分，火红的太阳硕大膨胀，有几分被摊平的感觉，高悬在槽形凹地的开口处。在如此的静寂和孤独之中，心底就会自然生出对时间流逝的思考，思索着这个凹地是如何在缓慢的地质活动下历经千万年才最终成形。一千五百年前，上面营地里的人曾来这里取水。如今，泉水依然涌流，落日仍旧沉入西边的山口。因此毫无疑问，太阳也一定在傍晚时分照进凹地，周而复始，一如从前。

一只白壳蜗牛在草叶上爬行，以其迟钝的方式感知着傍晚的逐渐来临。小壳的螺纹旋得精妙——可谓是工艺精湛，毋庸置疑，甲壳里的生物形状同样完美，还会因为能够享用美食而感到愉悦。地上，在草根附近的植物纤维中隐藏着另外一只小壳,不过这个壳是空的,曾经居于其中的生命已经消逝——它去向何处了呢?这会儿,正在降下露水,不久露水就会凝结在蜗牛壳上,一颗饱满的露珠会停在开口处,再过一会儿,这滴小小的露珠就会加入泉水永无止息地奔流之中。是否有一种计数系统能够显示曾经存在过的所有生物的数量呢?如果时间要以生命的长度来衡量,那么,以这些生物短暂的寿命计算,无数个轮回已经过去。对我而言,那数不清的微生物就是最大的奇迹:它们曾经存在于此,想来各具知觉与情感,它们的身体如今构成了地球坚实的外壳。在这些微小的甲壳生物之前,还生活过无数它们的祖先:大自然似乎总是不知疲倦地重复相同的模式。

柳树林中,河雀喳喳乱叫。那里还伫立着第一棵白柳树,更恰当地说它是斜着横在水面上,树干内部已经空了,显得无尽沧桑。这棵白柳只是个前哨,山谷下绵延着数英里的溪岸上,成排地生长着上千棵这样的树。小喷泉喷涌得多快啊!泉水先是迅速汇集成了一条细流,在没有任何看得见的支流汇入的情况下,竟然立刻变成了一条水量相当可观的小河。在前半英里,水流显著增强,如果适当用堤坝加以阻拦,其力量足以驱动一个磨坊——事实上,谷口下许多发源于山沟的泉水就是这样被利用起来的。在流出一英里多之后(考虑到水道的蜿蜒),水面就变得宽阔了,需要费些力气才能越过,随着溪流继续加深,最终变成了一条规模不小的小河。

水量迅速增长自有其原因：河流经过的每片土地都是一个集水区，地势朝河流的方向倾斜，这里时刻进行着虽不可见但规模颇大的排水流程。如果没有小河流经原野，水分要么得以保持并向下渗透，要么慢慢蒸发：一旦有沟渠被挖开，沟里很快就会蓄满水。溪流的影响不仅在于蓄积水分（肉眼尚无法看到），还在于防止水分蒸发或消失在下层土壤之中。许多地方如果人为凿出河道，那么溪水可能很快就在一定时间内实现自给自足——当然这要以其底部不疏松透水为前提。在山沟开口处更下方，水流在白垩地上冲出了一条六英尺深的渠道——冲刷出的燧石沉积在水底。山楂树丛低垂向水面，蔷薇自从抽出第一根嫩枝后便未经修剪，树形庞大；接骨木也十分繁盛，白花散发出浓郁但难闻的气味，村里的姑娘如今仍然采集接骨木花泡水，用以消除雀斑。这些灌木丛将深沟掩藏起来，沟中有水流曲折蜿蜒，不过沟渠太深，牛群根本不能下去饮水。

　　在距离深沟边稍远的地方坐落着一个村子，当地的村民不直接从溪流中取水，而是溪边建了一个水池。水池无疑与溪流相互连通，因为这个池子或"取水地"一直盛满了清凉澄澈的水。这种设计自有其妙处：虽然溪水本身通常是干净的，但很容易受到多种因素的影响而变得浑浊不堪，比如发生山洪的时候。有时，溪水中漂满了白垩；有时，山沟的牛群来这里饮水，将水底的沙粒搅得到处都是。但池水却能长久保持清澈，因为溪流中的水必须先经由狭窄的白垩碎石过滤，才能进入池中。

　　总的来说，溪水相当澄清，以至于河道一变宽，就会让人产生想要见到鲑鱼的念头。可惜的是，未等见到鲑鱼，土质就改变了，黏土破坏了鲑鱼喜爱的干净沙质河床。不过，人们在附近一条这样的小溪中已经进行了饲养鲑鱼的尝试，还取得了一些成果，要不是丘陵一边的溪流都在流过一段距离后进入草地，并随即涌过满是淤泥的河床，人工饲养一定没问题。如果悉心照料，上层水域能够饲养一些小鱼，不过仅在实验中如此，假如听之任之，鱼儿很快就会被捕杀殆尽，这还是在没有考虑到有人钓鱼的情况下的推测。

　　山脉另一边的坡度有些下降，但山丘依然连绵起伏，伸向远方；在那里情况刚好相反。流向那里的泉水所经之处，河床十分干净，并逐渐塑造了河的特征——浅而狭窄（的确如此），但清甜秀丽。当你漫步走过丘陵，从长在山上的广阔坚果林中挤出来，接着穿过大片的榛树林时，你会突然发现自己来到了一个陡峭的悬崖边上，其坡度与地面近乎垂直。瞧！山脚下有一条蜿蜒曲折的小河，河边有一大片草地，栗白相间的牛分散在草地各处。

　　在合适的季节，技艺高超的垂钓者会在这里引斑鳟鱼上钩。穿过草地，有一片榆树和橡树林，暗红色的旧房子在其中隐约可见，此外还有乡村教堂带雉堞的低矮晦暗的塔。这后面，丘陵再次耸起,春天斜坡的颜色各异:绿色的麦田,成片的芥菜黄灿灿的,绯红的三叶草,还有暗棕色的休耕地。

山边树篱

第 *4* 章
乡 村

　　在距离前文提到过的村民的"取水地"不远,同一条小溪从一处深沟或凹槽状的地方发源,不久溪水猛然变宽,形成了一个水质清澈透明的大水塘,两棵高大的冷杉和一棵同样高耸的白杨把树影投向水面。溪水潺潺流过山谷,平原就位于林木葱翠的山谷上方,这几棵树高耸的树冠几乎与平原相齐。因为彼此紧密相邻,这些树生长态势的差异形成了鲜明对比。冷杉的枝杈优雅地低垂着,好像被枝头深绿色的花穗儿压得不堪重负一般,春天这些花穗的尖儿呈金色,因为幼芽的绿色实在太浅,看上去就如淡黄色一般。与枝杈悬垂的冷杉相反,白杨的树枝一律笔直地向上伸展,几乎与地面垂直。因此,白杨树的轮廓与那些极爱夸张的画家们笔尖向上的画笔一样。这样的形状不适合鸟儿筑巢,因为几乎没什么枝杈可以形成平台,所以鸟类很少在白杨树上筑巢居住。

　　山上有条宽阔小径(还称不上是一条路)通往下方的水塘,羊群定期被赶下山来这里洗澡,在小径上踩出了数不清的小洞。那时候，小径每天都挤满了朝着相同方向前行的羊群，路边仅有的几家，包括村里紧挨着水池的小酒馆，皆因牧羊人的到来导致顾客数量飙升。关于羊群何时洗澡，当地没有什么成文的法律规定，不过此地的习俗如同议会颁布的法令一般不可更改：每个牧羊人都清楚自己的日子，他们按顺序来，谁也不会试图干涉别的牧羊人独占水塘，赶羊洗澡的权利。"洗澡权"被牧羊人一本正经地维护着，就好像这事关宪法。

有时，某个地主或某个农场主急切地想要做出改进，试图封堵小径，从池塘引水来灌溉牧草，或者尝试用这种或那种方式来介绍改良创新的方法。他们以为随着教育水平提高，现代思想广泛传播，以及现如今工人们普遍地四处流动，传统的影响力已被削弱了。但是，他们发现自己完全搞错了。牧羊人聚集起来不是把围栏推到，就是把刚刚挖好的引水渠填平。同时，这些人还得到了全教区居民的普遍同情，那些牧场主们也为了维护自身利益给他们撑腰。因此，获胜的总是因循守旧的人，传统习俗依旧占据上风。

绵羊极其讨厌水。它们往往刚一沾水就立刻跑出来，因此很难被赶进水里。只有被陌生的牧羊犬驱赶，并且被堵得无路可逃的时候，它们才可能冲进池塘。有时候，绵羊进了小溪，会因为窄小的蹄子深深陷进淤泥之中而爬不上来，尽管出于寒冷和恐惧，它的头还会在水面上苦苦挣扎，但若是此时不赶紧营

乡村

救,绵羊就会溺水而死。牛群刚好相反,温暖的日子里,它们喜欢一直待在水中。

在绵羊和绵羊相互拥挤磨蹭,以及与牧羊人和他们的助手斗智斗勇的过程中,它们身上的羊毛会大量脱落,顺水漂流而去。这些羊毛被装在下游的一张网接住,最终来到村里的三两个妇人手里, 她们好像通过支付一点啤酒钱换得了这个权利。一年到头,除了羊群经常走过的道路和小巷,这些妇女还会留意是否有迷失的羊群在灌木丛中被挂掉的羊毛,她们也会跨过树篱的缺口到高高的蓟草和野蔷薇丛中捡拾羊毛。这些羊毛多少会因为天气的缘故和飞扬的尘土被弄得脏兮兮的,不过羊毛本来就是用作制作拖把,干净与否也就无所谓了。

老式的羊毛拖把依旧是农家的必需品,对奶场来说尤其必要,因为每日要不停地冲刷擦洗。羊毛被收集起来后,妇女们就用老式棉纺机轮着手处理,因此直到今天,人们可能还会不时地在某个角角落落里发现类似的纺织机轮。村民还专门打造一种特制大头钉,用来将拖把固定在一块结实的桦木"挡板"或者把手上。"挡板"这个词的拼法是我根据发音猜的,村民也用这词说耙子,比如他们不说耙子把手,而说耙子板。拖把做好之后,妇女们就带着它们到本地各个农场上去转,她们知道谁是自己的熟客。人们买拖把不仅是为了稍微帮衬一下穷苦的人家,而是因为这东西的质量的确很好,很结实。

河谷的草地上，同一条溪流浇灌着无数成片的柳树林，被树篱围住的白柳和挺拔的杨柳之中尤以沿着溪水边生长的树木最为繁茂。农场主通常把长得最好的柳树卖给村里的柳条制品工匠。柳木被劈成柔软的窄条，然后被编制成各种不同的器具——比如女人的针线篮和各种小摆设。柳木若是被劈成只比硬纸稍厚一点儿的细窄木条，就会变得惊人的柔韧。过去很多人都以编制柳条器具为生。村里也有柳条织机，为了显示自己手艺纯熟，织工有时也会用柳条做件衬衣——当然只是为了好玩儿而已。草编业的发展对这一产业影响极大，如今只有少数人还在从事柳木编织的行业，也主要是专门为其他地区提供原材料了。

人们从山坡上的白蜡树林和田野中的灌木丛林中砍伐粗壮的白蜡树干，运出来之后会有一两个上年纪的人专门负责把木头削成"薄片"——"薄片"就是很轻的木架，被用来为栅栏堵上缺口，或是插到田野中将一块田地分为两块。制作栅栏也是村里的产业之一，不过近年来，城镇集市的手艺高超的木匠们开始雇用人手大批量生产栅栏，所售产品价格低于村中工匠所制。

当地最忙的人大概要数那些造车轮的工匠，他们不仅制作和修理四轮马车，手推车的车轮、车架，还会承接别的木工活儿。若是手中有些闲钱，他有时也承接砖瓦工匠的生意，帮忙修建村舍、谷仓、库房等等，因此院子里堆满了木料。通常村里还

乡村

会有个石匠，从一个农场转到另一个农场，帮忙修理围墙、猪圈，和所有稀奇古怪的活儿，依靠自己的双手工作。

这里自然也有铁匠，有时还不止一个，通常要做的活计总是没完没了，因为现代农业比起以往要多用两倍的机械设备和铁器。最初，很多铁匠都不懂怎么修理这些时髦机器中的部件，不过他们已经学会了很多，虽说有些零件损坏时还是要拿到生产厂家进行更换。成群结队的马被赶到这里来钉新掌。有时候村里的铁匠因为钉马掌而声名远播，连住在城镇里的绅士们都把自己的马送到这里来钉掌。铁匠仍然是用白蜡树苗做短短的凿子的柄，以此来阻隔烧得通红的铁砧。他有成捆的白蜡树枝，这些树枝柔软易弯，又十分坚韧，拿根枝条在凿子上绕儿下，就做成了一个长长的手柄。白蜡木的好处是不会"反弹"，用力敲击的时候也不会产生震动。

村里的补锅匠虽说常常四处流浪，有时却还有点小钱，他拥有一两处农舍，是用积蓄找村里的石匠帮忙修建的——盖房的材料大概是某个友好的扬谷机操作手免费帮忙运送过来的。每当不酗酒而又稳定居家的日子，他就拿点儿本钱出来做个小生意——总之，他的手从不闲着。总有牛奶桶、水壶和平底锅之类的东西要修补，他就一家一家地上门去修。有时候，人们还可能会看到他待在农场的车棚里，垫着那个一直随身携带的小铁砧在修修补补，身边总是有两三个村里的孩子——黄头发的，

威尔特郡的乡野生灵

结结实实的,聚精会神地观察这门手艺的奥秘。

尽管有机器缝制的靴子并且价格低廉,鞋匠在村里却依然站得住脚,顾客还为数不少。在地里干活儿的人需要防水的靴子,所以必须要手工缝制。鞋匠在劳动者之中生活了一辈子,比那些城里的手艺人更明白他们想要的是什么,也更明白如何用钉子撑起鞋底,如何给鞋掌和后跟钉上金属片——靴子最后被弄得简直如甲胄一般。就连这里的小孩子也穿靴子,不过以他们的个头儿而言,靴子过于沉重了。很多自己做工的农场主也会把自己的靴子送到鞋匠这里来修。和村里的鞋匠打交道时唯一需要记得的一点就是:你若是想要一双靴子,需要提前六个月定制,否则一定会失望而归的,因为他做双鞋的时间比得上船工造船的时间那么久。

一条小路将村庄的两部分连接在一起。路边的树下有个曾经敦敦实实的木桩,如今正在慢慢腐朽。在这个木桩对面不远处可以看到第二个木桩的残骸。原来这里有个制绳厂,可是很久之前就已经废弃不用了。各行各业都日渐趋于生产集约化,这种趋势很久之前就已经出现了。的确,近年来很多从事制造业的人发现把作坊从城市搬到乡下更加有利可图,因为乡下租金要低得多。水可以通过打井取得,交税更少,薪水也更低。他们将商铺和办事处留在城镇上,而所有的制造工作都在数英里之外的地方完成。然而,就连这些也明显与工业生产集约化相

乡
村

关。工人变成了领工资的人类机器，他们既不在自家的小作坊里用自己的双手为自己劳动，也不像搓绳子的工人在榆树下来回走着搓捻麻绳，然后把自己手工生产的产品带到市场上，站在街边叫卖。

水磨工曾经是各个村子里奔波忙碌的人，但是铁路把麦子运到了城里的蒸汽磨坊里，至于在仍然使用水磨的地方，铁器也已取代了木制品。还有少数地方，妇女和姑娘们受雇在自家制作粗布手套，不过如今这些活儿也更多是在大型商业中心附近完成了。另一个消失的行当是铸钟业。附近的山里有个村子原先以铸造教堂的大钟闻名，至今很多当地铸造的大钟还在遥远的塔楼里鸣响。

乡村教堂就伫立在山边，池塘正上方的位置。尽管教堂看上去古老阴沉，可牧羊人用池塘给羊群洗澡的风俗却可以追溯到更古老的年代。教堂的塔楼和山上更远处的农舍一样，是用燧石混合水泥修建而成，随着时间推移，整个建筑几乎变得如燧石一般坚硬异常。在燧石上削出平面，在墙上勾勒线条或绘图的艺术曾经发展到极致完美的程度，至今人们甚至可以在一些老式花园的院墙上看到这样的装饰。

塔楼十分高大，教堂极为宏伟，也许由于此地人口稀少，相比之下才显得异常雄伟。不过，也有可能在修建教堂时当地居民的人数比现在更多。因为与其他类似的村庄一样，有很多迹

杨柳

James Duffield Harding, *Pollard Willow*, 1841

　　河谷的草地上，同一条溪流浇灌着无数成片的柳树林，被树篱围住的白柳和挺拔的杨柳之中尤以沿着溪水边生长的树木最为繁茂。

Tab. 228.

榛
树

Corylus avellana. L.

B. Thanner del.

J. Zorn, *Corylus avellana*, *Hazel*, 1799-1790

一条两旁长满榛树的优美而古雅的小路一直通向远方的果园,树枝在头顶纵横交错。秋天,树上挂满了沉甸甸的果实,更加美妙的场景应该是采摘果实和尽情享用美味的时刻。

乡村小路

Arthur Claude Strachan (1863-1929), *A Warwickshire Lane*

　　一条两旁长满榛树的优美而古雅的小路一直通向远方的果园,树枝在头顶纵横交错。

牧羊人

Savery Roelant (1576-1639), *Shepherd Sleeping before a Large Tree*

　　在山丘上,除了沉思外几乎无事可做,他把羊群放进洼地里吃草,自己就坐在斜坡上有草的地方等着,一等就是几个小时。

乡野小景

Samuel John Lamorna Birch (1869-1955), *Old Cornish Village*

在乡下比较大的教区,距离主村落一两英里之外一般都至少有一个小村庄。零落的房子和农舍星星点点地散布在田地周围,彼此之间互不相邻。实际上,这些房子被树篱、草地和灌木丛隔开,彼此相距很远,几乎称不上是个村子了。

农庄

Helen Allingham (1848-1926),*A cottage door*

当这样的农庄在同一家族里传了六七代后,它看起来就带上了强烈的个人风格。历史在其中产生,过去的记忆凝结在一起,被鲜活地传递给下一代,将今天和七十年前连接起来,就好像时间从未间断过。

猎
狐

Samuel Henry Alken (1810-1894), *Fox-Hunt, the Death*

　　猎狐集合与训练有素的骑兵队集合不同,贵在其生气勃
勃之美:马和骑手们四处移动,聚在一起又分散开来,新的
骑手不时迅速加入,队伍也不断重新集结,令人目不暇接。

农舍

Henry Challis (1867-1962), *Buckland Village*

　　每条弯曲的小路都通往一片农舍，每条小路也都有自己的名字，但是所有穿过村子的小径和大路都被口头上称为"街道"。

象表明当地的人口曾急剧减少。在山下相邻的一个教区,目前只剩下不到五十人居住。那里过去曾有一间教堂,不过已经被拆掉很久了,教堂的墓地如今是一个果园,严禁任何人挖掘和耕种此处的土地。

穿过一扇嵌满饰钉的窄门进到塔楼里,沿着蜿蜒曲折的几何线条状的石阶向上攀登颇为不易,因为这里狭窄漆黑,射孔里还积满了陈年的蛛网和灰尘。上方传来了微弱的声响,听起来像是翅膀在密闭的空间里震动空气——这是钟楼上寒鸦发出的声音,听起来就和八哥、燕子在巨大的老式烟囱里飞行穿梭时发出的声响一样。走过几个孔洞——这是表明曾有人到达的高度的唯一标记——就可以听到古钟那沉闷的嘀嗒声,声音缓慢,伴随着一种奇特的、带有摩擦声的振动,好像这老古董因为年代久远连钟架都变得颤颤巍巍了。钟的外表盘是方形的,与垂直的塔楼形成直角。时针的镀金层早已脱落,因为风吹雨淋而变得难以辨认,由于没有分针,单凭时针也很难读出准确的时刻。

再经过另一个射孔和狭窄的石头台阶——你一定要小心,时刻紧贴外墙,从最宽的地方走,因为越靠近中间的立柱,台阶就越狭窄——有些台阶因为几个世纪的踩踏而向下凹陷,有些台阶破损了,还有些台阶上有东西,人们一旦踩踏上去就会发生滚动和滑动,这是从寒鸦巢里掉出来的大量枯枝,高处的台

乡村

阶上到处都是枯枝，所以，你只能把它们踢到一边才能顺利走过去。枯枝几乎大小完全一致，都因天长日久汁液蒸发而变成了棕色和黑色，不过树皮还留在上面。令人惊讶的是，这些鸟儿是如何费尽心力地在树下搜索寻找到如此多的适合筑巢的树枝，因为鸟儿并不从树上折枝，只取那些从树上掉下来的枯枝。

搜寻此类树枝（白嘴鸦也用它筑巢）的最佳地点是几个月前砍过树或修剪过茂密树篱的地方。每当修剪比较细小的树枝时，为了把枝子打成捆儿，人们常常要在上面踩一踩，把那些太小的枝子踩断。把树枝打捆儿完毕，妇女们就用耙子把碎树枝耙起来当柴火烧。过一段时间，春天来了，鸟儿们也来这里衔起未收走的小枝，通常地上还会有大量的小细枝。鸟儿们一般叼走落在草丛中的小树枝，值得注意的是，它们喜欢枯死但未腐烂的细树枝，对尚带绿色的或是已经腐败的不屑一顾。难道它们发现绿色枝条在变干的时候会收缩，而烂木头不够牢固了吗？白嘴鸦、寒鸦和鸽子以这样的方式搜集筑巢的材料，寻找有树被砍或树篱得到修剪的地方，不过即便如此，这也颇需要一些耐心。鸟儿们有时候也从去年的旧巢中回收利用大量原材料——白嘴鸦和寒鸦就是如此。

最后，从这里走到钟楼时，落脚一定要小心，因为地板被虫蛀了，不时地也会有松动的板条，如果可能的话，尽量让脚踩在横梁上，至少横梁是固定的。如果要从这里落到下面敲钟人站的石头路面上，这高度还是会让人发晕。敲钟的绳子上绑着布条或类似的东西，方便抓握在手里。哪怕是在二楼，你若是想敲一下钟，却忘了敲完之后迅速把钟绳抛掉，绳子就会把你拖拽到几乎与天花板平齐的位置。很多人就是这样在小时候接受洗礼的洗礼台附近摔断了骨头。

墙上钉着一些铁夹子，用来固定一些陈旧的织物，这些织物后来逐渐脱落了。打开已被虫蛀的钟壳的门——钥匙就挂在里面，只要你高兴，就算研究这钟表走上一整个小时也无所谓，因为教堂执事在远处的田地里干活儿，负责掌管钥匙和指示穿越草地最近路线的人——执事的老伴儿也去泉眼那里取水了。这幢古老的建筑现在完全废弃了，就这么孤零零地立在山上。脚下铺路的木板吱嘎作响，与生锈的铰链发出的摩擦声混在一起，显得空洞沉闷、阴森可怖。不过，有一束阳光从射孔照了进来，蜜蜂从开得较大的窗户飞了进来，发出低声的、问询般的嗡鸣。教堂外，有麻雀叽叽喳喳地喧闹声，雨燕独特的尖声鸣叫声，还有寒鸦"喳喳嘎喳喳嘎"地喊个不停。三叶草的甜蜜气息和新割青草的香气随微风飘上来——也许还有穿过教堂墓地去干活的晒草人的笑声，笑声在他们悠闲走过的路上飘荡回响。

钟表上刻有钟表匠的名字，表明这钟是一个世纪前在几英里外的一个小市镇上铸造的，那时工业产业集约化尚未开始，各地的生活还未失去其独特性。钟表上方的木盒儿上有很多麻雀筑的巢,麻雀的羽毛时不时地掉进钟表里,表就不走了——不过在这里,这也没什么所谓,忙而不乱是这个村子的信条,而时间则没有多少人在乎。你要是愿意,大可以从鞋匠那里借来鞋油鞋蜡,把大钟的轮廓拓下来。不过你要小心,因为敲钟人的疏忽,有个钟稍有倾斜,假如绳子松脱了,重达一千九百斤的黄铜就会把你压在架子下,砸成肉酱。

敲钟人自成一股势力,他们虽说也是乡下人,却绝对是独裁者,不轻易受人使唤。很多牧师已经吃过了他们的苦头,却只能保持沉默自吞苦果,因为就算到周边别的村子里也难以寻得一个人来敲钟。要改变村子的风俗,就像用手杖推倒这个坚固的塔楼一样难以实现。不过,圣诞节来临之前,你会找到机会对敲钟人说句某某钟声很好听,然后你就一定能听到那乐曲夜夜响起,喧闹的快乐钟声穿透繁星照亮的夜空。无论何时,洪钟的每个音符都清晰明确,好像是由机器敲击而出,然而一曲终了,颤音还在耳中久久回荡,直至声波消失在远方。然后你可以走进花园或田野间倾听,因为那是一首壮丽的乐曲,你还要记住,这一种在山间回响了成百上千年的宏伟乐曲。敲钟的虽然是些粗人,他们却是满心喜悦地表达着自己仅有的艺术鉴赏力。

沿着螺旋形的楼梯转几圈儿,就能来到屋顶上。铅皮颜色沉闷,又因暴露在空气中而氧化变色了,脚下的踏板因此变得不甚清晰。高处有个生锈的风向标僵硬地转动着,微风完全无法对它

威尔特郡的乡野生灵

产生影响，只有大风才能将其撼动。傲慢无礼的寒鸦(此时正在安全距离之内盘旋飞舞)把所有适合筑巢的、突出的地方都占领了，丝毫不顾及自己的侵占是多么不合适——天使的翅膀上，圣彼得飘动的长袍后，或在那边灰色的长满苔藓的壁龛里——那里曾树立着圣母玛利亚的雕像，后来被反对偶像的人砸碎埋到了地里。如果滴水嘴坏掉或者被堵住无法滴水，寒鸦也会把巢搭在上面，不过它们不会占用别的滴水嘴。它们也把巢筑在钟塔窗外墙体的突出部分，这些窗子有一部分被用木板钉上了。简而言之，任何高处或有遮蔽物的地方，都适合寒鸦居住。

筑巢的季节一结束，寒鸦似乎就会离开教堂，与白嘴鸦一块栖息。寒鸦在塔楼筑巢，筑巢地和栖息地分处两地，这与白嘴鸦相似。白嘴鸦通常在老鸦群多年栖居的树林里筑巢，但是在别的季节，它们却选择到距离筑巢的树林不远的林子里栖息。寒鸦最初是如何来到教学的钟塔上筑巢的呢？显然，鸟类与教堂的关系极为密切，绝难分离。不过，有一点是确定无疑的，鸟类出现的年代可比建筑古老得多。考古学家告诉我们，这个岛上任何高度的石头建筑——无论是出于宗教还是防御的目的修建的——都出现在相对较晚的年代。如今，原住民低矮的棚屋很难再吸引寒鸦筑巢了。有些人认为本能是永恒不变的，所以鸟的习性也不会改变，比如蜜蜂今天筑巢的方式和一个世纪以前完全一样。然而，我们现在的习惯难道就没有一点改变吗？

乡
村

寒鸦不可能一开始就把巢建在高大的石头建筑上，如果把问题限定在本国之内，我们难道不能通过塔楼的雉堞或教堂最初耸立起的时间，来确定寒鸦什么时候开始利用它们筑巢吗？寒鸦非常聪明，也有足够的理解力明白这些高耸而偏僻的位置有多适合自己的独特习性。我还敢打赌，假如给蜜蜂展示一个更好的建蜂房的模式，它最终也会学会利用的。

寒鸦在塔楼忙碌着，距离塔楼不远处的教堂墓地里，坐落着一处巨大的方形坟墓，四面分别由四块厚重的石板搭成，一块更宽的石板盖在上面作墓顶。墓穴的碑文很难辨认，代代相继的农家孩子玩游戏的时候，铁皮包裹的鞋后跟儿早就把碑文破坏了。孩子们没有踢掉碑文的地方，又被苔藓地衣覆盖了。据教堂执事说，这座墓旧时曾被用作施舍台，穷人们每周都来这里领救济。他父亲告诉他，自己以前就曾饿着肚子站在这儿，和别人一起——不是些身体有残疾的跛子、寡妇，而是身强力壮的人，一直等着一条条面包被放到宽大的石板上，因此活人就当真是在死人的坟墓上吃东西的。

那时，农场主们定期要在法衣室开会，商讨他们每人能提供多少工作或者临时工作，这样就能按比例分摊救济。若是从远处来的人，哪怕是附近教区过来的人，都要被心怀妒意地与本地人分开，以免增加救济负担，多养活几张嘴。另外，若是有办法可以摆脱一个家庭，那一家人就会被驱逐。那时候，人手比

威尔特郡的乡野生灵

工作多,如今情况正好相反。这个古老的墓穴就像一个肃穆的旁观者,见证了传统的断简残篇和人民构成的历史,如今后者的地位要被置于仅由帝王名单构成的历史之上。

村子里最年长的人是一位妇女——情况一般都是如此,据说已经一百多岁了,她收拾得干干净净,也被照料得很好,身体虽虚弱,但口齿清楚,十分健谈。她用茅草屋顶来估算自己的年纪。自她记事起,屋顶已经被翻新了五次:第一次翻新的时候,她还是小女孩儿;她长大之后,父亲把屋顶翻新了两次;第四次是她丈夫做的;第五次则是在三年前。这加起来就是一百年。

近年来,茅草屋顶使用的时间久了很多,因为天气潮湿的时候,不再有向茅草上不断滴水的大榆树了。雇工们常常非法侵占公共用地,把房子建在靠近公路的荒地上,往往离树篱很近,房子也就建到了树底下。若是树上不断滴水落到茅草上,对屋顶的损害很大。茅草极其耐用,若是原本长得好,铺得又结实,那就风吹日晒都不怕。一般来说,修一次屋顶可以撑上二十年(也可能更久),那么铺五次茅草就是八十年。再加上最近一次翻新屋顶已经过了三年,而且这老妇人认为第一次翻新时她大概是十七八岁——这也就是说,她正好有一百岁了。不过,她关于第一次屋顶翻新的记忆多半已经模糊不清,那时她也许只有八九岁,如此便要将她的实际年龄往下稍减几岁,也就是九十出头。自她记事起,村中起过两次大火,村子的大部分都被火烧毁了。起火对村子是毁灭性的灾难,火焰会从一家的屋顶蔓延到另一家的屋顶,用村民的话来说就是火焰"翻滚着"越过空地。人们用"翻滚"或"跳蹿""灼烧"这样的词来形容伤痛。这样的火灾常常是由壁炉里的柴灰被倾倒在垃圾堆上引发的,余烬未灭的时候其热度足以点燃柴草或垃圾。

这老妇人的回忆都是有关家族历史的八卦。我时常发现,那些特别高寿的人能讲的东西还不如六七十岁的人能讲的一半那么多。年纪次之的是一个八十岁的老头儿,他对历史的全部了解就是很久以前有一支英国军队,几个叛徒把燧石从滑膛枪里退了出来,换上了不能用来点火的木片,于是这支军队就被打败了。至于这事发生在什么时间,什么地方,牵涉到什么人,他都一概不知。他还"记得"在自己小时候下过一场大雪,他帮着把马车从雪地里拽出来,又用栏架给它们铺了一条坚实的路。一次在路边不远处挖树篱时,他发现了一批总价五先令的便士——多好的旧"铜币"啊——肯定是盗贼藏在这儿的。他用新铜币不如用旧铜币买到的东西多——乔治王就是旧币里最值钱的。

村里的酒馆住着一个七十来岁,手脚很麻利的老太太;她看起来搞不懂历史是什么意思,不过只要我愿意听,她就会给我讲故事。那故事都是一些异国的男欢女爱的事,被她叙述得杂乱无章。说有个夫人与情夫幽会,却被自己的儿子撞见了;那儿子又是个笨蛋(或者用女人自己的话说,他的智商"只有上帝给的那一点儿",村里人通常这么形容笨蛋)。为了掩盖此事,夫人就跑到楼上,从窗口往外朝她儿子扔了一大堆葡萄干。儿子把事情的经过告诉了夫人的丈夫,但被问到具体时间时,他只能说是"下葡萄干雨的时间"。这故事本来应该是个证明儿子愚蠢的新证据,那夫人因此躲过了一劫。

这个纰漏百出的故事,有没有《五日童话》里某一章的感觉呢?可这故事是怎么进入偏远乡下一位不识字的老太太的脑中的呢?这地方与滑铁卢、克洛登、塞奇莫,或者美国内战都搭不上边,但是到了结束的时候,有位老人宣称查理国王曾住过这里的一间老屋,那房子就要被推倒了。不过,根据当地的传说,那时候"查理国王"在乡下大多数的老房子里都住过。尽管如此,我还是决定去拜访这个地方。

紫杉树篱远高出头顶,又厚又密,圈出一个色彩碧绿的庭院,如此浓密高耸的树篱只有经过百年的生长和无数次的修剪才能形成。院子里的草很多年未经修剪,原先保龄球准确划过的平坦的坡道上,如今已是杂草肆虐。早春时节寒风料峭,但你若靠着树篱的向阳面行走,这道天然屏障就会阻挡那彻骨的寒意,让人感到如同穿上了貂皮大衣一般温暖异常。只有在那段时间,你才能享受到阳光带来的独特的和煦之感,那感觉就像是大病初愈后的恢复期。我们不妨四处走走,再沿着原路返回,有时你会经过画眉的巢，画眉鸟安安静静地坐在巢里，自信满满的样子。

真正能吸引我们英国的鸟儿居住的，唯有真正的英国古树和灌木，那些现代培育的奇特的异国常青树种都难以与之匹敌。鸟儿喜欢在黄杨和紫杉上搭窝，不喜欢那些底下疏松透风的纤弱的月桂树和杜鹃花，它们会尽可能避开后者。在乡下花园周围普普通通的山楂树篱上的鸟巢，数量通常是常青树上的三倍，而光顾的鸟儿的数量则有其五倍之多。那些异国的常青树不仅培植成本很高，还极有可能被第一场严寒的霜冻冻死。

画眉鸟特别喜欢紫杉上的浆果，这种果子很黏，不过甜蜜蜜的并不讨人嫌。它们也吃冬青果，冬青树篱尽管叶子上全都是刺，却最受花园里各种鸟儿的喜爱。我想，若想规划一个吸引所有鸟类的花园，也不无可能。

一条两旁长满榛树的优美而古雅的小路一直通向远方的果园，树枝在头顶纵横交错。秋天，树上挂满了沉甸甸的果实，更加美妙的场景应该是采摘果实和尽情享用美味的时刻。我不明白为什么如今的资本家不在小径两侧种些榛树，他们在盖房子上一掷千金，又得到了什么呢？我忍不住想到，真正的品位在于分辨土壤和气候的特质。那些壮丽的紫杉树篱、榛树小路——事实上所有的东西都要被铲平了，只为了修建一座正面刷上灰泥的俗艳的猎房，周围还会建起来令人侧目的红色马棚和各种现代便利设施。日晷的指针已经被拔出来折断了。

多年来这座老宅都被用来开办文法学校，只是在最近二十多年荒废掉了，这空荡寂静的大厅和宿舍着实让人心生愁绪忧肠。原本刷成白色的院墙因为潮湿而变成黄绿色，上面还覆盖着大片硝石的风化物，不过孩子们在墙上胡乱的涂鸦还清晰可见——其中一些可以追溯到十八世纪。这个小王国的历史，它一代代的教师和校长们，以及一代代曾在这里学习过的快乐的孩子们的情况，或许都可以从墙上的笔迹里辨识：用烧过的枯枝或炭条勾勒的早已逝去的课桌"王族"的素描像，拙劣的打油诗，简单诙谐的拉丁文和英文押韵诗行——这些在每所好学校都有自己的样本。还有以月、日记的日期——那无疑是某些探险开始的时间，时不时还能发现一些咒骂之词（我们猜想可能开始有家具遮挡），表达着孩子们对不公的"统治者"——专横的门卫和冷酷的老师——的憎恨。

窗户破败不堪、门户大开，意志早已被肆虐的狂风削弱，只能任由它们摧残。附近的山上扫荡而来的暴风雨把地板泡得一塌糊涂。在一扇靠上的窗子里——如今已然是个进风口——两只燕子在接近天花板的位置靠墙搭了窝，你一进屋，它们就欢快地叫着冲你打招呼，八哥也在屋顶上吹着哨子。不过，鸟儿不在房子下面停留——泥瓦匠用铲子削砖发出的刺耳声早把它们吓走了。

第 5 章
乡村建筑

　　村子里有几座零星的农庄,都有附属的干草堆场和放牛群的牧场。农庄上也有些村舍,里面住着牧羊人、马车夫或其他雇工,他们常年为同一个雇主干活儿。这些村舍可能是周边地区最好的了:不但房子更大更宽敞,连四周的空间也很大,靠近门口的地方还有个不小的菜园。十二个月雇佣期的体制已经受到严重冲击,但事实上,如果一家人能在某处定居生活,男人做长工,女人和孩子干点儿零活,日子无疑还是相当不错的。这些村舍并不属于任何农场——而是属于各种小业主——通常都十分不便,村舍拥挤闭塞,小径和公用通道经常相互交错,也就导致问题不断、争吵不休。

　　从整体来看,这村子找不到一点儿规划过的痕迹。就连犄角旮旯儿的地方都盖上了房子,甚至在小山的陡坡上都零星地散布着农舍,菜园位于至少四十五度角的平面上,这样,干起活来就会非常不方便。这儿有一片榆树,那儿有几间农舍,旁边还有一片狭长的条状农田一直延伸到村子的中心。还有更多的农舍是背对着大路而建的,屋舍的前门正好朝向另一边。这里还有一小片草地、一口井、一条很深的巷道——巷道很窄,每次只能容一辆马车通过,为了防止山上的石头滑落,巷道的两边还用粗糙的石头砌了堤岸——以及建在高处的农舍,非要走过层层台阶,拾级而上才能到达。这里还有块空地,三条弯曲的小路在此交叉相会,还有一处收费通行关卡,当然,紧邻关卡处还有一家啤酒馆。

每条弯曲的小路都通往一片农舍,每条小路也都有自己的名字,但是所有穿过村子的小径和大路都被口头上称为"街道"。辅路和房屋建筑都没什么规则,建筑风格独特,可谓十分随意;所有的农舍修得几乎一模一样,很像城里周边的那些现代建筑。当地的居民与他们的居所倒是颇为协调——大部分人,特别是上了年纪的人,都有自己鲜明的"风格",他们的生活颇为随意。

这类老式住宅基本上都依烟囱而建。烟囱的主体是坚固的砖石结构,四周就是用碎石搭的矮墙。一旦农舍起火,几乎总是只有烟囱能得以幸存,然后农舍就会再次靠着烟囱修建起来。与烟囱的重要性相比,屈居第二位的是屋顶。屋顶就搭在矮墙上,然后一直向上拔高,实际上覆盖了一半的居住区域。

除了花园之外,农夫最渴望拥有的就是几间棚屋和厢房,用以存放木料、蔬菜等杂物,但是那些致力于设计"改良版"农

乡村建筑

舍的设计者往往都会把这一需求弃之不顾,绅士们总是急于让自己的雇工好好安顿下来,可这些新建的房舍却没有预想的那么令人满意。土豆、木材以及各种零碎物件对于物质条件不太丰厚的人们而言,价值自然要远超有钱人的想象。那些想要尽力为劳工阶层创造更好的居住条件的人应该牢记这一点。

紧挨着农场的庄园有一座农舍,里面住着一位踏实稳重的人,已受雇在这里工作了很多年,度过了一生中最好的年华,或许在他之前他的父亲就已居住于此,屋里还有一些很上档次的家具。家具都是多年来一件一件慢慢购置的,有些还算得上是一份小小的遗产——手头有点小积蓄的村民都颇以立遗嘱为荣,还有些家具则可能是上一代遗留的财产中仅存的纪念。有些村民虽然祖上并不显赫,却也曾管理过甚至拥有过一处农场,但是家境逐渐败落了,社会地位也随之下降,最后他们的子孙只能沦为在地里干活挣工钱的雇工——这种现象十分普遍。那些在几代之前曾经放置在农场住宅之中的一把旧椅子或旧橱柜,如今仍被完好地保存着。

架子上有时还能找到一些书:《圣经》当然会有,能认字的村民几乎人人都有自己的《圣经》;还有用皮带捆扎的论辩神学的古老的书卷,可以追溯到宗教纷争相当激烈的时代,克伦威尔就是在那时显露头角的。书的卷首是一幅作者自制的粗糙版画,标题用红色的字母题写,前言冗长乏味,正文里到处是拉丁文和希腊文的引文。这些在村民看来极大地增加了书的价值，因为他们仍旧把懂得拉丁文知识看作是"有学问的人"的关键要素。显然，这本书已经作为传家宝传了好几代人，因为空白页上写着持有者的名字，还不可避免地标注了"他的"或"她的书"之类的文字。这一类的作品得以保存如此长久，实在是令人匪夷所思。

在这间小屋里，丝毫没有了那曾经使得十七世纪诸多纷争不断的教派得以建立的精神。不过，我知道有些人好像要重新恢复那些曾经激情洋溢地祈祷并参加战斗的剃短发的圆颅战士们所具有的精神特质。这些人仍然完全从字面上解读《圣经》，将其中的每个词当作上帝单独给予他们的启示，而且严格地按照坚定的信念来规范和塑造自己的生活。

这样的人，通常白天在干草地里劳作了一天之后，晚上却可能在农舍旁给一小群虔诚的信众讲道。尽管只能有些费力地逐字逐句地通读圣经，他却早已把握了古代作家的风格，他可以用古老的风格表达自己，而且不乏实效。由于没有接受过正规教育，也没有对内容产生广泛意义上的同感，农夫对圣经的内容自然理解有限，但他满心的热诚却是毫无疑问的。他相信自己所说的一切，任何雄辩、花言巧语，甚至暴力都不能动摇他一丝一毫。他的信众也认可他说的话，时常发出长叹和惊呼。过去正是这一类人帮助克伦威尔获得了胜利，但在如今他们引人注目之处主要在于正直诚实、坚定沉着、无可指责的道德品质，以及稍显乖戾的特立独行。他们并非时下流行语中的"鼓吹者"，工人联合会在当地代理人好像是从完全不同的一个阶层遴选出来的。

我曾有一次停下来听这样的人布道，他正在路边的村舍里情绪激动地高声讲道，我发现他描述的是殉难者被宣判为异端后走向火刑柱的过程，语言固然粗鄙无华，却颇为形象生动。描绘这些情景时，他的想象力很自然地将其引向了让他自己从小就极为熟悉的田间景象。刽子手们拖着被锁链所缚的受害者，沿着小径穿过草地，最终来到准备要焚烧他的草堆。当到达第一处台阶时，他们停了下来，刽子手与囚犯发生了争执，刽子手许诺说如果囚犯改变立场，就保证他的生命安全，但后者至死不渝。

他们继续前行，刽子手一边走一边拷打折磨受难者，人群中传来嘘声和谩骂声。在第二处台阶，类似的事情再次发生了——许诺赐予宽恕，蔑视着拒绝改变立场，然后是更加严厉的拷打。再一次，到了第三处也是最后一处台阶，受难者接受最终的审讯，他仍旧坚持自己的信仰，于是被投到田地正中熊熊燃烧的火焰之中。这个故事无疑有一定的历史依据，但讲道之人却将其染上了当地的色彩，使这个故事变得颇有个人特征。他谈论着绿草、鲜花、温顺的绵羊、柴草堆等等，把这些故事自然地镌刻进那些熟悉绵羊、柴草堆的听众们心中。随着故事的叙述达到高潮,听众们也会进入到极为亢奋的状态,直到故事结束时,讲故事的人用一声拖得长长的低吟作为结束语。没人为这些人支付报酬,也没人专门组织或训练,他们布道的原因只是为他人着想的善意。

不时地也会有女人在农舍小屋里讲道。小屋里十个、十五个甚或二十人挤在一块,空气简直令人窒息。有时她高声祈祷,其他人都大声应和。毫无疑问,有时候也会有不那么热忱的人纯粹出于虚荣和野心来这里布道——野心自然也是乡间生活的一部分,这与其他地方并无二致,但我所提到的这些布道的男男女女都是真正虔诚、心怀热忱的人。

乡民都有自己的一套社会准则和传统习惯。在相互交往中,他们特别重视的一点是彼此了解或是熟悉。即便那些在道德准则方面称不上是最严格的人(乡下的道德有时真谈不上有多严肃),特别是妇女,也不会同意让陌生女孩在自己家里过夜,就算给得报酬丰厚,甚至由真正德高望重的人介绍来的也不行。乡下的女佣常被主人指派去看望需要帮助的情妇,她们常常要步行很长一段路,而那些地方甚至到现在都少有铁路,即便有,两站之间的间隔也非常远。女佣们若是走累了,当时也许天色已晚,再遇到旅店客满,她们的住宿就成了问题。乡民们的顽固则加重了她们的困难,除非恰好发现几年前见过这女孩的叔叔或表兄弟之类的人，否则他们绝不会让她留宿。

与这种冷漠相反的是，他们对朋友和邻居都非常友好，并且随时准备提供帮助。如果说他们并不经常参加社交活动，那是因为他们白天经常碰面，在同一块田地里劳动，或许还十几个人在同一间外屋吃午饭。如果有他们认识的人从邻村前来拜访，他们也竭尽所能设宴款待。礼拜天，年轻人常常前去拜访几英里之外的朋友，和他们一待就是一整天。他们会带上些莴苣，或从园子里摘些苹果（具体品种据季节而定），把这些东西用花手绢包起来给朋友当作礼物。

一些上了年纪的牧羊人依旧穿着老式的长罩衫，包着白色的绳边就像粗糙的蕾丝。不过，年轻一代喜欢穿现代式样的厚外套，老人们会嘲笑他们说那种衣服在暴风雨席卷过毫无遮挡的山丘时完全不顶用。还有些老人用那种上个时代流行的巨伞，伞打开的时候堪比一个小型帐篷，能遮挡很大一片地方。奇怪的是，他们在田地里几乎从来不用伞，哪怕伞就在旁边也不用；但如果他们要沿着公路做短途旅行，就一定要把伞带在身上。老人用油绳拴住大伞挂在身上，就像士兵扛着毛瑟枪一样，如此他就可以把两只手都空出来——一只手拄着一根结结实实的木杖，另一只手提着一个菖蒲编的篮子，脚步沉沉地走在路上。那根木杖比起男人们所用的拐杖要长很多，不方便走路，比起手杖来，它更像是个支撑：木棍顶端距离手的位置之上还足有六至八英寸之长。

如果说哪种劳动者有资格拿一份好薪水，那就是牧羊人了：很多农场整个一季的主要收入都仰仗于牧羊人的学识和忠诚度。到了产羊羔的时节，必须时时刻刻待在阴冷的山上精心照料羔羊。羊圈也会尽可能地修建在背风的洼地里，东面或北面就是突起的山丘，羊圈被建得就像厚实暖和的草墙，绵羊很快就会在里面弄出空隙来，因此也就有了一个可以安居的洞穴。

牧羊人独立性很强，在自己的活动区域内，他通常要比一般雇工的观察力更加敏锐。他了解整个教区的每一片土地，知道什么样的天气与它的土壤最相配，并且，他只消看上一眼就能告诉你一处农场的大致情况。成天待在家里的人或许会认为这类知识微不足道，而实际上这需要记住整个村子方圆几英里内数不清的土地。就好像一位学生几年后还记得书的字体、纸张以及边距的宽度，还记得封面的卷边出现在他眼前，还记得长卷本书页的沙沙作响——他在图书馆一个被人遗忘的角落找到了它们。他激动地俯下身翻看，顾不得上面的灰尘、蛀虫，以及经年累积的味道——牧羊人也会回忆他的书本，那就是土地。因为这是天性，他天生就要在土地上流连，学习研究其中的每一个字母：羊群行进非常缓慢。

当树篱被挖走，山楂树开花的地方已然长出青草来的时候，牧羊人依旧可以给你指出各种树的位置——这儿是榆树，那儿是桦树。在山丘上，除了沉思外几乎无事可做，他把羊群放进洼地里吃草，自己就坐在斜坡上有草的地方等着，一等就是几个小时。因此，他逐渐养成了观察的习惯——观察对象总是与他的职责有关。即便在不当值的时候走过教区，牧羊人也准能注意到庄稼的长势如何，以及何处"饲料"最多。他们是所有行当里最后一个抛弃打长工的旧习惯的，当雇工们辗转奔波工作时，很多牧羊人依旧终生只在一个农场上工作。因此，得益于多年的观察习惯以及在某地的长期停留，牧羊人常常是当地的权威；一旦有了边界、水源和通行权之争，最终的裁决权通常会交到他们手中。

　　古老的绿色小径和马路过去曾来往交错从乡镇穿过，通向四面八方。但是随着年头渐多，这些路越来越少，问题也就随之产生了。有时候，人们希望能封住小径的一部分用来盖房修屋。有时候，由于人口大量增长，马路就变成了十分重要的大道，随之出现的问题就是：路该由谁来修呢？这样的事情基本找不到记录——它只能借由人的记忆去追寻。于是，人们就找到老牧羊人，因为他在这里待了一辈子，还能记得五十年前到现在关于小路的情况。他总是赶着羊群在小路上走——一是因为这可以节省过路费，二是这样一来，羊就可以吃些草并且在厚灌木丛的树荫下休息。虽然已经上了年纪，他也并非全无用处，最后，往往是牧羊人发话解决了问题。

一场大雪之后，在冬日黄昏的暮光下，人们很难从大片的耕地上找到路，因为南边每条犁沟里的雪都融化了，只留下一条白线延伸到北边，直到最后犁沟变成了地面上连绵起伏的波浪，浪顶上覆盖着泡沫一般的白雪。积雪白茫茫的，十分晃眼，这里也没什么树篱或树木之类的可以用来引路。在北面的山坡上，有时雪一下就是几个星期，那里原本有些可用作地标的干涸的浅沟，如今也落满了积雪——昏暗的山体就像漆黑的船身上描画了白线。在这段被称为"圣诞前的黑夜"的时间里，地里几乎没什么活儿，人们不得不找些乐子度过漫长的夜晚——比如以酒作赌注，在啤酒屋用前膛枪打灭蜡烛，实际上如果距离不远的话，软帽扇出的风就可以把蜡烛熄灭了。

孩子从来不会忘了圣托马斯节，按照古老的习俗，这是布施的日子，孩子们从一处农庄走到另一处农庄，直到走遍整个教区来募捐。这样的活动一般局限在教区之内，尽管如今已是一个四海为一家的时代了，有些古老的、本土化的情感依然得以留存。到了圣诞节，孩子们有时候会唱颂歌，不过很难跟上旋律，但是别的方面还都相当不错，哪怕最坚硬的心也会被以往的记忆所软化。

几个星期以来，年轻人都在排练哑剧——尽管看似简单粗糙，但其实和那些在知名剧院上演的剧目一样，事先都需要经过大量排练。他们着装奇特，头戴面具，身缠彩带，怎么怪异怎么来，因为他们不太依照角色的身份性格进行着装。他们串遍自己教区内的每一处农庄，在厨房和酿酒间表演，结束之后，这些演员们还会被招待喝点啤酒，拿点儿小钱，然后他们就继续到下一家去。不过，如今哑剧比起以往已经衰落了不少，最近的十五、二十年间尤为严重。过去，如果预先得知演员们晚上要来，除了农场主一家以及他们当季的访客外，住在附近的乡民也都会聚过来，所以那时观众数量还是相当可观的。现在演员会不会来已经是说不准的事了。

更受年轻人欢迎可能也更赚钱的娱乐活动，大概是组织铜管乐队。他们在圣诞节到来之前兴致勃勃地排练，有时能达到相当高的水平。只要时节合适，他们晚上就到农场上去演出，由于农场之间相隔较远，收工后剩下的时间就只允许他们访问一部分人家，穿越整个教区可要花掉不少时间。所以在年关前后的两三周，人们如果晚上外出，就可能在不经意间听到有小号声从田地里传来。近几年，请铜管乐队的习惯日渐增长，这些乐队也得以赚了不少的钱。

教堂的敲钟人也来了。他们站在窗前，踩着冻得干脆的绿草，将手铃摇出动人的声音——只不过，用手铃摇出的旋律总是显得哀伤。他们总会报酬丰厚，因为整个乡间的人们最喜欢的就是他们的铃声。

还有什么声音能比拉车的马脖子上挂的小铃铛的叮当声

更悦耳呢？距离三弗隆远的时候,你就能听到一队人驾着满载稻草的马车而来,你若离开大路就能看到这些身躯庞大但体格匀称的马是如何将满满一车沉重的货物拉上山的。马的四肢泛着光泽,稍有些紧绷,但它们还是高高地昂着头,露出高贵的脖子,马蹄自豪而有力地踏在路上,擦得锃亮的黄铜马具闪闪发光,而那铃铛就发出悦耳的叮当声!车夫把马鞭甩在肩上,跟在车辕旁边走,他小助手走在前面开路,他对车队的感情就像水手对他的船一样无比自豪:连鞭子都不是随便拿的,必须要精心挑选,上面绑上一串黄铜的圆环,你我这样的普通人打出的鞭绳是不会让他满意的。

因为即便是看似如此简单的小事，也有其特定的艺术,不经长时间的反复练习难以掌握其要领。车夫对马鞭、马具和马队所具有的自豪感要比除了周末的薪水之外的一切都漠不关心的陌生人要好得多。现代体制——人们今天来了，明天又走——没有给这种感情的成长留下空间,手工技艺的艺术与奥妙也就失去了其特有的魅力。如今马具上的铃铛逐渐消失不见了,二十支马队里能找到一支队伍挂铃铛的就不错了。

在农田里干活的人,他们的假期似乎要比在城里做工的人少得多。复活节假期的时候,会有大批工人从城市的工厂和仓库兴冲冲地回到乡村,他们在圣灵降临节也有假期。但是那些时候,农场主和工人却依旧要干活,银行或工厂歇业并不意味着他们也可以停止耕种或放牧。到了五月份，村里的孩子仍然会记起国王查理；至于到了他们称之为"棚屋节"的日子，他们就找一些栎树果和栎树嫩叶，把桦树枝编在帽子或别在扣眼上：桦树枝上的叶子必须是偶数，奇数可不行。直到最近二十年，人们还认为必须佩戴这些绿色徽章，农工们几乎没有不戴的。老人们会告诉你，他们记得有一年春天来得很迟，人们苦苦搜索，却没人能找到栎树果或叶子——他谈到这一切就好像在诉说一场巨大的不幸。近来，这一习俗已经逐渐没落了，不过在这个特殊的日子，马车夫还是会把桦树枝和栎树叶别在马的头上。

很多乡村俱乐部或互助会都是在春天聚会，也有的是在秋天。聚会的时间有时是根据古代筵席的日期定下的。事实上，因为互助会受到当地家境好的居民的资助，俱乐部和游园会对筵席造成了巨大的威胁，几乎取而代之了。不过在很多地方，筵席日还在居民的记忆之中（这一天也是做礼拜的日子），比如在这个村子，年长的扬谷人会邀请他们的朋友过来，慷慨地招待他们一番。虽然还会有一群吉卜赛人带着货摊过来参加，晚上也有一小拨人聚在一起，但筵席的真正意义已经不再了。

然而，无论如何这一天还是会触发老人们的记忆，他们每年都会在日历上标出当地的大事，筵席日就是其中之一。在某个特定月份第一次满月后的很多年，才会组织一场集市；下一

威尔特郡的乡野生灵

场则又要过很久。老人能告诉你方圆十到十五里内全部村庄市镇每场市集的时间，他并不在意现代的计时系统，而是依旧按照古代的教会历和月相判断时间。那些古代方法竟已在他们的生命中打下了如此深刻的烙印，使他们在今天仍旧保有这种本能！

一部分筵席如今已经演变成了一些与自然有关的特定事件，它们会在日历上被标记出来，"樱桃成熟日"就是一例。你会发现，某些日子如果恰能和正常水平下水果的生长状态相吻合，这样的日子就比没有这种联系的节日好记。对于邻近的市镇来说，报喜节集市和米迦勒节集市是一年中最重要的两个节日。这个集市有时也被叫作"雇工市集"，为了赶集，健壮的女孩宁可走上八九英里的路。在有集市的日子里，农场的女佣们总会向主人讨一个假期。对于乡下人来说，这两个大市集持续的时间也是公休日。有意思的是，这么多年过去了，铁路和工厂都没能撼动这些集会的声望。

比如说，你可能会注意到某些市镇，由于铁路的铺设和工厂的建立已经远远领先于别的地方（那些地方依旧小而冷清），人口也许翻了两三倍之多，贸易量大概增长了十倍，吸引力之大令人难以想象。但是，在这里每年举办的集市的重要性却远远比不上在那些远离文明洪流的沉寂旧世界举办的集市。后者也许离大路八九英里远，没有通信设施，在年代尚不可知之时就以集市闻名了。散居在各处的乡民定期就去那里赶集：他们不在乎距离多远，也不太在意天气情况——乡下有谚语说，有集必有雨，雨多携风雷。在集市上，人们聚在一起，按老传统享受生活——比如在大街上站着，给女孩买礼物，为了赢坚果参加射击比赛，观看各种演出等等。

要想从这样拥挤的人群中找出一条通道来可不是件容易的事。乡下人并不是刻意要表现得粗鲁，但他们也丝毫没有意识到礼貌需要一点点谦让。你只能推开他，当然他也不会反感。在城里，人群在某种程度上都是活动的——每个人都有让路的意识。但在乡下，人们往往像石头一样站定不动。

在演出现场，鼓的雷鸣、小号的巨响、排箫的反复吹奏振动着空气，那喧嚣之声在几英里外都听得清清楚楚，乐声也给人群带来了极致的欢乐——冷溪卫队的一流乐团的影响力也难与之相匹敌。马戏团的人在讲解表演的时候，村民们毫不厌烦地盯着那只"旷野的鹈鹕"一动不动——这只鸟神色哀伤，低垂着羽毛站在入口处，这是传统表演的保留项目。还有一点同样引人注目（事实上这可能是最令人惊奇的一点）：全村所有的人都聚在了这里。打工的男人女人们都从很远的村子赶来与朋友会面，他们已经数月没有见过彼此或是收到彼此的消息了。大半个村子的闲事都会被他们八卦一番。

秋收过后，对于村民来说捡麦穗的时节仍然十分重要，只是无法与从前相比了。如今机器大大提高了收割的速度,而且剩下的麦穗也不如原先那么多了。然而,当地还是有一半的妇女和孩子都出去捡麦穗了,只剩下很少的人在家里烤面包。村民现在都从面包店里买面包吃了,烤面包的往往是周围偏远小村落的人。过去他们很可能吃得更健康一些:那时,他们把捡来的麦穗送到村里的磨坊磨成粉,再把面粉带回家烤成面包。但是,机械师的狡黠打破了古老的习俗,现在收割机直接就把麦子打成捆了,乡村的下一代人恐怕很难理解《路得记》的故事是怎么一回事儿了。

乡村建筑

第 6 章
小 村

在乡下比较大的教区,距离主村落一两英里之外一般都至少有一个小村庄。零落的房子和农舍星星点点地散布在田地周围,彼此之间互不相邻。实际上,这些房子被树篱、草地和灌木丛隔开,彼此相距很远,几乎称不上是个村子了。一条狭长曲折的小路从小村庄一直连到主村落,但行人却可以穿过田地走一条稍短一些的捷径,不过若在冬天,这条充当捷径的小路在大门和栅栏处会积上没过脚踝的泥浆。同时,小路上会有急流横穿,低洼处宽度能达三十码,水在两边较浅,但中间部分却是水深流急。

你若是等上几个小时,水势就会下降,因为那时候农民会把水闸拉起来,降低溪水的水位,让洪流通过。如果你赶时间,那就必须爬过小路旁边的两道堤坝,顺着堤坝穿过荆棘丛,直到一条水流湍急的渠道映入眼帘。跨过水渠,前面可能横贯着一棵老树的树干,若是能抓住一根大树枝当扶手,就有可能越到对面去。但无论是走小路还是抄近路,你都会到达一个被村民称作"沃切特"的地方,意思是湿地。因此,一到冬天,村子就几乎与世隔绝了,哪怕在相对较好的天气里,小路也会变成一个泥坑,淤积着厚厚的、黏糊糊的,深达一两英寸的泥浆。由于小路两侧是榆树和茂密的树篱,地面整日被浓荫覆盖,泥浆需要很久才能干结。与此同时,每日还有上百只绵羊踩着泥浆穿越小径——也只有绵羊才能趟过去。

到了夏天,此地气候舒适怡人,但那时居民全都忙着在田地里劳动,几乎没有时间相互交往或者到邻近的教区去转上一转。此时你若敲敲农舍的门,十有八九是锁着的,不过若是锁门,他们一般是在庭院的大门上就上了挂锁。由于被隔绝在现代生活方式之外,村里人多少都保持着某种老派的思维方式。他们并不相信往昔那些给出模糊信息的祭祀之类的迷信,但也没忘了它们。比方说,我认识一些女人,她们很严肃地宣称某个上了年纪的人有一本写满了咒语的魔法书,能让她预知未来将要发生的某些事。她们的祖先曾对月亮怀有坚定的信仰,这一影响至今也没有完全消失。她们常常十分认真地观察新月,若是新月有点倾斜,天气就会比较潮湿;但如果新月的两个尖儿形成一条直线或近似成直线,或月亮竖了起来,那就意味着好天气。为了对新月的角度进行精准的测量,以便判断天气情况,还要用上一些辅助用品。村里的占星者有一张完整的表,上面标识了月相、角度等内容,他还格外重视变化的具体日期和时

小
村

刻——实际上,读懂月亮的工作是非常复杂的。

人们普遍相信某些人具有"左右星象"能力,实际上哪怕是嘲笑、争论甚至权威都不可能动摇一个乡下姑娘的信念,哪怕她们在毫无魔力可言的现实城镇中生活也无济于事。出门"帮工"的时候,她们买解梦的书,还去找算命的人占卜。吉卜赛人经过乡村时,会选择支路或小径,这样他们就能避免交一笔通行税,还可能找机会偷猎,同时找个废弃的地方扎营。当然,他们的游牧天性可能会促使他们离开已经辟出的道路,转而到某些人迹罕至的地方去游荡。山上有买卖羊群的市集,吉卜赛人要在市集之间往返,就会在小村子附近扎营住下,也可能会停留几天。由于他们的缘故,村民对占星和手相的信仰日渐增强,这与他们多少脱离不了干系。

马夫每天都要在马厩里和马待上很久,他们知道很多鬼魂的故事和传说。他们能说出幽灵出没的具体时间和出现在小路上的具体地点,那时候会有匹无头白马的幽灵以不可思议的速度疾驰而过,马蹄踏在地上不发出一丝声音,马的幽灵掠过旅客的风衣,瞬间就会消失在黑夜之中。据说另一条小路上游荡着一位白衣女幽灵,这个女幽灵常常故意在旅客前面现身,又突然出现在他身后。如果旅客扭头,或看向另一边试图避开这个鬼影,她就会立刻飘到那边去。实则无论朝哪个方向看,这鬼影都会飘忽着出现在他面前,除非路人一路小跑,逃出幽灵出没的地带。

在洼地附近，溪水穿过小路的地方，还有一个幽灵。它十分模糊，没有固定的形状，但活动起来却能把过路的人吓个半死。有人至少在两个地方看到一条黑狗出没，赶路的人有时会惊奇地发现一个浑身乌黑的巨型动物一路小跑地跟着自己，或者看到一团黑影从灌木丛中走出来，显现出狗的形状。尽管古时有很多人坚称幽灵的存在确定无疑，但是黑狗的故事却似乎更具生命力，在当地流传得也更广一些。今天，人们仍然可以在犄角旮旯的地方听到这个故事。现在我还认识一些人，他们以前就认为传言出现过黑狗的地方的确有些东西很是古怪。

马匹特别容易受惊奔逃，在路上躲躲闪闪，跌跌撞撞，还可能在某处伤了膝盖。它们一路狂奔，经过某处时，一股致命的恐惧感突然攫住了它们，就好像它们看到了某些人类看不到的东西一样，这时候它们不是昂头一路向前疾驰，就是僵直地站着发抖，甚至突然向一侧扭动，把马背上的人掀翻在地。在白天——实际这种超自然的影响在白天和夜晚都能被感受到——马失足跌倒的频率更高，好像在赶路过程中被一种不可见的力量阻挡了。这种迷信如今还有影响力，还有些人能够讲出在几码之内的范围中发生的一连串意外事件。到最后，这样的事情实在太多，最不肯轻信的人便只能承认这是一连串离奇的巧合。对于最后两个，即黑狗和路上存在危险区域的说法，连

小村

很多身份地位远高于马夫的人也深信不疑。总之，乡下人的迷信程度要比人们一般认为的要高得多，它已经被印在了人们心里：人们不会公开谈论这种事，却会把它讲给自己的朋友，所以陌生人可能会跟人说这里已经不再迷信了，然而很多迷信依旧存在着。

在马车夫之间还流传着一个关于马的故事。据说有些马晚上在草地过了一夜，第二天早上被找到的时候却是一副精疲力竭的样子，根本没办法干活了，就好像夜晚的那几个小时一直被人骑着狂奔。甚至还有别的例子做补充，比如有人拿着枪藏在树里，当马开始狂奔时，他就对准坐在马的腰腿部那团模糊不清的东西开枪，这东西立刻就会消失，骚动也随之停止。不过，据说这些事情都发生在很久很久以前。

还有人记得曾经有一个人在采石场挖石头的时候，清清楚楚地听见在下面有捡东西的声音。当他推自己的车时，底下的人也推车；他刚把一车石块倒出去不久，底下也传出推车被倒空的响声。人们还能确切地指出这件异乎寻常的怪事发生的那座矿井所在。我觉得有趣的是，这一类的故事在哈兹山一带流传，来到石灰岩矿场之后就变得当地化了，因为两地相距甚远，区别很大。多年前老矿工把这个传说讲给还是孩子的我听，这件事我记得多么清楚啊！如今，这个故事很容易推断出来，只要思考一下也不难推测起因，那可能是中空的洞穴形成的回声。

William Linnell (1826-1906), *Cornfield in Surrey*

　　当金黄的谷物收割完毕装车送走，脱粒机也脱出了第一批上市的粮食，当干草被铺在屋顶上，汽犁将残余的麦茬翻到地里，农场主才能从丰收季节的忙碌和焦虑中抽出身来歇上一两天。

射
野
鸭

Charles Henry Schwanfelder (1774-1837), *Duck Shooting*

　　农夫们经常三五成群地聚在一起,很随意地围小型的猎
物和野鸭——没有太多固定的方法和模式,一切只为开心。

燕子

Rex Brasher, *Barn Swallow*, 1930

看着燕子在平静的水面上滑行，不时轻轻点水，真是赏心悦目。

Joseph Kronheim (1850-1875), *A Splendid Jump*

打猎

　　农夫当中条件较好的阶层会饲养亨特种猎马,并时常骑马带着猎狗外出打猎;就是地位稍低一点的人家,也会"制造"亨特猎马,他们骑马打猎也不仅是为了娱乐,多少也会把猎物卖掉换些钱。

毛
莨
花

Johann Weinmann, *Ranunculus Asiaticus*, 1737-1745

　　整个夏天,农人的脚步会踏遍鲜花盛开的各地。春天,绿
油油的牧草长得茂密、粗壮,有时牧草上面还会开满金色织
锦一般的毛莨花。

麦田

George Vicat Cole (1833-1893), *The Harvesters*

　　风吹过之后，那种无可比拟的浓烈色彩再次显现出来。其中有几分橙红色、几分古铜色、几分玉米的黄色，但是这些贫瘠的词汇不足以描绘这片黄色海洋所呈现的色彩。因为你若取下一两株，甚至十几株麦穗，是无法找到这种颜色的，你必须放眼向广阔的麦田望去，视线穿梭往来才能看到。

茅草屋

Helen Allingham (1848-1926), *Surrey Farmhouse*

多年来,屋顶上的茅草被重新铺了一层又一层,逐渐积得很厚,这使得它远远突出墙面,形成了宽大的向外延伸的屋檐。屋顶距离地窖所在的地面仅有三四英尺高,墙体很矮,日上中天,屋檐正把影子投到地面上。

知更鸟

from Nature and published by T Doughty   BLUE BIRD.   ROBIN.   from Plate's & Jenson's Press

Thomas Doughty, *Blue Bird, Robin*, 1830-1834

　　知更鸟是最好斗的,它会凶猛地和对手搏杀,实际上它
也从不放过搏斗的机会。不过,由于知更鸟总是在一大早出
去寻衅滋事,所以若不是同样早起的人,并不知道它有这样
的秉性。

但在当时,故事就像真人真事一样,我还记得那时一到夜晚就要离那个采石场远远的。若是用老人的讲法,故事就更神奇了,因为他能把每个细节都描述得很详尽,在此地用几句话就能讲完的故事,他能讲上一个小时。

有时,西边的云彩在日落后变成一双伸展开的巨大翅膀的形状,好像一只大鸟在尽情翱翔——翅膀的边缘几乎挨上了天顶,身体则还在地平线以下。云的形状有时非常逼真,若是发挥想象力,甚至能看到那一层层覆盖其上的羽毛。老人说,这是大天使米迦勒的翅膀,这对国内的恶人来说是不好的预兆,因为天使正去往执行严酷命令的路上。

有些人依旧笃信草药。不久前我遇到一位工人,他也算是有些身份,我们原先就认识,现在他正为儿子去世而沉痛不已。这个可怜人试遍了所有办法,牧师也尽了最大努力,葡萄酒啊,各种奢侈的补品啊都用过了,最好的医学方法也都尝试过了。可是,他承认还是有一个方法没尝试,这令他懊悔不已。正规的医学现在对痨病还束手无策,但在河边长着一种鲜为人知的草药,对治痨病有奇效。有位老人住在距河边五十英里处,他就有这种草药的秘方,还用这方子治好了很多人。他曾经听说过这位老人,却怎么也弄不清楚他究竟住在哪儿,所以他儿子最后还是死了。虽说能做的都已经做了,但他还是为没能试用那种草药感到遗憾。

据小村里上了年纪的人说，现在什么事都干得不对，做得不好，连个草垛都堆得不行，都是"胡搭乱放"的。"堆草垛的人"在以前都是重要人物，基本上是经验丰富的老手，你非得先让他美美地喝上一顿好酒，他才肯热情十足地开始干活。他先往这边铺些草，又往那边铺，先在边上踩踏结实了，再回到中间铺草踩实，就像一个百夫长一样，把手下的士兵源源不断地送到各处。他的草垛堆完之后，可不是垂直上下的，而是每一个方方正正的面儿都略微向外倾斜，连四角也不例外，这种方法堆起来的草垛的确格外方正美观。

但现在，最新流行的"起卸机"能用机器把干草直接从马车上吊到高处，两个草垛瞬间就堆起来了，若是放在以前，这点时间只够铺上防潮的柴捆，给草垛打个基础。把杆子竖起来支撑草垛，以使其末端形成十分精确的倾角，这在以前可是堆草垛的能手引以为荣的好手艺。现在呢，草垛就这么直上直下地堆起来了，和农舍的侧墙没什么两样，这些草垛对于古老失效的技艺而言也成了一种持续的侮辱。不过，"堆草垛的人"总是自我安慰说那些用"起卸机"的人都不会有好下场，因为他们总是不停地咒骂干活的马，逼它们转得更快些。

一旦老旧的手推车或马车用到一定年头坏掉了，木质的车轴就常被用作栅栏顶部的横杆，因为车轴很结实不易损坏，很适合作此用途，这种风干木材厚厚刷上好几层红漆可以用上很久。马车的寿命就和船差不多。工匠们颇以自己所造的车体框架为荣，他们认认真真地制作那些精准的"线条"，这手艺还是当学徒时从师父那儿学来的，如今代代相传已经数百年甚至更久。据说，那些造中国式帆船的工匠从来不把木料锯成需要的形状，也不会以蒸汽熏蒸加热的方式软化并弯曲木料，而是只用天生弯曲的木头做横梁。这方法固然很好，但弯曲的木料势必要经过数年累积才可够用。马车制造者也有一套类似的方法，他们会备上整个院子的木料供自己挑选——毕竟，树木弯曲与否以及弯曲的程度如何全凭自己心意，抑或是符合自己特定的目的。

　　真正的老式四轮马车和船一样，车身很多地方都是弯曲的，车上几乎见不到一块板正的木头。车身既不会有方方正正的地方，也不会有尖角突起的地方，每块木料都多少被切割过，边缘被磨出了曲线，尖锐的棱线都被以种种方式打磨平滑弯曲了，整个车身看起来如同一艘船轻轻松松地飘浮在车轮上。接下来喷涂还要花上好几周的工夫，接下来就是刻上名字，等到马车彻底完工时，上了路，每个过路的农民和工人都会停下来惊叹一番。若是造车工匠效率高，大约只需十二个月，这艘新船就能驶进港口，从农场的露天棚架下开始它一生的旅程。

　　车上装载的货物一般是干草、小麦和堆成山高的稻草，偶尔还有牧羊人用的栏架。它的旅程不仅限于狭窄的海域——农舍附近的几片田地,有时,它也到远处的市镇上去探险,偶尔会拉回一车栎树皮,这是农人从倒下的树上撕下来的,然后树皮会被运到制革厂去。接着,车上就被装满粮食,行车的线路也在地图上被明确标出,以避开岩礁般的陡峭山峰、崎岖不平的碎石路以及无数的收费关口。此外,它还要不时地提防路边小酒馆那如海妖赛壬般甜美歌声的诱惑。又或者,它装了煤后就驶向遥远的火车站,可能会有两三辆车同行,因为若是蒸汽犁机正在工作,就需要煤、水车源源不断地补给。

每辆车都和船一样有自己的一群乘务人员,车夫就好比是船长;在前甲板上会有一两个小伙子,还常常有两三个工人帮着装车,体格健壮得如水手一般。如果要做长途旅行,行驶到陌生的海岸去,船上还会带一个货物押运人——也就是农场主的儿子——负责核对提货单。因为没人知道在陌生的海岸可能会遇到什么不测,车上也和船一样配有武器,都是些耙子、叉子之类的。车上还常常载有几名乘客,都是带着大包小包,拉着孩子的妇女,至于来自中国的糖和茶叶之类的货物就更不用提了,至少要运送到当地至少一半的村舍和农庄上去。这也是为什么船长(也就是车夫)必须由高尚且持重的人担任,他必须把各种各样的责任都牢记在心。

除此之外,充当船长的车夫还要记录下沿途每个农场庄稼的生长情况,人们都在做什么,以及他们是否开始收割了;他还

威尔特郡的乡野生灵

要和遇见的每一条进港、离港的船（马车）打招呼，把它们的情况记入日志里；他还要时刻注意天气，观察风向，以防暴雨来临；如果大风骤起，他就要封住舱口，用防水布把舱室罩好。因为铁匠铺彼此之间常常相距甚远，他必须记住那些有船坞的港口的方位，以防需要浇筑铁掌，拼接驾车用的索具或者车身突然开裂。如果车在丘陵地抛锚——就像水手让船在海里搁浅或沉没——他就会丢了名声。有时风势过大，车上又载满货物，他就得在最近的农场上借一辆拖车，还得再多找一匹马拉车上山。

车船一进港，上了岸，水手们就更快活了，他们会把鞭子抽得啪啪响。最让这些农家孩子高兴的就是他们随马车出去的时候，只不过是走走路，就可以拿到一些零花钱，还能尝几口大副递给船长的酒喝，而且一路都不用费什么心思。对于他们来说，村子里最受欢迎的歌词就是这两句：

小
村

> 我们跳上马车，
>
> 我们策马向前！

不过到了冬天，因为下霜地滑，必须在马掌钉上防滑钉。更糟糕的是，车轮有时会陷入软绵绵的草地，雨雪也使甲板变得光滑异常——这些情况就不那么让人高兴了。尽管如此，出门的愿望还是十分强烈——年轻人宁愿随车出行，也不在家里待着。

到了扬帆启航之时，船长通常在日出时分解开缆绳或起锚。他的手下都是一流的舵手，看着他们一阵风似的从狭窄的通道跑到草垛场，在甲板上把货物堆得高耸入云，帆全都张起来了，一阵劲风吹来，木头吱嘎作响，那场面真是好不壮观！虽说做到"一触即走"是优秀的舵手的标志，实际上船身和栈桥并不会发生任何剐蹭。对船长来说，最麻烦的莫过于货物有时候会掉到视线之外的地方，若是稻草堆得过于松散，草垛就不够稳当，就会在所有来往车辆的必经之路上翻车。把货装好可真称得上是一门艺术，若是在山坡上，马车就必须朝一边倾斜着，把庄稼装上车的时候必须一边堆得比另一边高一些，只有经验丰富的人才能把车装好。行驶在路上，遇到新修的道路，车身还可能撞到路上的石块，产生剧烈的颠簸和刮擦，如波浪般翻滚的那一道道深深的车辙着实令人厌烦，除此之外道路上还会出现如大西洋的海浪一般漫长而规则的犁沟与平地。所以，货物必须要捆得结结实实才行。

时不时地，船只要开进船坞，重新刷漆来个彻底整修。马具的缰绳辔头必须重新打磨光滑，保证状况良好，若是船长精明能干，手下就不会怠惰偷懒。他永远不会让船上的人双手闲着没事干，有个谚语"游手好闲、万恶之源"说的就是船上和马厩里的情况。

有多少人这一生都是围绕着马车打转啊！小时候，跟着父亲乘车去草场是种特权和享受;长成小伙子的时候,他就走在车夫身边,来到市镇上开阔眼界,第一次见识到大千世界的面目;成年之后,他成了车夫,驾着马车年复一年地根据要求四处远行;等到结婚时,他便借用这辆车把自己的家具运回家;过不久他的孩子出生了,他就让孩子乘车代步,车停在车棚时,孩子就在马车里面玩耍;最后,马车就会令人唏嘘地载着年老体弱、驼背弯腰的老人在乡村和老城区之间来来回回,购买他一周的生活用品,甚至是去领救济,而那些东西他的一口老牙可能咬都咬不动。古老的马车还会把很多简陋无华的棺材运到远方山上的教堂墓地里。墓地是个阴冷凄惨之地——其实生命也一样凄凉艰辛。不过,到了春天,雏菊还会盛开,画眉鸟也仍然会在树枝上放声歌唱。

用风干的木头造好之后,马车就要盖起来免受风吹日晒,然后就是反复上漆精心使用,如此马车就可以用上很多年。经过多次修理之后,这辆古老的马车可能比主人活得还长——于是主人的名字就被涂掉了。不过,这种做法是近几年才有的,因为当地似乎迷信地认为死者会因为自己的名字被抹掉而不满,所以一般老主人的名字得以保留,直到其难以辨认为止。有时候连第二任拥有者也去世了,第三个人的名字才清清楚楚地喷了上去。最后,这辆车变得摇摇晃晃,实在难以在农场派上用场的时候,会有个穷苦的运输工把它买下来,在车板底下挖个洞,再覆上一块活动的盖子,用它从山上运燧石修路。不过,家中若有老人在世,旧车就不会被卖掉,车子就放在草场后面的榆树底下,在雨水的冲刷下,木头表面会腐蚀开裂然后整个散了架,这时候车子的车轴就被拿来作栅栏顶部的横杆。

　　每块田地上都有独具风格的一道栅栏,甚至一块地里两侧的栅栏(在入口和土路的出口处)都各不相同。在田地间穿行几英里,不得不跨过好几道栅栏之后,你一定会发现没有哪两道栅栏彼此相似。这边就有一个精心修建的栅栏——栅栏建得不太高,用的横木也不那么粗,整整齐齐,显然是手艺高超的作品。不过,向前走去的时候,对面的土地突然下沉了三四尺,最底下是一片沼泽,上面仅仅放了一块石头,权当一座狭窄的石桥。如果要过桥,必须格外小心脚下,否则就可能掉进齐脚踝深的水中。你若足够敏捷,脚落在石头上,它就会立刻向上翘起少许,因为这石头就像威尔士的滚石一样,有个平衡点,就像跷跷板一样摇晃,只有精心计算过才能通向地面,而胆小的人就会掉到沟渠中去了。

　　过桥之后面前还有一行踏脚石,是为了避免溅上泥水才铺设在这里的。不过,石头表面极不规则,很难踩上去。栅栏本身不算什么——它很矮,很容易跨过去。但就在栅栏后面还有一根粗壮结实的柱子,横在那里以防马乱跑,柱子底下还立着一排篱笆,用来阻挡羊群。虽说障碍实在太多了些,但是若坚持不懈,困难还是可以克服的。

再往前走是两个小土堆,高处建有两条梯道——每个沟渠上架了一条——供人行走,梯道台阶磨损得很厉害,而且走在上面很有在直立的梯子上攀爬的感觉。另一处土堆上还有一棵树做横栏,那树粗壮厚实,谁也跨不过去,所以有些人出于好心把第二个横栏折断了,这样人们可以从底下爬过去。行至最后,来到了一处高达六七英尺的堤岸,十分陡峭,上面还有些小坑,仅够容纳脚尖踩踏。由于常被靴子前端的铁片踢来踢去,堤岸的树根已经裸露在外,变成了粗糙的阶梯。坡顶上,梯道斜斜地通向陡峭的堤岸悬崖,所以你只好在半空中行走。幸运的是,别的栅栏也和前面一样,几乎每个都被打开了一个豁口,大小正好能容人挤过身去——不过你要小心别惹着野蔷薇的刺。人类就是有一种强烈的本能,促使人们打开缺口、找到捷径。

村里所有的年轻小伙子都会在岔路口或者说岔道口有个约会的地方,那里通常是大片废地,还生着几棵树。如果有任何危险的征兆,军事会议也在那里召开。不远处有一个很大的草场,那里竖着一个露天的棚屋,是铺茅草顶的工匠的作坊。

工匠干起活来十分干净利落,用皮革垫子护住膝盖后,他就能长时间跪靠在木梯的棱子上工作。他先用手里的小木棍把桩子插进去,再用剪刀沿着房檐把稻草的茬子修剪整齐。搭草顶时,他要用巨大的铁针带着绳子穿来穿去,他随身携带着小而锋利的砍刀用来劈开用来铺房顶的小木桩。做木桩的材料是从河边的白柳上砍下的柳木条。他在棚屋里找个凳子坐下，十分轻松灵巧地把柳木劈成三四节，他的手只消左一转右一旋，砍刀就按照需要砍削在正确的位置。接着，他把木头夹在膝盖之间，瞄准之后一阵猛劈猛敲，完工之后的桩子就随手抛在旁边的一堆木桩上。

在各种工匠手艺人当中，铺草顶的人受工业化的影响最小，他大概算是小村庄里最重要的工匠。他通常用一束束扭曲编好的野草把麦垛打扮得奇形怪状，草垛竖起来的时候看上去就像野蛮人的头发那样令人难以置信地乱。不过，如今他不会再像原来那样把野草盖在麦秸上，因为冬天几乎没剩下多少麦秸，麦子在脱粒机再次打过之后也很少会用到茅草顶上，用他们的话说，机器脱粒之后麦秸失去"光泽"了。草场上的草用的时间更久，他也能把活儿干得好些，尤其是在西南方向的边角地带，他用绳子交叉着将草垛捆好，以免从四面吹来的飓风把草顶掀起来。

据说有时候会刮起破坏力很强的风，人人都会因此倒霉。不过如今再也没刮过那么强劲的只让搭草顶的人高兴的风了。若是飓风来了，把教区所有的草垛刮得乱七八糟，甚至把好几个工棚的棚顶都掀翻了，甚至连住宅的山墙都摇摇欲坠了，那么他在接下来的两个月可就都有活干了。男人扛着一捆捆的茅草来给他帮忙,还有两三个女人在忙着把茅草打捆——把茅草一束束地分开,再挑出最长的草把草捆拦腰扎好,用水打湿,准备放到架子上。搭架子的木头必须是从自然生长成型的粗枝干上砍下来的,否则就会不够结实。搭草顶的人不但粗野健壮,还是个有聊不完的八卦闲话的人,他对每个农场主的家谱都了如指掌,事实上,整个教区从南到北,就没有他不认识的人。

关于走私犯的故事还没有完全淡出人们的记忆。老年人还能给你指出过去他们常走的路线,还有据说是他藏匿违禁品的地方。走私一般是从海路走,但货物一到岸就要转到内陆卖掉。所以,村子虽说离海岸很远,在非法的走私贸易方面却颇有传统。走私犯的路线都是野外人迹罕至的地方,好像他们尽可能地待在山里。据说,不止一家人是因为帮助走私犯保存或处理货物而富起来的——这些人也未必有多少钱,只不过在乡下,有点小钱就足以声名远扬了。而且至今村里人仍然是对走私犯抱有同情的。

老人们也会谈到疟疾,据他们说这病在早年十分普遍,不过如今很少听到生疟疾的病例了。这可能是因为农田的排水系统比原来好了,劳动者的吃住条件也得到了改善,足以抵抗病症了。这种说法当然没有什么科学根据,也没有确切的数据可供比较,但根据一代代人传下来的说法,村子现在的卫生条件的确要比过去好多了。

第7章
农庄房屋

　　小溪离开村庄和浆洗池，就顺着一个斜坡急泻而下，不过随着溪水来到一片草地，水流便立刻失去了原先猛烈的态势。在距离村庄一英里开外，小溪缓缓流过草地和牧场，溪水宽阔深邃，两侧长满绿色的菖蒲，不时地在这里或那里盛开着硕大的黄色花朵。在几处铺着茅草屋顶的旧牛栏和垛场旁，榆树投下浓荫，一道结实的河湾或水坝横贯小溪，将水强行引入到一处供牛饮水的池塘，同时也起到了时常供人行走的用途，劳动者常穿着他们厚重的靴子从河湾上走过，尽管溪水其实只没过脚背而已。牛栏离农舍有几百码远，被工人们称作"矮畜栏"。维克农庄——几乎每个村子边上都有它自己的"维克"——就在田里孤零零地站着。这是些古代建筑，修得杂乱无章，因为经历了不同年代风格多样地一系列改建，才呈现出如今的面貌。

　　当这样的农庄在同一家族里传了六七代后，它看起来就带上了强烈的个人风格。历史在其中产生，过去的记忆凝结在一起，被鲜活地传递给下一代，将今天和七十年前连接起来，就好像时间从未间断过。村民们热络地聊着"彗星年",就好像它刚刚过去一样,聊着一车麦子颇能值一笔钱的日子,聊着上个世纪(指十八世纪)的洪水和大雪。他们谈起那年佛米德家被买下来并入教会财产的事,就好像发生在九十年前的这笔交易重要的应该让全世界的人都知道似的。

在某种程度上,这座宅子已经适应了居住者的性格,并根据这种性格重塑了自我。宅子隐藏在青翠的树木之间,新鲜的樱桃和梨子挂在枝头垂到墙上,长期的风吹日晒使棕褐色的屋顶和老旧的墙砖色调变得浅淡柔和。这种个性色彩还体现在家具上,家具的样式有些僵硬古板,不过十分结实耐用。屋子里有很多隐蔽的角角落落——比如窗台——颇为沉稳宁静。这是一种十分奇特的对立组合,屋子里到处都有花纹图饰,呈现出平和与寂静之感,却又毫无现代设施以提供舒适和便利,就好像体魄强健的居住者十分鄙夷人工制造的舒适似的。

橡木碗柜因为年代久远又经常擦拭已从黑色变成了深褐色,碗柜当中还能找到几件古瓷器,到了吃茶点时,桌上可能还会另外摆几件古旧瓷器,若是行家见到这些瓷器被使用恐怕会吓得发抖,因为一不小心粗笨的胳膊就可能把这脆弱的古董打个粉碎。虽说这东西明显没有什么价值,但你有钱却还买不到——这并非是因为人们多欣赏它造型上的美感,而是出于人们对承载着当地的风土人情的一切古旧之物都有本能的亲近

农庄房屋

感。这些东西古时就已在那里，现在也应该留在那里。在碗柜的某处，还有个造型奇特的铁片，恰好适合握在手中，在手指前端还有一块突出的铁片，好像十字剑的护手。这铁片颇有些年头了，是专门用来摩擦燧石点燃火绒和硫黄火柴的。

杂物间里放着橡木雕的床架，年代已经无从得知，专用于收藏桌布的黑橡木柜子面板上雕着花纹，侧边的抽屉里放着薰衣草香包。十字剑已经生锈，剑尖也折断了，燧发枪的枪管奇长，枪托沉甸甸的，包着类似狼牙棒锤头的金属把手，用来敲击敌人的头部。一把旧式自耕农的军刀躺在某处，这是当时的棒小伙随身佩戴，骑马在军队中与焚烧机器的暴徒们搏斗时使用的军刀——那时期多少有些像是内战爆发，至今人们也还在追忆、谈论着当时的情景。现在还有些好事的人，稍微一打听就能告诉你村里人谁的祖辈曾参加过起义。这栋宅子也有自己的记忆，是关于其中有一家人是如何花了四十英镑找人代替自己到军中服役，去跟法国人作战。

女主人如今还会不时地用自家的烤炉烤些面包，并为面包一点也不硬颇为自豪。她还做各种果酱，也酿果酒——原料有樱草、接骨木莓和生姜等等。她以前还烘制一种十分精致的小饼干——只需将面糊滴落在纸上，放在阳光下暴晒就可以烤熟。六十年前被人骗去一笔钱的事还留在她痛苦的记忆里，她把它当成天底下最大的不幸，唠唠叨叨说个没完，因为老年人，

威尔特郡的乡野生灵

就算那些有满满一长筒袜或一茶壶的金币的人,也会对一些小钱斤斤计较。听完这类长篇大论后,人们会觉得这个家的家产至少毁去了一半,结果证明不过才损失了一百镑而已。从前,她的祖母结婚后要坐在丈夫身后骑马回家,突然来了一场洪水,这对新婚夫妇一直等了好几个小时,洪水退去后才能通过。现在时代的确是变了。

在人们的印象中,自从这家人定居此处之后,牲畜的品种也就变了,甚至不停轮换更替。过去,耕田的母牛牛角很长,也更坚硬,整个冬天都只能待在草地上,除了树篱和灌木丛外也没有更好的栖身之所。如今养的是短角的牛群,可以圈养,也就能被照料得更好。以前的绵羊也是有角的——杂物间里还能找到两三只羊角。猪的品种换了,狗和家禽的品种同样也变了。若是说人类的品种没什么改变的话,那么,他们的服饰至少发生了变化:以前罩衫是穿得最久的衣服,但就连那也已经是过眼云烟了。

当地流行的一些古老的迷信直到近年来才消失。由于马匹价值高,小马驹的降生就变成非常重要的事情,因此当地有找年长的智者帮忙接生马驹的习俗——那人并非真正的巫师,不过名声却与之相近。甚至在最近的十五年间,像这样请老人协助接生的事情在邻里之间还经常能听到。人们相信,只要他以神秘的仪式出场,并许下美好的祝愿(要请他喝很多酒才行),

农庄房屋

就能防止发生意外和损失。此事的奇怪之处在于,邀请巫师举行仪式的人并非都是无知之人,有些人还受过良好的教育,他们遵循这一古老的习俗并非是因为多么相信其效果,只不过因为它已经传承了很久。最后的巫师去世以后,这个习俗也就随之消亡了。每年还会有另外一个上了年纪的人来这里转上一两圈,携带着一对长长的灰色法杖,举行仪式的时候就是伴随着某种古老的诗歌或传说的韵律,以奇特的方式挥舞两根法杖。

客厅里总是摆满了鲜花——春天时,壁炉和格栅要么被鲜花盛开的绿色七叶树枝条挡得严严实实的,要么就是丁香、蓝铃花和野生风信子;到夏天就换成了从草地上采来的低垂的青草、盛开的玫瑰花和野蔷薇;到了秋天,正是苹果丰收的时节,就放三两个大苹果放在瓷器旁做装饰,在镜子的四角还要放上几束成熟的麦子作装饰。扶手椅的靠背上铺着一张獾皮,一个狐狸头,几根锋利洁白的象牙饰品则悬挂在入口处,在玻璃盒里有一对加工过的翠鸟、一只臭鼬、一只画眉鸟和一只潜鸟标本,潜鸟在当地并不常见,应该是从很远的地方打猎带回来的。

墙上挂着几张描绘以往打猎场景的画,因年头已久而稍有褪色,不过用色的生硬感依旧,色彩的鲜明对比也丝毫没得到弱化:鲜红色的大衣、亮白色的马匹、鲜绿色的青草、拘谨呆板的猎狗,树直挺挺地立在那里,穿着紧身皮衣的人一动不动。本该流动的水看起来如玻璃般僵硬,天空也是静止的,地面剩余空间太小，无法表现人群，过于强调透视法的运用，效果适得其反。整幅画处处"着色过度"——简而言之，绝大多数在绘画中可能出现的缺点都在这些画中出现了，若是算上画家的名字，问题就可说是全了。

有幅画描绘的是会合的场景，其他的则描绘了一队人跨过小溪紧张追猎的场面。会合的场景画得没有动感而且十分僵硬，每个骑手都待在各自的位置上——没有一声铃响，没有一丝马蹄声，一切都静止不动。猎狐集合与训练有素的骑兵队集合不同，贵在其生气勃勃之美：马和骑手们四处移动，聚在一起又分散开来，新的骑手不时迅速加入，队伍也不断重新集结，令人目不暇接。另一幅画是全力追猎的场景，离开马厩的时候人人刷洗干净，打扮得整整齐齐、漂漂亮亮。马的毛皮油光水亮，骑手挺得很直，精神抖擞，狗也干干净净，半点没有在草地上偷猎的迹象。画面上的狗正从水里出来，尾巴直挺挺地竖着——事实上，狗若是拖着身子从水里钻出来，总是垂着尾巴的，身体看上去应该比平时要小，而且是弓着的，因为狗毛沾了水，就紧贴在身上，要多次抖动身体才能把水甩出去。骑手的长筒靴上没有半个污点，大衣也没有一处被荆棘刺破，马看上去很丰腴，就像刚刚吃完饲料离开马槽，还未消化完毕。马嘴上没有涎沫，艳阳高照，却没有树荫——四处都十分耀眼。尽管如此，画上的一切对于那些了解乡下及其狩猎历史的人来说仍然相当生动有趣。

因为画中的马源自生活，人物也来自现实，树篱和小溪就是当地的树篱和小溪，至少油画的草图设计是忠于现实的。服装画得一丝不苟，连针线都丝毫不错，所有的骑手的名字，甚至包括一部分猎狗的名字也都写在了画像下面。所以，猎人不会挑剔这些画用色的粗糙或画技的拙劣，而是关注它们试图传达的东西。在这些不和谐的画面下隐藏着一种富有诗意的生活。不过当我看着这些画，还是忍不住发出如此的感叹：对这个狩猎颇为盛行的村子来说，帆布油画上呈现的狩猎场景未免太缺乏真实性了！风景最美的部分又画得太过保守，用色过多。金秋时节的特质都未得到完美表现，画面色调过于低沉压抑——早秋鲜红、金黄的树叶画得湿漉漉的毫无生机，都变成了沉闷的褐色，天空阴沉晦暗——天空明亮才意味着要下霜，马匹闪亮的毛皮和骑手鲜红色的衣服也画得不好，或者不管衣服什么颜色了，骑手们就好像被雨水浇了或被灌木丛上的露水打湿了一般死气沉沉。认真思索片刻，回顾现实中的狩猎场景，完全不是这俗艳鲜亮的彩色习作所描绘的模样。

山谷中浓雾弥漫，猎狐的人群已经在一片柳树处追到了狐狸，因此你看不到猎狗。更远处，山丘的轮廓被云遮挡，消失在视野之中；近处的斜坡上朝向我们的是一片耕地，褐色的泥土湿漉漉的，淡淡的雾气飘浮在阴冷的犁沟之上。远处，三个模糊的人影正沿着光秃秃的树篱吃力地往前走，满是污泥的河湾由于背景颜色太深加上雾气弥漫也看得不够分明。再靠后一些，有一点萎靡不振的灰色——尽管黯淡却是唯一的色彩——还在不屈不挠地挣扎着(不是跳跃)——在枯瘦的老橡树旁边的空隙里显露出来，橡树深黄色的叶子还在摇曳晃荡。尽管真实画面如此，敢于直面自然的画家也一定能绘出自然所创造的精彩作品。

对于维克农庄来说，秋天实际上在名义上的秋天到来之前就开始了——说名义上是因为通常在九月结束前，空气中便已有了秋意。大约在那个时候，工作就会怠惰松懈下来，必须要人专门负责监工督促。当金黄的谷物收割完毕装车送走，脱粒机也脱出了第一批上市的粮食，当干草被铺在屋顶上，汽犁将残余的麦茬翻到地里，农场主才能从丰收季节的忙碌和焦虑中抽出身来歇上一两天。此时还有很多活儿要干，只是不需要时时刻刻紧盯着罢了。实际上，一年劳作的轮替也可以说是从秋天开始的。这个季节适合去野餐，因为阳光尚暖，草地也还是干的，可以去丘陵地茂密的褐色灌木丛林中间，或者去古时修建的防御工事里——那里视野开阔，远处的风景可以尽收眼底，虽然景色会因黄色的雾霾或山谷里的浅湖而显得朦胧不清。

除了偶尔打上一只小兔子带回家食用之外，农民，哪怕是拥有土地的地主，都要晚些时候才开始打猎。守旧的村民——虽说并非是完全自愿——仍旧把第一枪留给附近的地主乡绅，他们的家族和彼此的友好关系都已经存续了好几代。不过,这样的惯例近年来已经很少实施了,随着老一辈人的去世和商业精神在乡村的传播,年轻一代更愿意出卖打猎的机会来赚钱,而不是用它来经营社会关系了。

不过,维克农庄仍然延续着古老的习俗。附近的乡绅趁此机会大肆猎取飞禽。接下来他们几乎用不着消耗储藏室里的食物,这里能打到的山鹑和野鸡比农场上需要得多得多。到了当年晚些时候,农场另外一方的边界也会放开,农夫们就可以去自己喜欢的地方猎取更多的野兔,只要不过分就行。

从十一月到来年一月末,农民少有不扛猎枪的时候。无论是到农田里闲逛,还是到草地里漫步,抑或是横穿小径去邻居家串门,他们总是随身带着双筒猎枪。对于那些经常离家在外的人来说,无论是否有猎物要打,枪都是一个必需的伴侣。农夫们经常三五成群地聚在一起,很随意地围猎小型的猎物和野鸭——没有太多固定的方法和模式,一切只为开心。当树篱掉光了叶子后,农人就去搜寻兔子洞:到那时更容易找到兔子洞,严寒也让兔子肉变得更加美味了。

圣诞前后,一小拨人经常凑在一起去打乌鸫,他们半开玩笑半认真地说要能打多少打多少,如果可能的话,就依照传统凑二十四只做个派。乌鸫肉派的确是社交聚会上常吃的东西,吃完东西之后人们还会玩玩纸牌听听音乐。虽说在树篱丛里通

威尔特郡的乡野生灵

常聚集着很多乌鸦，但是在想要时就能打到需要的数量也绝非易事。过了一月份，枪就被搁在一边了，只剩一些零星的狩猎活动还在进行。

农夫当中条件较好的阶层会饲养亨特种猎马，并时常骑马带着猎狗外出打猎；就是地位稍低一点的人家，也会"制造"亨特猎马，他们骑马打猎也不仅是为了娱乐，多少也会把猎物卖掉换些钱。打猎在很大程度上是地方习俗。在一些地区，打猎是冬季的一场盛事，只要家里有马的农夫，多多少少都会出去打猎。在那些离狩猎中心较远的村子，农夫则很少出去。在丘陵地上或附近追猎野兔也是常有的活动。春天即将到来，草还没有长高之时，当地会举办越野障碍赛马会——这是一年中最受欢迎的集会。赛马举办在小城镇附近，一般都选在大型的村子而非市镇，因为后者似乎没法把上百人集合在一起。不过赛马会举行的具体地点一般是固定的，那是在一个开阔的狩猎区，方圆二十英里内，所有骑马的人都知道那个地方。

来自附近大家族的各路人马都聚集在赛马场上。工人们蜂拥而至，一些农场主把马车和牲口借给工人用，这样他们也能去观看赛马。人们对于很多这样的比赛都格外有兴趣，因为马是当地的马，骑手也为观众所熟知。一些赛事是移动进行的，今年在这个镇附近，明年又去到别的镇，以便把整个猎区都转一圈——等到第四年也许又转回到开始的地方去了。现在，大多数比较重要的市镇每年都会举办自己的农业展览,去参观的人也很多。

春天人们会打猎白嘴鸦。根据每年季节情况不同,活动的时间可能会前后相差一周,春天有时天气温暖舒适,有时仍然异常寒冷。这一活动至今仍深受很多人的喜爱。比如在唐斯这样的牧区,剪羊毛活动仍然保留着,一些老人还津津乐道于此。不过大体来说,这一古老的节庆已经没落了。原先,无论是有权有势的人还是普通农民,大家都会大摆宴席庆祝;但现在,至少在此地情况已经不是如此了。随着农业整个发生变化,人们的生活方式也发生了改变,具有不同特点的新的节庆活动也随之产生。

一年一度的拍卖节是农场上最重要的活动:事实上,以拍卖方式出售物品的模式传播得非常广,在很多方面对农业产生了根本性的影响。在以专门培育绵羊而闻名的农场上,一年中的大事就是在牧场拍卖公羊的羊羔。而在以养牛出名的农场上,每年最重要的拍卖品则是年轻的短角牛。近年来,由于使用了汽犁和人造肥料,还有其他方面的压力,使得不少农场主把田地里尚未收割的谷物提前卖掉了:购买者在谷物尚在生长的时候支付一定的价钱,待到庄稼成熟时就可以去把庄稼收割来卖掉,赚取中间的差价。

无论因为什么请人来主持拍卖,都要准备一顿晚餐,别人不管谁想参加都会受到欢迎。如果住家附近刚好有个大谷仓，一般晚宴就在那儿举行。不过还得搭起一个大营篷（看起来就像个旧仓库）以防暴雨来临——乡村集会时常会受到暴雨的干扰。不过谷仓也不是哪里都有，所以帐篷就很重要。虽说宴请的地点可能比较偏僻，离市镇或车站有几英里远，还是会有很多人一定会到场。假如拍卖的是纯种的牛或羊，你会发现有很多人是从英国的另一端赶过来的，有时甚至会有从美国或殖民地过来的经纪人。他们要花上很久时间来考察牲畜的品种，然后晚餐正式开始——至少要比预定的时间晚两个小时。但当事人都很理解这种情况，也并未因此带来什么不便。

在这种场合，很少会喝麦芽啤酒，虽说有人要求的话也会有，但现在人们大多都喝雪利酒。这个时代引人注目的特点之一就是这种葡萄酒代替了传统上在十月份要喝的啤酒。在家里，农场主可能仍然会啜饮泡沫丰富的啤酒，可一旦到了类似这样的集会上，雪利酒才是人们的最爱。如果在有市集的时候到城里的酒馆去——很多生意都是在酒馆里做成的——人们通常会点烈酒，啤酒不再是乡村特色的酒类了。一边喝着雪利酒，人们还互相递雪茄——这是另一个变化。的确，老人们还是喜欢用陶制的长烟斗，也偶见年轻人过段时间重新用起烟斗的，但总的来说，人们现在普遍抽起了雪茄。

接下来，家畜所有者和主持拍卖的人会轮番祝酒，通常持续时间较短，然后酒席就停止了，拍卖活动开始进行。如果拍卖的是牲口，人们就到院子去；如果拍卖的是粮食，就要把桌面上除酒之外的东西全都收拾干净，然后拍卖就在桌子上进行。不管拍卖什么，雪利酒和雪茄还是会继续在人们之间传递，被雇来服务的人会随时为大家免费提供，整个下午大家都会过得非常愉快。拍卖结束后很久，有些人也不会散去：来自美国或殖民地的经纪人可能会在农场住上一晚。乡下农家一直都是非常热情好客的，此时客人会受到比平日更殷勤的款待：男女主人都尽最大可能使客人们有宾至如归的感觉。这些聚会也大大提高了邻里之间友好的氛围。

但在夏天，农民就没工夫去想什么娱乐活动了。令人纳闷的是，纯粹的乡下人几乎没有喜欢钓鱼的，马和枪对他们来说就像吃饭喝水一样不可或缺，但鱼竿却并不怎么受欢迎。农民对马的兴趣似乎比任何别的东西都浓，无论他们是否赌马，他们谈论、琢磨、阅读的有关马的东西，比以往任何时候都多。

当地有个克拉克啤酒节，过去规模很大，现在却绝迹了。民事法庭还在，可多少带了些无伤大雅的胡闹的意味。那些有领地的大人们的法庭现在也不那么可怕了。绅士们聚在一起开会不过是出于传统习惯而不是为了什么别的大事，他们在秘密会议上神情严肃地讨论着要不要砍掉一棵修剪过的老树，该为老妇人的破房子免掉多少租金，以及某个树篱处七十年前是不是有入口等等。不过这个机会将邻居们聚到了一起，于是雪利酒又不可避免地在彼此间快速传递开来。

在维克农庄，漫长的夏季来得特别早。六月的深夜两点半左右，就能隐约听到屋檐下传来的叽喳声，此时燕子已睡醒，虽说它们一时半刻还不会飞出去。三点时，远处的草地上会传来布谷鸟的叫声，还能听到割草人磨镰刀的声音——他喜欢在草上的露水还很重时就出来干活，一是此时天气还比较凉爽，二是因为草也相对好割。在阳光变得酷热之前，他已经把一天的活干了一半了，等到了早上八九点钟，他就要躺在树篱下睡上一小觉补充精力。凌晨三点到四点之间，在耕地一角的灌木丛里便有画眉鸟开始唱歌，随着鸟儿聚集得越来越多，一只又一只画眉加入合唱，很快就会响起一支响亮的奏鸣曲。

然后就会响起挤奶工取水桶时钉鞋踩在院中的石板路上发出的咔嗒咔嗒声；紧接着，地里会传出他"来呦！呀呼！"地对着奶牛呼喊的声音。听到这熟悉的声音，牛也会用同样低沉的音调做出回应。于是它们服从指挥，慢慢地聚到了草地一角的榆树下——夏天，这地方就用来挤奶。到了五点或五点半的时候，咔嗒咔嗒的声音又会响起来，这是挤奶工回来了，接下来牛奶场就要全速运转起来。早餐时间在六点半左右，吃饭的时候你能听到沉重的脚步声沿路穿过草垛场——这是晒草的人正往田地里去。在接下来的两个多小时里，四野一片寂静，只有牛

农庄房屋

奶房里不时传出声音；然后便有马车满载干草而来，摇摇晃晃地发出吱嘎吱嘎的声音，等马车穿过大门，绕了一圈之后，车夫高喊一声"吁——！"就把车停在了草垛下面。

到了中午十一二点，马车就不再来了——这是吃午饭的时间：午饭的确切时间要根据工作情况而定，可能前后相差十五到二十分钟。信差回到家，喝几罐啤酒，同时也会带一些用木"瓶"装的啤酒到地里去——那是只能盛一两加仑酒的小木桶。短暂的休息之后，人们会继续干活，一直干到下午将近四点，然后就准备吃晚饭了。人们会委托一两个工人到院子的菜地里拔些洋葱、莴苣或小红萝卜——这都是特意广泛播种在地里的——然后把这些蔬菜带到车棚或者别的任何男人待的地方去。如果干活的地方离家较远，女人们经常收集一些从树上掉下的枯枝，在树篱下烧水泡茶。到了晚上六点，活干完了，女人们通常会得到允许提前半小时回家，这样就可以为丈夫准备晚餐了。

当日薄西山，坠到积满灰尘的大道附近时，太阳便失去了耀眼的光芒。在远处的小村庄，一条明亮的闪闪发光的横幅反射着平行投射过来的阳光，变得光彩夺目。金色的太阳光照在木板上，木板又把光芒投向了路边的大告示牌，告示牌便反射出十分饱满圆润的金色太阳，活像一面光彩炫目的王旗。

人们不久就会在那儿聚集起来，围坐在搁板桌旁一起喝啤酒。有时工作很紧急，人们就会一直装车，直到白猫头鹰无声地

威尔特郡的乡野生灵

掠过矮树篱,圆月在山上升起来。这时,那些留下来帮忙的人就会去酿酒厂吃上一顿相当丰盛的晚餐。

有时候农场主在草场上忙碌的时候,眼睛比手还忙,随时观看着蜜蜂"翻滚"的姿势是否正确,"踪迹"是否彼此距离恰当,足以容纳一辆马车轻松通行,这时候他就一定会被一大群蜜蜂带来的消息召唤回家。如果农活很急,他会交代别人替他前去查看,如若不然,他就径直赶回家——那时,尽管养蜂的重要性不比从前,但守旧的人依然对养蜂乐此不疲。他们会告诉你"一群蜂在五月值一车干草,在六月值一把银勺,但在七月连一只苍蝇都不值"——因为随着秋季临近,在花凋谢之前开始储存蜂蜜已经来不及了。

很明显,比起知道自己随时都会被解雇的佃户,在自己地里干活的农场主(比如在维克)更乐意维持传统的习俗。如今出于种种原因,农场更换佃户的频率比以前更高了。在维克,农场主会觉得他移栽的每棵苹果树,种下的每株花草,回报他的不只是金钱,还有金钱所不能衡量的快乐。因此蜜蜂得到了精心查看和细心照料,因为若是它们太过冒险的话,可能会吃青山雀的亏。

虽说生得小,这些青山雀贼胆却很大,它们常常冲到蜂房,落在门前的小台阶上,和同伴们大肆搞上一番破坏。一旦受到惊吓,它们就躲到苹果树里,好像知道农场主不会朝它们开枪似的,因为子弹极有可能打折那些柔弱的枝杈,从而影响果树结果。到了秋天,满屋摆着的蜂蜜也是颇为赏心悦目的场景——巢室外面的蜂蜡保护层已经被取掉了,蜂蜜正从雪白的蜂巢里慢慢滴渗出来,大号的牛奶罐里装满了半透明的蜂蜜。

整个夏天,农人的脚步会踏遍鲜花盛开的各地。春天,绿油油的牧草长得茂密、粗壮,有时牧草上面还会开满金色织锦一般的毛茛花。农人不用看日历就知道什么时候该割草了,因为草种成熟后,一大片棕色便会迅速弥漫开来,有时因为酢浆草太多的缘故,地里还会染上一些暗红的颜色。割过一茬牧草之后,地里会留下黄色的痕迹,绿色看上去似乎正在消退,但一场阵雨过后,鲜绿的草叶又会迅速蹿起来。或者,越过长满牧草的谷地,来到逐渐升高的斜坡上,这里是耕犁掌控的土地,还有什么比观看小麦在不同时期所呈现出的不同色彩更赏心悦目的呢?

最开始,麦子是绿色的,十分鲜嫩;接着你便能看到小小的麦穗抽出来,预示着即将到来的丰收。渐渐地,麦秆全都长得像权杖一样高了,而较矮的麦秆叶子还依旧碧绿,但茎秆却变得有些发青了,麦穗则逐渐变得嫩黄。接下来花就开了,白色的花粉暴露在温暖的阳光下,于是便有鸟儿开始在其间忙碌穿梭。鸟儿就停在麦秆上——此时,麦秆已经长得十分结实,足够托起一只鸟了,当然是在不嬉闹的情况下。你也许会看见麻雀叼着毛毛虫飞回附近的屋顶给孩子喂食,过上一会儿,它便会回

威尔特郡的乡野生灵

来享用成熟的谷物了——这事千真万确。

昨天你来看的时候，麦子还是青的(感觉起来是二十四小时之前，实际上只比那久一点点)；今天你再看，天哪！麦穗上已经有一丝黄色了。它们已经如此迅速地捕捉到了太阳洒在它们身上的色彩。等再过上一两天，原先那若隐若现的黄色就变得确切无疑了，好像色彩被伟大的画家涂深了一般。只有在起风时，麦穗被吹弯了腰，露出了麦穗的末端和一部分麦秆，整个麦田的颜色才会浅淡几分。风吹过之后，那种无可比拟的浓烈色彩再次显现出来。其中有几分橙红色、几分古铜色、几分玉米的黄色，但是这些贫瘠的词汇不足以描绘这片黄色海洋所呈现的色彩。因为你若取下一两株，甚至十几株麦穗，是无法找到这种颜色的，你必须放眼向广阔的麦田望去，视线穿梭往来才能看到。每块麦田颜色也各不相同：这里一片片的麦子也许颜色更黄，那边的一片颜色发白，再远处的斜坡上可能又是一片红褐色，这些颜色的差异都是因为播种的品种不同所致。

在一片林深茂密看似无法通行的小麦丛林中，探访完隐藏在丛林下面的花之后，一只野蜂快速地爬上了一根麦秆——它就在一两码之外，攀上麦穗儿顶，好像是找到了没有障碍的柱子，借着风力扬帆起航，飞走了。

"要是在自家屋后扶犁，大家都会高高兴兴！"这些不是听来的，而是根据对话的意思逐字记下来的。随着天气变化，季节

农庄房屋

流转,对话的内容也会发生变化:

"今年天气干燥得实在糟糕;今年活可太重了,怎么也抽不干地里的水。"

"岔道口苍蝇嗡嗡飞——麦子上都是黑斑——稻草的根太弱了。"

"今年收成还可以,只是麦子价不高,还不如拿去喂猪;去年的收成很糟糕,价钱反倒高。"

"怎么雨季还不来啊!"

"马都在厩里埋头吃草;伙计们比赛偷懒,啥都不干:拿着那么多工资不干活。"

"夏天干草垛底下都要发霉了。汽犁的车轴也陷下去,地里软塌塌、黏糊糊的。"

"再也没下过以前那么好的霜啦。"

"怎么早晨还不下霜啊!"

"什么都比不过一幅剪报重要。"

"听说又要增税啦。"

"老乡啊,咱们最好还是取消这个交易吧!"

这样的牢骚还有很多,农人们什么都会抱怨,不过,对这些话没有必要太过当真,因为在所有人当中,农民最热爱劳作,因为他以此为生;他们也最热爱这土地,他们就像真正的原住民一样行走其间。不到万不得已,他们是不会离开土地的。

第 *8* 章
农庄的鸟类

　　维克的屋顶是茅草屋顶,有很多爬满了常春藤的山墙。宽敞的茅草屋顶,村民所称的"大烟囱桶"和常春藤吸引了大群鸟儿前来安家。多年来,屋顶上的茅草被重新铺了一层又一层,逐渐积得很厚,这使得它远远突出墙面,形成了宽大的向外延伸的屋檐。屋顶距离地窖所在的地面仅有三四英尺高,墙体很矮,日上中天,屋檐正把影子投到地面上。

　　八哥会选择在屋顶较高处,尤其是在烟囱周围搭窝。此时正值初夏时节,它们为了给孩子觅食不停地飞来飞去,而雏鸟们一整天都无休止地喳喳叫着要吃的。一株高大的桦木挺立在矮树篱中,距离维克农庄大约五十码远。这棵大树与周边互不相连,非常适合查看周边的情况,因此八哥飞上屋顶之前总会先在树上停留片刻,仿佛要勘察周围的情况,并与已在屋顶的朋友交换意见——如果说有鸟儿会在一起交谈的话,那就是八哥了。很多鸟儿都是循环往复地唱着同样的音符,别的鸟儿则是立在枝头唱着相同的歌,比如画眉鸟。但是,八哥却有属于自己的一整套独特的音节，它唱出的每个音符都有着明显不同的含义，可以轻易区别开来。

它的哨音覆盖了各个音域，从尖利、刺耳的高音到低沉、空洞的低音。它能唱出完整的全音阶，既有"颤音"、啭声，也有回荡不已的震颤音，花样繁多。它用一种独特的咯咯声作装饰音，那声音就好像是从它的胸腔深处发出来的，此时它笔直地立在烟囱边上，不停地扑腾着翅膀。别的鸟儿唱歌似乎单纯为了享受歌唱的愉悦，最多不过是想吸引那些藏在灌木丛里的异性同伴。但八哥会对着它的同伴滔滔不绝——我觉得这样说没错，八哥在视线之内没有同伴，孤单一人时从不歌唱。它真的是在和它的同伴说话。我几乎可以听懂那些对话并大致猜出意思。

烟囱顶上正站着一只八哥，那边的梣木上还有四五只它的"熟人"。突然它对着同伴，一连串音符倾泻而出，说话的时候还面向同伴，仿佛是在问它们愿不愿意和它一起飞到那片奶牛正在吃草的地里去。牛身边的草地里一定会有很多虫子，因为它们时常会把牧草连根拔起，地底下的蠕虫就会露出地面。你能听到八哥抑扬顿挫地劝说同伴："过来，快过来！你看这儿有一片嫩草，牛刚来一会儿。原先这草对我们来说太高，但是现在牛啃过的地方，我们轻轻松松就能够着地面。水鹨已经在那儿了，它总是跟着牛群到处飞，总是能挑挑拣拣吃到好东西。你说什么，小河边上的草地？割草的人都已经开始干活了，一丛一丛的

画眉

John Gould, *Turdus Atrogularis-Black-throated Thrush, Ladybug*, 1862

　　画眉若想要靠近房子,就会先飞进醋栗丛中躲藏,等侦察几分钟后才到草地上来,然后它会穿过草地来到石板路上,再沿路飞行到了窗子下。

松鼠

Basil Bradley (1842-1904), *A Red Squirrel Eating a Nut*

　　松鼠的尾巴展开时质地真是极好,柔软光滑、形状优美,就好像有流转的光芒穿透其中一样。松鼠特别喜欢这个角落,因为这里遍布榛树丛,就算榛子已从枝头采摘完毕,它们还是能找到一些落到地上,或是隐藏在干草和黄叶之间的干果。

黄鼠狼

Charles D'Orbigny, *Weasel*, 1849

人们经常见到黄鼠狼在路边的树篱中四处觅食。

苍鹭

ARDEA CINEREA, Linn.

John Gould, *Ardea Cinerea- Heron*, 1862-1873

　　苍鹭缓缓游过来,每个夜晚和清晨,它们都在池塘和水草、小溪间来来回回地穿梭,每隔一阵就发出一阵怪异的叫声。

蝙
蝠

George Edwards, *Three Small Bats*, 1743-1751

　　工人们常常以搜寻蝙蝠为乐,蝙蝠白天总爱紧紧抓住什
么东西。它们会用自己带翼膜的翅膀末端的爪子钩住大衣
倒悬在上面,如果放任不管,它们就会悄悄爬进口袋。此处
有两种明显的蝙蝠物种———一种较小,另一种则要大得多。

老
鼠

Edward Donovan, *Brown Rat*, 1820

　　农场上有的老鼠不但老奸巨猾,还相当凶猛,不费力气根本就消灭不了。

野蔷薇

Ellen Willmott, *Rosa Multiflora*, 1914

　　遍地都是野蔷薇丛,上面缀满了盛开的娇艳花朵。有些野蔷薇的枝条从草地向上伸展,又因为自身重量而下垂,便形成了一道顶上点缀着花朵的拱门。

Rees Cyclopedia, *Bee*, 1802-1819

这为蜜蜂提供了极大的便利,因为它们通常携带着沉重的花蜜或花粉,如果蜂巢正面没有任何树篱或灌木阻挡,它们就可以一路畅通无阻地回家。据说这样,蜜蜂就会更卖力地采蜜。

茅草倒在他们的镰刀下,有一大片地方我们几个星期都碰不得啊。噢,空出来了,这地方全是好吃的。那边的雀鸟们忙忙碌碌的,一大群呢,有苍头燕雀和金翅雀,还有篱雀和画眉。你怕吗,为什么呢?谁会在夏日的中午打鸟啊。你还犹豫吗?(它发出一种刺耳的尖叫以示愤怒)你去不去啊?(又一声急促而尖利的质问)你根本就是个白痴。(最终以尖刻的谩骂作结)我要走了!"

看着它起飞了,其余的鸟儿也立即跟上,唯恐它独享那些美食。飞行的过程中,八哥每隔几分钟就会把翅膀收起来一会儿,这样它可以就像箭一样在空气中滑行六七码远,接着它再展翅而飞,然后再次收缩翅膀向前滑行。它始终保持水平向前,直奔既定目标。

那些在屋顶筑巢繁殖的八哥,虽说它们以后也会离开此地与大部队集合,一起在树上栖息,但还是会时不时地回家看看,特别是在新年伊始的时候,它们会更频繁地在屋顶驻足,商量接下来筑巢的事——这十分重要。夏天鸟儿们正在屋顶忙忙碌碌,如果你坐在靠近屋顶的窗前看书,这时除了阳光照射进来,你还会不时看到闪电一样的东西划过书页。这是八哥在茅草屋顶降落前在快速地振动翅膀,翅膀遮挡光线造成的光和影的飞速轮换给眼睛造成了如同看到闪电一般的印象。这些鸟儿很漂亮,如果细看它们的羽毛,你会发现阳光闪烁出斑斓的色彩。

在老房子的屋顶上,麻雀的吱喳声同样一整天都停不下来。在筑巢的季节,你能看到这些雀鸟拖着长长的稻草或羽毛飞在空中——因为拖着重物,它们明显飞得十分吃力——这着实惹人发笑。有时,它们刚到达目的地,东西就掉了下来。有时它们急切地想要跟伴侣说话,结果刚一张嘴,叼着的羽毛就飞走了,不过它们能在羽毛落地前再次抓住。蓬松的羽毛总是鸟儿筑巢搭窝的最爱。鸟儿飞向棚屋梁上的巢窝时,笨拙的翅膀会碰掉不少羽毛,这些羽毛就四散在地上,人们一眼就能看出巢的位置。巢是雏鸟的宝库,它们从这里获取一切生活必需品。麻雀把窝搭在茅草屋顶内的小洞中, 有时如果燕子还未返回,它们就占用燕子用泥灰搭在屋檐下的窝。

年老的村民依然对燕子怀着些许迷信的想法,认为它们有些神性,不敢杀死或是惊动它们。所以他们不会随便把燕子的窝敲掉。他们认为,若是燕子来年没有返回屋檐下,而是弃巢而去了,那么就意味着这家人可能会发生不幸。同样,如果白嘴鸦离开群居的地方,或者位于果园向阳一侧的蜂房中的蜂群逐渐衰弱,不再成群飞来飞去,而是逐渐死掉,也会被认为是凶兆。如果有鸟儿在晚上忽闪着翅膀拍打窗玻璃——有时,暴风雨折断了支撑鸟巢的大树枝, 它们可能会被室内的灯光吸引过来——那么,翅膀的击打声是要发生令人伤心之事的标志。若是久病不起的人想吃鸽子——喜欢上了以鸽子肉为食——这就意味着他病入膏肓无药可救了。

但是燕子春天很少会不来，而且刚刚到达就会开始动工修补旧巢或者搭建新窝，材料就是路上的泥灰。雨天对筑巢来说格外有利，燕子会停在小水坑边上寻找调和好的现成的泥浆。在这样的天气里，它们会在树篱边上来来回回飞上很久，低低地从草地上飞掠而过。这时，如果从上方俯视（而非通常那样仰视）燕子，可以看到燕子身体的后半部分有一条白线穿过，恰好在尾巴的分叉处前面，十分鲜明。燕子的羽毛又黑又亮，泛着蓝色的光泽。它们似乎很喜欢绕着马匹和牛群飞来飞去，可能因为家畜附近有数不清的昆虫。在闷热的天气里驾车前行时，我曾看到一只燕子竟然跟着马飞了一英里那么远。

　　看着燕子在平静的水面上滑行，不时轻轻点水，真是赏心悦目。有一次，几只燕子正从湖面上飞过，那天风很大，湖面泛起了不小的波浪，我看到一只燕子被浪尖打翻了在水中。那个地方距离背风处的湖岸还有二十码远，燕子就在水面上随着波浪浮浮沉沉，最后被冲到了岸上。当时它筋疲力尽，但是将它放在一块被温暖阳光照耀的石头上之后，它很快就恢复了体力飞走了。

　　燕子飞起来速度很快还有个证据可以证明。它们判断自己的位置和路径时，常常并不怎么精确。我知道一个例子，一只燕子一离开屋檐下的巢就振翅疾飞，结果飞了不到十码远就撞上了花园墙上的一扇漆成灰蓝色的大门。它的嘴被撞裂了，完全失去了知觉，不出几分钟，那只燕子就死掉了。当时花园里有人，燕子可能是受到了惊吓，不过通常鸟巢附近没人打扰，燕子也不是那么胆小。也许是匆忙之中，花园大门的灰蓝色欺骗了它的眼睛，但是它以前肯定从这个路线上飞过了无数次啊。

燕子常常顺着宅子的大烟囱进到屋里来，不过人们总是会放它们从窗子飞走。据说燕子从不在高处驻留，但是我却有几次看到它们落在茅草屋顶的木条上，那里的茅草顶多少有些腐烂了，比屋顶的脊梁高出几英寸。有时候，你能看到五六只燕子排成一行停在屋顶上。你也有可能会看到它们站在果园高大的西洋李枝头的最高处。秋天筑完巢后，它们几百只一起——也有人说是几千只——聚到河边的柳树林，落在纤细的柳条上休息。每天傍晚，它们都会叽叽喳喳地在那儿鸣叫一个多小时。如果地面平坦，又没有杂草妨碍，它们可以轻而易举地从土路上飞起来，就和在平坦的大道上起飞一样。阴冷萧条的日子，它们更愿意待在房子上，而阳光明媚时可能就飞走了。

农庄的建筑样式并不规则，一端是面寂静的山墙，墙上有扇拱形的平开窗，就开在茅草屋顶下，被茂密的常春藤遮住了。窗子很矮，距离地面不过八九英尺。常青藤已经爬上了墙面，由于房子紧靠着外面的花园，藤蔓甚至已经蔓延到了花园高大的院墙上，形成了一个僻静的夹角。几年前，这儿堆积着很多原木木料——比如橡木，被锯成桩子用作田地入口的关卡——如今半倚着房子,半靠着花园的围墙,就堆在窗户下面。由于堆放的时间实在太长(在乡下,从来就没有急事),木头下端已经覆满苔藓了。向外突出的茅草屋顶,茂密的常春藤,随意扔在地上的木料,爬满苔藓地衣的花园院墙,还有角落里的一大丛紫丁香,这地方实在再安静不过了,因此也就成了群鸟最爱驻足的胜地。

燕子的窝就建在窗外触手可及的地方,右手边是麻雀的窝,而在左手边则是水鹈年复一年地在常春藤里建的巢。水鹈总是在附近出没——一会儿在牧场上与牛群为伴,一会儿出现在草垛场,甚至会出现在农庄的门边,它们更喜欢逗留在牛奶厂前面的院子里。飞行时,水鹈一会儿上升,一会儿下降,不断上下起伏,不时地要把尾翼张开然后又合上。在地面,它通常会落在靠近水源的地方,而且总是不停地上下抖动尾巴。

有一年春天,窗户附近常春藤里的水鹈巢来了一只布谷鸟,有人看到它在房子附近徘徊过好几次,又看见它造访爬满常春藤的山墙,最后进了水鹈的巢。一连几天,一天几次,布谷鸟都会过来查看,若不是有人想吃鸟肉把它射了下来,它肯定要在窝里下个蛋的。

很难理解布谷鸟为什么会选择搭在这种地方的鸟巢。这与人们通常理解的飞禽走兽的行为动机不符。鸟类靠直觉不会去选择一个如此靠近房子的地点,而事实上那鸟巢就建在房子上

农庄的鸟类

133

面,出于安全考虑它也不该如此选择,而出于隐蔽性的考虑也不该如此。它无疑能在远离房子的地方随意选择一个鸟巢,而且待在那里也更不容易被发现。难道它们认为这种特殊的水鸫比别的鸟类更愿意照看后代吗?

人们都说布谷鸟对自己的后代毫不关心,我对此十分怀疑。实际上它们会在自己选择寄存鸟蛋的巢窝附近徘徊。还有一次,布谷鸟利用了搭在花园另外一处的水鸫的巢——有棵古老的冷杉树的树桩正在腐烂,爬满了常春藤蔓,巢就搭在里面。有人看见了这只布谷鸟,但没有惊动它,它一次次地飞过来,落在鸟巢里,有人看到它在那里下了一颗蛋。后来,布谷鸟每天都在花园附近的一棵桦树上唱歌,一唱就唱个没完。

在窗底下的木料堆后面,篱雀每年都会把窝搭在低矮处的常春藤里,知更鸟会把巢搭在树干围起来的隐蔽处的木头上。虽然名字相似,但是和麻雀的叽叽喳喳完全不同,篱雀是一种相当安静的鸟,它在花园四周的树篱和灌木丛中谨慎地滑翔,不发出一点声音,如果不仔细观察,你根本发现不了它。不过,篱雀似乎并不胆小,你若坐着不动,它就会顺着山楂树飞到附近一码左右的地方来。

有鹪鹩在茅草屋顶里面筑了个巢——就在离地面不超过四英尺的地窖檐口下,旁边的山墙上长满了常青藤。有些鸟似乎总是用某种特定的方法筑巢,也总是选择相同的树或灌木;但知更鸟、麻雀和八哥不同，它们可以把巢建在各种地方。

　　我以前睡过的屋子的窗户正好对着果园，紧贴墙根专门种了一棵梨树，树枝就从窗台伸进了来。于是这棵梨树被鸟儿当了梯子。梨树常有很多鸟儿光顾，粗糙的树皮下似乎也隐藏了很多虫子。在闷热难当的夏季，窗户整晚都会开着，于是有只知更鸟每天早上很早就会飞进屋里来。发现没人打扰，它干脆大胆地落在了床脚的横杆上。来时，它似乎先从窗外向里查探一番，然后便落到地板上，仔细环视四周后，它才终于停在横杆上，待上几分钟，它便又飞走了。

　　这样的情况持续了一段时间，后来又来了一只鸲鹩。它也先是查看窗子里有没有什么能吃的东西。老式的窗台里面往往很宽大——因为窗框坐在墙的外边界，墙体又很厚，由此便形成了一个壁龛，下端钉着木板。现在木板腐烂了，虫子在上面钻出了无数小洞，还有几小堆木屑撒在外面，有人会说那木屑就像鼹鼠打地道时掘出的土一样。也许就是这些木屑吸引了鸲鹩。鸲鹩也经常光顾老式书架，我经常在书架顶上（顶并不高）放一些被虫蛀了的对开本或四开本的书，有时也可能从那儿拿些东西下来。至于床脚，它则只来过一次。离开房间后，它总会落在一根撑开窗子的细铁棍上，它的嗓音响亮又单调，带着一种金属的质感，仿佛叫得整个屋子都响了起来。八哥常常落在同一根铁棍上，麻雀也是如此，但只有知更鸟和鸲鹩会进到屋里来。山雀偶尔会飞进来，而且总是在窗子的同一块衬板附近盘旋，但也仅止于此。不过，它们有时会进到屋里查探一番。

我知道有间客厅也被一棵类似的梨树半伸进窗户，梨树旁边还有一些小灌木丛。屋子很安静，又很少有人使用，于是山雀便时时飞进屋里。我好奇地猜想桌子和壁炉台上是不是还摆着插了鲜花的花瓶，吸引着鸟儿飞进屋里去。昆虫为花而来，鸟儿循虫而至——这间屋子通常总是摆满了鲜花。有一天我突然推门而入，山雀见状惊恐地四处乱飞，接着就坠落到地板上，我捡起它的时候它都丝毫没有逃跑的企图。这鸟儿受到惊吓晕过去了，双眼紧闭，显得十分无助。我把它放在窗外，五分钟后它才回过神来，虚弱地飞走了。可能就是这样，鸟儿们在本可以轻易逃脱的情况下，变成了猫和老鹰的猎物——它们被吓得不知所措，以至于连动一动的力气都没有了。

知更鸟是最好斗的，它会凶猛地和对手搏杀，实际上它也从不放过搏斗的机会。不过，由于知更鸟总是在一大早出去寻衅滋事，所以若不是同样早起的人，并不知道它有这样的秉性。据说雄性知更鸟在长大后，甚至会掉转过头来与父母凶猛地厮杀。乡村中身份高一些的人——即便是村民也有等级之分——都有很大的果园，他们一点都不喜欢知更鸟。他们在园子里种了很多醋栗用以储存。他们都骂知更鸟是可恶的偷果贼，见了就打，毫不留情。

威尔特郡的乡野生灵

有时,你沿着两侧长满树篱的小径漫步,知更鸟突然从山楂树里冲出来,几乎从你脚下就衔起一条蠕虫或蛴螬,看到你之后,它会惊恐地扔掉食物,扑腾着翅膀匆匆飞走。别的鸟儿也会如此,由此可见,老话说的"眼睛只能看见它想看见的东西"对鸟儿和人类来说都一样适用。但凡寻找食物的时候,它们的眼睛连几码之外的虫子都能看见,虫子就算躲进草丛里也无济于事,但是它们对比虫子大得多的人却视而不见,以至于自己几乎落到那人身上。

我认为蜜蜂和一些同类的昆虫有一种特殊的天赋,可以从远处识别颜色,吸引它们的是颜色。它们不是被味道吸引的,因为当花被放在房间里,开着窗户的时候,风通常会呼啸着吹进屋子,气味不能逆风而行。在这两个例子中,鸟儿和昆虫似乎天生具有查看最细微特征的能力。蛞蝓、毛虫之类的昆虫在草地活动时,都会使草叶微颤,它们从叶片下爬过,叶子就被托起来一点,它们在叶片上爬过,叶子就被压下去。这样,它们的行踪就可能被鸟儿发现,即使藏在草丛里都不能隐藏行踪。鸟儿根据经验得知,如果是有风吹过,大片草地都会同时摇动;但如果是有虫子爬过,就只有一片树叶或草叶会动。

在此处的农庄上,知更鸟、鸫鹠和山雀总是在院子里盘旋,它们尤其喜欢在牛奶场逗留,总会有一两只落在牛奶桶上。一旦有机可乘,它们就会肆无忌惮地飞进牛奶厂,或是邻近的酿酒间或木屋里去。木屋里存放着原木(或木柴),它们显然能从枯死的树皮下面找到虫子吃。

歌鸫在维克农庄的花园里最为常见,它们是体型较大的鸟类中最温顺的。每天早晨它们都会来到房子背阴面起居室的老式凸窗底下待着。在那儿,大片的麝香草铺满了十几码的石砖路面,只有铺着宽大石板的路面还露出窄窄的一条空白。石板坚实平整,麝香草在其间的每道裂缝里都扎了根,却也无法把它们顶起来,不过真菌却试图这样做,而且当真顶起了一块大石板。那块石板约有十五甚至二十磅重,由于是从底下被顶了起来,所以并不是平的,而是形成了一个斜面。成片的麝香草形如地毯,散发出宜人的香气。角落里也不例外,这种"淘气的植物"肆无忌惮地生长着,而绿地或草坪上的青草也不断地试图侵袭路面。绿地中央生长着一片醋栗,还有一棵樱桃树,虽然果实离窗户很近,可画眉和乌鸫还是想吃就吃,就好像那果子是长在矮树篱中似的。

画眉若想要靠近房子,就会先飞进醋栗丛中躲藏,等侦察几分钟后才到草地上来,然后它会穿过草地来到石板路上,再沿路飞行到了窗子下。乌鸫也常到草地来,不过方式与画眉不同。它好像那些抢劫的匪徒,胆子很大,明知自己没有权利,也清楚可能会遭到伏击丧命,但还是会铤而走险。它先是飞到二十码外的远处,落到灌木或花园的院墙上,待在菩提树的枝干撑开的浓荫底下,等到时机成熟,它就拼死冲到长着果子的树或草地上。只要强行扯下一点可口的食物,它就立刻飞走,还发出嘎嘎的鸣叫声——这半是出于挑衅,半是为了宣泄内心压抑的焦躁。

别的鸟类都很熟悉这种独特的嘎嘎声,知道这是一种警告,若是在一两码内听到这叫声,花园里所有的鸟儿都会立刻飞走。如果你想摸到矮树篱边上,想凑得近点去观察树上的啄木鸟,或者你带着一杆枪想要打鸽子,那就一定得小心不要惊动乌鸫。乌鸫很狡猾,如果它觉得你没看见它,就会悄悄飞到对面,在树篱一侧贴着地面低飞一段距离。接着,它越过庄稼地来到另一侧的树篱上,等它安全地降落在一百码开外的茂密的山楂树丛里,就立刻有恃无恐地叫起来了。鸽子或啄木鸟闻声会立刻警惕地四下张望,不过,因为乌鸫的声音离得很远,如果你安静地待上一两分钟,它们又会回去继续工作。然而,如果你惊扰了身边树篱中的乌鸫,它知道自己被发现或者被听到了,又或者如果它被迫从树篱中钻出来,就一定会惊声尖叫,那声音会传遍整个草地。于是,鸽子和啄木鸟立刻就会飞走,画眉会沿着树篱飞到更远处,在草地上美餐的兔子也会立刻抬起头,看见你马上就钻回洞里去了。就这样,乌鸫充当了大家的总哨兵。

乌鸫的这种尖叫声分两种。一种是它即将更换觅食的地点,穿过田地去到另一处心仪的角落时发出来的警示,就好像在说:"看着点儿,你们这些无关紧要的人!我,树篱之王,就要来了。"另一种是警告,并且常常还会有两三只乌鸫被带起来,用同样的声音和它一起叫,因此别的鸟儿才意识到它们的存在。这种叫声和它们的歌声差别很大。

有时候我坐在横杆上,待在一大丛灌木形成的阴凉中——横杆是放在那儿为了封住豁口的——会有乌鸫穿过草地朝这边飞来,就落在我头上。直到降落之前的那一刻,它还没意识到我的存在,一刹那间,乌鸫就因为自己的鲁莽而惊慌得连一点声音也发不出来了。接下来,啊呀,就那么尖叫呼号着逃窜而去。它在花园里也是这样绝望地冲撞着,四处捕捉猎物,一下子又飞出去二三十码,显得既勇敢又胆怯,实在颇为有趣。这一过程它一天能重复五十次。但无论被吓成什么样,它总会很快恢复自信,而且不久就会进行下一场探险。因此在所有鸟儿中,一开始你会觉得乌鸫最为胆怯,但最后却会发现它最为鲁莽。

我承认我最喜欢乌鸫,观察它的时候也从来不会厌烦。它身上有一种英国人的果敢和独立——对自己的美丽颇有些粗野的傲慢自信。它一定读过莎士比亚的著作,因为它好像很清楚自己有"橘黄色的嘴"和漆黑的颜色。它可能也当真知道在有一首著名的歌谣中出现过自己的形象,还知道用二十四只乌鸫可以做出一道菜,呈到国王面前。

乌鸫洗澡也颇值得一看。离这儿的房子不远处有一片草地,一条清而浅的小溪顺着一道被高大的铁杉和木屐草遮蔽的宽阔深沟从草地上流过。柳树垂成弓形立在溪水旁边,每当有风吹过,柳叶的背面就露了出来,与枫树和野蔷薇一起给树篱增添一抹灰色。夏日的清晨,你可以藏在干草和树丛里,不多时就会有乌鸫飞来停在一块石头上,这块石头好像一块小型的巨岩挡住小溪的去路,乌鸫会用力向头上和背部泼水。它就这么重复好几次,然后立即飞到近旁的一根栏杆上,那里没有大树枝碍着,乌鸫可以尽情梳理羽毛,摆出王子的架势精心打扮一番。最后,它翘起尾巴,用前面提到过的那种叫声向全世界挑衅,好像在说:"快过来看看我,难道不帅吗?"

温暖的六月,当树篱中开满了蔷薇花,空气里弥漫着干草的甜香时,听着乌鸫圆润的歌声从橡树上流泻下来,真是再美妙不过了。在田野上,论歌声的甜美、深邃和悦耳,没有哪种鸟能比得上乌鸫。它的声音甚至比夜莺还要圆润,只是没那么多层次和变化。正午之前,大概十一二点的时候,气温升高之后,乌鸫就离开低矮茂密的灌木和湿气氤氲的水沟,攀上一棵橡树,站在枝头歌唱。接着,还会有鸟儿从远处飞来,躲在入口后面,你会听到越来越多的叫声响起来,四五只乌鸫就这样聚集在草地的一棵树唱起来。

乌鸫唱起歌来就如同伟大的艺术家那样神定气闲——它的声音不急不躁,在灵活的渐强音符的转变中也不会出现浊音。

可以说它的声音是自然流露的，毫不费力但又很清晰，隔着很远都能听见。它唱的并不是一支固定的歌曲，或许严格来说根本算不上歌，只是一连串彼此独立的音符，时有间歇停顿而已。如果不唱歌，乌鸫通常不在树上待着，它是生活在树篱中的鸟儿，虽说有时你也能见到一只乌鸫从绿油油的谷地或豆荚地里飞出来落到树上——通常都是那种你偶尔会在耕地中见到的孤零零的树。在维克农庄，在凉爽的客厅或花园的树荫下坐着，几乎每天早上都能听到乌鸫在草地里唱歌。草地与果园的树篱毗邻，乌鸫最喜欢从树篱进入花园，总是先飞到树篱上，再在树篱的掩护下伺机接近耕地。画眉和乌鸫都非常偏爱造访偏僻的背阴角落里的卷心菜地，那里总是会有两三只鸟儿捕食蠕虫、毛毛虫一类的东西。

画眉在花园的好几处地方筑了巢，它特别喜欢藏在常春藤覆盖的棚架里——那是一个完全被常春藤和蔓生花淹没的木质框架。棚架附近有一丛茂密的树篱，高约六英尺，厚度也大致相当，树篱后面是一个低矮的草顶工具间，里面存放着铁铲、捕鼠夹、镰刀，收庄稼用的钩子和一些别的工具。这里还放着一块砂岩，硬得像铁，大约有一尺厚，顶部恰巧被磨得溜光。这是画眉最钟爱的砧板。

画眉在常春藤下面四处搜索，见到蜗牛就把它们弄到明处来——天气炎热时，蜗牛总是缩进壳里躲在常春藤底下。蜗牛的壳太大,画眉没法像用钳子一样用嘴夹起它,不过它可以把尖尖的嘴伸到入口处——也就是蜗牛壳的开口处,厄运于是就会降临到那蜗居的居民身上。画眉鼓动翅膀,用力向上一蹿,就攀上了那块石头砧板,它像熟练的技工一样在上面毁掉蜗牛壳。它昂起头,把后者高举到空中,然后打碎。画眉用尽全身力气把蜗牛摔到石头上,只消两下就把壳摔开了,然后——就像剥鸡蛋一般——不紧不慢地剥着摔出来的东西,几口就把它们吃光。在石头及其周围各处都散布着许多这样的碎壳——这是它上一顿吃剩的。有时,如果凸窗附近足够安静,画眉就会在那儿用餐,要是恰巧在砂岩附近捉到蜗牛,它就用砂岩作砧板。不过画眉其实更喜欢树篱后面的隐蔽处。农庄的画眉好像是半家养的一般温顺。不过,树篱中的画眉也很温顺,即便你在田垄间等着捉兔子,它们也照样大摇大摆地停在你头顶的树枝上放声歌唱。

第9章
果　园

从维克农庄到果园有几条宽阔的绿色小径,足够三四个人并排前行。草地一侧的果园被山楂树篱围住,树篱因为持续的修剪变得十分茂密。草地的另一侧则是一道坚固的石墙,高约九英尺,将果园与主干道路隔开。有个夏日,一群雨燕从外面攻击这堵墙,想要把窝筑在墙里。这些鸟儿被工人们称作"岩燕",因为它们会在采石场的砂岩表面钻洞,然后跑进洞里繁殖后代。男孩们喜欢"采"鸟窝,冒着摔伤胳膊腿的危险攀上岩壁,先把一根长长的荆条插进去,感觉到鸟窝的存在之后,用力转动荆条,于是荆条上的刺便紧紧钩住了鸟窝,然后将其整个拽下来。来到果园围墙筑巢的雨燕大约有十到十二只,一天中的大部分时间,它们都待在这里用力啄着抹在石缝中的灰浆。

这墙已修了不少年头,有些灰浆已经碎了——这里用的不是质量最好的那种灰浆——墙上随处都能见到一些小洞。有些鸟儿竭力想把洞开大,其他的鸟儿则干脆在连洞都没有的地方自己打洞。看着雨燕像蝙蝠一样贴在垂直的墙体上耐心地劳作,实在是件有趣的事儿。其间,不时会有两三只雨燕飞起来,在空中绕上几圈,好像是为了稍作休息,然后就又回去继续工作了。最后,它们终于意识到无法在灰浆上打出洞来——里面比表层还要坚硬——便一起叽叽喳喳地飞走了,院墙上便留下了它们凿出的浅浅的,却十分鲜明的坑洞。这种情况在乡下是件十分有趣的事情,因为主路上过路的人很多(对乡村地区而言够多了),不少人会驻足停留看它们凿洞。不过雨燕似乎一点都不害怕,它们若是飞走,也只是因为发现墙打不穿而已。当然,雨燕的本能一贯可靠,通常不会把它们带到这种不适合筑巢的地方。这里实际上没什么特殊之处能够吸引它们前来,既不安静也不偏僻——事实上,情况恰好相反,是个人来人往的喧闹之地。这次的意外显然只是一次尝试,一旦发现无法成功,它们也就立刻收手了。

若是推断这群雨燕是从采砂场方向迁徙而来(在方圆一英里之内有三个这样的采砂场),那么就大概可以推测它们来此的原因了。因为采砂场雨燕数量过多,我想每年迁徙完成,幼鸟跟着父母返回村子之后,老鸟儿就要把它们赶出去。繁殖情况进展顺利时,情况更是如此,因为那时存活下来的雏鸟会比通常情况下更多。繁殖季过后,在第二年回到采砂场之后,老鸟儿就会把雏鸟赶走。如果雏鸟的数量太多,在采砂场都没有足够的落脚点,它们就得一小群一小群地迁徙到别处。

果园

我觉得白嘴鸦也是如此。老年白嘴鸦只会允许去年哺育的少数幼鸟在自己附近居住。若是有位绅士拥有一条两边长满榆树的林荫大道，他想要让白嘴鸦在此栖息，很可能他费尽心思也没法把它们吸引过来——虽然时不时也会有些筑了一半又废弃的鸟巢——他就会尝试使用这个办法。他得去找离他最近的栖息地的所有人帮忙，还要请他们一年内不要按照流行的习惯射杀白嘴鸦的雏鸟。如此便会有大量雏鸟存活下来，到了下一个筑巢季，它们之中就会有一大批回到原先居住的树上，很快就会与老一代白嘴鸦展开争夺地盘的战争。被逐出世代居住的树林之后，白嘴鸦就会朝着距离最近的另一条林荫道或树丛进发，可是若要试图混入陌生的族群，它们依然会遭到激烈的抵抗。这样一来，前面提到的那条林荫大道就可能被白嘴鸦占据成为新的栖息地。

　　为什么在这些远处的树上鸟巢常常还没筑完就被废弃掉了呢，我觉得原因之一就是这种单个的鸟巢会把筑巢的鸟儿和它们即将降生的后代都暴露在老鹰的威胁之中。老鹰不会试图接近白嘴鸦的群居地——因为后者会群起而攻之，很容易就能把它赶跑。也是出于这个原因，住在白嘴鸦群居的树下或附近的小鸡也要安全一些，老鹰接近小鸡时可能会惊动白嘴鸦，于是便会被赶走。族群的数量保证了相对的安全很可能是许多鸟类选择群居生活的原因。以这种群居的方式生活，哪怕是极度缺乏自卫能力的雨燕和燕子也能住得安全些。如果有老鹰靠近采砂场（如果猎捕对象是燕子的话就是房子），群鸟就会聚在一起，一边追逐它一边愤怒地喳喳叫，一般还真能把老鹰轰走。甚至那些彼此并不住在一起的鸟儿们，一旦发现有老鹰在附近，它们也会同时飞过来追逐骚扰它，老鹰被折腾得实在不耐烦，有时真的会放下猎物离开。有些鸟儿虽然体型很小——比如苍头燕雀、金翅雀、麻雀、燕子等等——但若是壮着胆子聚在一起就敢攻击老鹰，它们的勇气着实令人震惊。

常常会有"岩燕"从采石场迁出来，飞到果园院墙附近，徘徊着寻找合适的定居点，如果来的是些幼年雨燕（我们通常这么认为），自然不会很有经验，很可能以为这陡峭的石墙很适合它们筑巢（院墙与采石场的表面有些相似），尝试之后才发现事实并非如此。通过观察群鸟飞行时的动作，我认为鸟群大部分都有个头领或族长。鸟对待头领绝不会像蜜蜂对待蜂后那样言听计从，也没有什么迹象表明它们会盲目追随后者的行动。鸟类的头领更像是共和国的总统，而每个成员都是自由的个体，它们可以随自己喜欢，想怎么叫就怎么叫。不过好像只有一只鸟儿负责发出信号指示全员开始行动。所以，这些雨燕在墙边徘徊了几个小时后——当然，其中也有一些中途离开了，之后又飞回来——最终集体飞走了。除非我们认为有一只鸟会发号施令，否则很难解释如此整齐划一的行动。

槲鸫把自己的窝搭在了一棵大苹果树——布莱尼姆苹果——的树干分叉处。一群槲鸫，无疑都属于一个大家庭，已在这树上住了很多年。虽说鸟巢不小，但是雏鸟长得太快，而个头又长得太大，很容易从巢里掉出去。雏鸟学会飞行前的这个阶段对它们的生存至关重要，这也是父母最担心的时期。如果不能飞，身体孱弱，甚至还不能在茂密的草丛里迅速地爬行，却又因为不断鸣叫要求喂食而暴露了自己的位置，雏鸟很容易使自己置身于各类天敌的威胁之下。

　　槲鸫果敢坚定，而且会竭尽全力保护自己的孩子。当雏鸟从巢里坠落的时候（一只雏鸟刚出去，别的立刻也会接连掉下去），父母绝少双双离开果园，几乎总会有一只在附近留守。一旦有任何敌人靠近，它们就立即发出一声愤怒的尖叫，听到这样的声音，你马上就会明白发生了什么事。我曾经见过两只槲鸫这样攻击一只乌鸦。那乌鸦飞过来落到了一根大树枝上，距离槲鸫的巢仅有一码，里面就是雏鸟。槲鸫立刻就赶到了，它们愤怒地向凶恶的强盗展开攻击，使得后者的邪恶目的尚未达到，就悻悻地飞走了。

　　猫是槲鸫最大的敌人。值得注意的是，槲鸫虽然敢于攻击任何飞禽，但在地面上却不太自信，似乎不敢落到地面上。如果有人试图触碰鸟巢，它们会攻击人的手。它们可以把强壮的乌鸦赶走，可是，当幼鸟无助地躺在草地里，而敌人偷偷从地面接近时,它们却无能为力。在空中,哪怕时间紧迫,它们也能快速撤退,但在地面上,它们却无法飞速移动,甚至可能非但没能帮不上忙,连自己也成了猎物。从上个筑巢季结束到下个筑巢季开始前,槲鸫会频繁造访果园。它们似乎无意寻找食物,而是停在树上,仿佛在检视自己的财产一般。槲鸫的翅膀强壮,总是径直飞向目标:它们身上有一种坚决、勇敢以及有人可能会说"阳刚"的特质。

有些苹果树的树皮——就是那种很薄的外表皮——会自己脱落,成片的褐色树皮常会从边缘翻起来,底下就有虫子在爬。你如果坐在充当座椅的榆木树桩上安静地观察,不久就会有小小的旋木雀飞来。它先飞到苹果树的树干上(其他鸟类都是飞到树枝上),接着继续向上盘旋。它的爪子紧紧扒住树干,尾巴贴在树上,好像用作支撑——看上去很像木匠会所说的"角撑",而它的头向后甩,以便能够严密侦察经过的每道裂缝。绕着树干转了几圈后,它就从这树上下来飞向另一棵,同样盘旋而上,过上约一分钟再飞去第三棵。虽说它的眼睛早已习惯了这工作,而且视力很可能比我们想象得更好,但显然,它从未认真检查过哪怕半棵树。果园绝不会长期没有旋木雀——好像这些鸟儿很喜欢这处度假之地。它们习惯于向上冲刺一段距离,然后暂停一会儿,再向上冲刺几尺,旋木雀工作时全神贯注,因此很容易被接近和观察到。

果园

金翅雀在苹果树的花间忙碌时，谁又能安心坐在家里呢？头上，阳光透过怒放的玫瑰粉色和米白色的花朵倾泻而下；脚下，深绿色的草地生机盎然，其间缀满了黄色的毛茛花，还散落着被风从树上摇落的苹果花：这难道不是比样式古板的地毯和令人倍感压抑的白色天花板要强得多吗？你听，在果园唱歌的金翅雀是多么高兴啊。年年夏天，它们都把巢搭在同一棵树上——那是一棵顶部枝繁叶茂的小苹果树，一代又一代金翅雀在这里出生，也从这里离开去享受田野上的快乐。

一年——不，仅仅是一个夏天——对它们来说都必定十分漫长，因为金翅雀实在太过忙碌：阳光明媚的一天在它们看来必定有如一整个月。它们一会儿打情骂俏，一会儿在浅溪边的沙滩上戏水，直到金色的羽毛被淋得闪闪发光，红色的鸟冠也熠熠闪耀，金翅雀才会离开沙滩，沿着矮树篱寻找种子。金翅雀一路高歌，它们的小心脏则迅速而欢快地跳动着，跳动的频率是我们那惫懒怠惰的心脏的两倍。在金翅雀筑巢的树下有一条小路，路上常有人来人往，它们却并不显得畏惧。

就像各行各业的人聚到某些特定的地点一样，在田间——通常是在乡村——也有些地方似乎对所有的鸟儿都格外有吸引力。它们几乎很少出现在开阔广大之地：你也许常常会在农场上发现一大片草地，地里却几乎没有鸟儿；但在另一处位于偏僻角落的田地里，鸟儿却到处都是。在维克，这个园子就是它

威尔特郡的乡野生灵

们最喜欢的地方之一。这儿就像东方的某个商业中心,来自五十个不同国家的人穿着独特的服饰,在集市上你推我搡:在这里,所有浑身羽毛,不同种属的旅客都有自己枝繁叶茂的国度。筑巢季结束后,金翅雀就会离开果园,只有被召唤时才偶尔回来。我差点就相信雀鸟都有自己固定的线路了,它们就沿着这些路线,成群结队在田间穿行。

　　草地上有一道茂密的树篱,只是不像围绕着果园一侧的树篱那样是枝杈被修剪得很短的山楂树,树篱的尽头通向苹果树的方向,中间只隔着一道暗墙和一条水沟。这道树篱长约两百码,将两块草地隔开,树篱之中生长着小灌木、榛树、柳树、枫树、山楂、黑刺李、接骨木等,还有几株榆树、梣木和一棵健壮、优美的马栗树点缀其间。水沟下游不远处有一条小溪(只是久旱时没有水),另一道树篱就从那儿延伸出来,有个地方方向下凹陷,上面横七竖八地盖着一些树枝。这道树篱直通果园,是鸟儿和别的生物最喜爱的通道。大多数鸟类访客都会从这里去往农舍和花园——这就是它们的队伍行进的路线之一。

　　入口处位于树篱中段的位置,半掩在一棵修剪过的梣木和茂密的山楂树丛间。夏日的清晨,如果你从入口进来找地方坐下,不多久就能听到金翅雀飞来时欢快的叫声。它们似乎总是成对前来,不断地发出温和舒缓的叫声,好像在对同伴说:"我们来了,就到了,亲爱的。"金翅雀似乎都知道自己正去往何方——它们一个接一个地掠过入口，全都朝着一个方向飞行，随着它们飞往果园，那心满意足的歌声也就逐渐弱不可闻了。金翅雀总是从相同的路线飞，红腹灰雀也是如此。甚至八哥在到达农舍之前，也要在树篱中的桦木上停留片刻。

在一百五十码之外，还有一道平行的树篱，尽头同样与一栋农舍相连，不过那栋房子多少有些荒废了。你若是在那儿，白白耗上半天时间，也只能见到一只知更鸟罢了。

乌鸫也循着相同的路线来到花园，但它们不像雀类那么喜欢迁徙。青山雀则不然，从一棵树落到另一棵树能一口气飞出去几英里，也会顺着树篱通道来到果园。就像我之前说过的，树篱和果园相连，笔直地通到墙边，越过墙和外面的路就是另一道树篱，如果不是被花园隔断了的话，这两道树篱就彼此首尾相连了。雀鸟在苹果树和李子树上待上一段时间之后，就会越过墙和大路来到第二道树篱处，然后顺着树篱飞上大约半英里来到一片四周封闭的草地，草地面积不大，但和果园一样格外受到鸟类的青睐。鸟儿们对这条路线的喜爱之情令人印象深刻，它们经常循着路线来来往往。稍远处还有另一条深受喜爱的路线，这条路径顺着一条小溪延伸，同样也是直达那片封闭的草地——这条路线可能是最近才开发出来的。我想我完全可以画一幅关于这些田地的图，标识出这些飞禽走兽所循的路线和时常光顾的地点。

在暗墙附近,高大茂密的草地树篱和果园交接处有一处避暑别墅,修着圆锥形的茅草屋顶,开着圆形的窗户。天花板上四周都挂满了一串串的鸟蛋壳作装饰——蛋是农场的男孩子们从鸟窝里掏的,赶车的小伙子闲来无事时也热心地参与过此事。鸟蛋大概有四十多种,按照大小排列,小到青山雀蛋,大到斑鸠、田凫、秧鸡和乌鸦蛋;鸟蛋的颜色有的是乳白色,有的布满了暗棕色的斑点和纹络,还有的是蓝色。小伙子们拿到蛋之后,会把蛋黄吹出来,然后把蛋串起来带回家。他们喜欢掏刚下的鸟蛋,因为那时候蛋最好吹,等蛋壳变硬了再吹,就很容易破碎。

在圆形的窗户内, 他们专门放了一个长尾山雀(或称作花雀)的巢。鸟巢的造型和棚屋一模一样,有着屋顶和迷你的出入口。通常长尾山雀的鸟巢总是牢固地粘在刺棘林的枝条上,这些枝条坚硬直挺,不易被风吹弯,如此可以确保这个美丽的鸟类建筑不受惊扰。如果想摘下鸟巢,就必须先砍断几根大树枝。这样的鸟巢在农舍里很常见,经常被摆在壁炉台上作装饰。蜘蛛在窗户上大肆结网,几乎封住了整个窗户——夏日别墅没有门。白天,常常有知更鸟、鹟鹩和捕蝇鸟光顾窗子,但这些鸟儿——特别是鹟鹩和捕蝇鸟——谁也无法从蜘蛛网上摘取昆虫。

捕蝇鸟在附近有个喜欢落脚的地方,若是待在那儿,说不定能听到昆虫被捉住时发出的刺耳的嗡嗡声。夏天,它们是这里的常客，在果园、花园以及附近的草垛场上——每年至少会有三对儿在此安家——随处都可见到捕蝇鸟。在靠近别墅茂密成荫的苹果树上，你也许就能见到一只捕蝇鸟整日守在那里。它落在一根枯枝上——不是大树枝，而是位于在粗枝下面尽可能低的位置。每隔两三分钟，它就会飞身冲出去扑向昆虫——虽然你看不见，却能清楚地听到鸟嘴发出的啪啪声——之后它又返回到树枝上。捕蝇鸟会在同一个落脚点待上半个多小时，然后就换到不远处的下一个地方，就这样飞遍整个果园，但是最后一般都会重新回到起点。你若守在附近，就一定能看见它出现在眼前。捕蝇鸟非常驯顺，活动范围仅限于方圆几码之内，有时它几乎就在你触手可及的地方捕捉苍蝇。很显然，很多食虫的鸟类都格外驯顺。它们偶尔会冲过去捉住一只飞蛾，然后又会把它放掉——就好像它们并不喜欢蛾子这类食物，却又无法控制捕捉飞蛾的习性。

有一次，我亲眼见到捕蝇鸟追逐浅褐色飞蛾的一幕。被捉住的时候飞蛾正从一个背阴的偏僻处乱飞乱撞出来，捕蝇鸟叼着它在空中盘旋了一两秒，然后就把它放了。一只燕子见状立即俯冲下去，抓住蛾子，带着它向高空飞了三四十英尺，然后也把它丢掉了。正当这只飞蛾慢慢从高空飘落的时候，它又被另一只燕子捉住带着飞了几码，最后终于被放走了。我也见过别的燕子捉住个头很大的蛾子，最后又把它们放走的情景。

棕色的朱顶雀是在果园筑巢的另一位常客,黑顶莺也常来造访,它的歌虽然不长,但歌声却十分甜美,至于通体鲜亮的红腹灰雀,则常常大胆地落在被修剪得很短的山楂树枝上。它们通常会在那筑个巢,巢一般是用细长的须根熟练地编起来。在距离果园较远的一端有一小片榆树林,草垛场边上也有一片,榆树似乎很受朱顶雀的喜欢。

有时,一对松鼠也会沿着树篱到果园来——除了鸟类,这条路也深受其他野生动物的喜爱——在苹果树上玩耍,它们甚至会到距离农舍不过几码远的树上去探探险。若是不受惊扰,它们会在那里待上好一会儿,然后沿路返回位于草地高处的矮树林里。松鼠特别喜欢造访树篱和矮林形成的角落——那里很安静,不过从农舍里也可以清楚地瞧见这个角落。它们在地上待着的时候特别活泼好动,动作也颇为滑稽,松鼠从树上来到地面的频率比人们一般所认为的要高得多。冷杉似乎也很能吸引松鼠——若是有个地方生长着一片冷杉,那么你很可能就会发现松鼠。

若是受到惊吓或被追逐,松鼠总是从远离你的那一侧爬到树上去——可能的话,它会尽量避开单棵的树。松鼠喜欢树林,它心里打着这样的算盘:一旦它觉得自己已经隐身于在树干顶部的大树枝中,脱离了人们的视线,它就从一棵树滑到另一棵,还在你仔细搜索每一根大树枝的时候,它早已悄无声息地溜出去五十码开外了。如果树枝不够密集无法将它遮挡住，它就尽可能躲在一根大树枝后面，还把自己紧紧贴在枝干上，同时还把尾巴缩回来——别的时候，松鼠的尾巴都是蓬松的——以便让自己更不显眼。惊慌之中，松鼠可能会跳到枯枝上。虽说它的体重微不足道，但树枝偶尔还会因为重量陡增而裂开，但这不会给松鼠造成丝毫困扰，因为大树枝很少彻底折断，而总是会被树皮或细条悬在树上，如此松鼠就能抓住缠在树干上的常春藤。又或者它真的滑落下来，下面的树枝也会接住它。我从没见过有一只松鼠真正从树上掉下来的，只是在慌乱之中，它们有时会打落一些细小的枯枝，这些断枝从树上沙沙地落到地面下。松鼠的尾巴展开时质地真是极好，柔软光滑、形状优美，就好像有流转的光芒穿透其中一样。松鼠特别喜欢这个角落，因为这里遍布榛树丛，就算榛子已从枝头采摘完毕，它们还是能找到一些落到地上，或是隐藏在干草和黄叶之间的干果。

这个角落两侧十分干燥，土壤是沙质土，因此也是兔子们的大型定居地，有些兔子还不时地沿着树篱跑到果园和花园去。由于兔子生活方式和生活条件的特殊性，它们形成了自己独有的特殊社会习俗和秩序。在繁殖期，好像年幼的兔子都要从"土堆"搬走自己找地安家。于是，附近很多原本空置的洞穴就会被占领，从洞里抛出的新鲜沙土表明，这地方已经有房客入住了。这样的话，可能会有一两只兔子在离果园还有不远的树篱处安家。然后有段时间,雌兔子好像想和别的兔子分开,一只兔独处。它会到修剪过的草地上去,那里大概离"土堆"三十码远,它就在那里挖出小洞,生下小兔子。刚降生时,兔子幼崽自然会待在出生地附近,等到它们长大一点,能跑能跳了,就会立刻被送到树篱去,就这样一个新的群落就建立起来了。等长得再大些,大约仲夏过后不久吧,它们就会跃跃欲试,想去四处闯荡。到了秋天,如果一直未受干扰,幼兔们就会把前哨从原居住地向外推出很远了。因为就生活在附近,这些兔子一点也不害怕进入果园甚至花园之中。转年,它们就会在附近养育后代,带它们去果园里觅食,并用修剪过的山楂树作掩护。

黄鼠狼也时常顺着树篱来到果园捕猎各种能找得到的猎物。牧场建在农舍边上,来果园拜访的间隙,它们也会去厢房和棚屋转转。短尾鼬则很少如此。人们经常见到黄鼠狼在路边的树篱中四处觅食。每当黄鼠狼在坚实的平地上飞速狂奔时——比如说穿过大路时——它的后肢似乎会不时地跃起,看上去就好像被路面弹了起来。它的腿看上去过于短小,实在不大配得上它的速度,所以当它匆忙赶路时,动作就显得有些古怪。老鼠受惊逃窜时,穿过大路的样子也有点类似。不过当黄鼠狼或老鼠到达草地之后,这样的动作就会停止,因为草地少有十分平坦的。

褐色的田鼠也在果园的树篱中出没,但它实在太不显眼了，所以很难被观察到。树篱中田鼠的数量要比人们认为的多得多。它们跑起来，瘦小的身子几乎贴在地上，皮毛的颜色又和地面没有两样，所以除非它们恰好高声呼喊彼此，否则几乎不会被人发现。不过，即便你听到了它的叫声，也还是无法看见它。但在夏天，你到树篱中坐一会儿，就会发现那些田鼠的踪迹。山楂树丛的一些老树枝因为刚长出来时被修剪树篱的人压弯了，现在几乎与地面水平，而且有些部分已经不长新枝了。于是，田鼠便沿着这些天然的桥梁从树篱的一处蹿到另一处。

去年春天，我见过一只田鼠蹲在这样的树枝上，离地面一尺高，忙着啃食名叫"银子弹"的植物上新萌发的嫩叶。这种植物长得很快，一直爬到了树篱上，它现在已经有十到十二英寸高了，所以老鼠站在树枝搭成的桥上，恰好够得着顶部最嫩的叶子。它用前爪把叶子拽到自己身边，怡然自得地啃着。酒足饭饱之后，它就顺着树枝一路小跑，瞬间就消失在草地里。

"丰收特罗"（一种更小的老鼠）的窝很少能在夏天之外的季节见到。割草之前，它们的窝在果园的草地里随处可见（而且几乎每片草地中都有）。随着夏天慢慢过去，小路上经常能见到这些老鼠的尸体，这时候它们身上好像会生出一种寄生虫，然后就大批大批地死掉。奇怪的是，一种在健康时如此谨慎地隐藏自己的动物，竟会在濒死时找一个诸如寸草不生的小径这样开阔的地方暴露自己的尸体。

威尔特郡的乡野生灵

在大路边的树篱延伸到果园的暗墙处,有一个很大的方形排水沟。排水沟建得很粗糙——两块石头分别搭在两边,另有一块横放在上面。排水沟从养牛场那边一直通过来,从花园的最外侧穿过,距离农舍相当远。一天清早,有工人出来干活,看见一只狐狸从草地里钻出来,溜进了排水沟的开口处——那沟从草地上茂密的草丛穿过。夏天,牛群全都离开牧场去了田里,排水沟也完全干涸了,兔子就会不时地从树篱地下的洞穴里钻出来,把这里充作临时的藏身之所。无疑,狐狸正是因为兔子躲进排水沟才追进去的。那只兔子后来一定经历惨痛,因为排水沟的另一端被铁格栅封死了,它根本无路可逃。

从留在排水沟开口处风干的泥巴和草地上的痕迹来看,狐狸似乎不止一次来过这里,而四周散落的小鸡尸体也更是明证。大树篱近在咫尺,树篱间狭窄的空地上高高堆满了刚刚收割完毕的干草,暗墙边上也爬满了景天科植物,砌墙的石头松散地堆着,缝隙里长满了杂草,同时又被另一片低矮的树篱遮盖——这块地方简直像是故意为狐狸安排的,最适合奸诈的狐狸前来埋伏。而狐狸的勇敢可能还要甚于它的奸诈,如果把一只小狗送到排水沟,它会以更快的速度跑回来,并且说什么也不会再去第二次。狐狸可以在那地方待上一整天,当然,狐狸清楚它在洞口的活动可能已经暴露了自己的位置,所以到了晚上它就会逃跑。狐狸也许很容易被人捉到,但却不会是因为在此狩猎的缘故。

尽管一般来说狐狸都是白天睡觉，但也不尽然，它们有时就在光天化日之下实施突袭，而且还能成功。比如说，家禽在晚上都会被圈在离地面一定高度的棚子里——棚子常常是为了保护家禽而专门搭建的，但到了白天，它们就被放出来四散在草场附近乱逛。它们会顺着两道树篱之间的路一直闲逛，很可能不经意间就进入了敌人的魔爪，而后者已经藏在树丛深草中耐心等待了很久。白天，兔子也经常蹲在距离居住的"土堆"很远的干草堆或干燥的垄沟上。它们的排列通常会出现在一条"跑道"周围几步远的地方——兔子顺着"跑道"一直跑进田地里，然后离开田地进入另一侧的草地上。于是，那些痕迹有时便做了狐狸的向导，它们以高大的水杨梅和厚厚的干草堆作掩护，大白天就可以向它的猎物摸过去。

夏季的时候，果园的草地上一定会盘踞着一两条蛇，尤其是附近恰好有一堆堆得很久的肥料时，蛇就会更多了。蛇特别喜欢在肥料堆那里产卵，一条条小蛇顶破白色的蛋壳钻出来时，往往只有两三寸长，肥料堆就好像孵化器一样为小蛇提供热量。每当天气潮湿，无法晾晒干草时，晒草人无事可做，就会被派去翻那些肥料堆，他们常会在那里找到蛇蛋。因为农舍的地面与外面几乎是齐平的，所以蛇有时也会爬进屋里去。它们一般蜷缩在大钟表的钟壳里——就是那种直立的，八分制的老

威尔特郡的乡野生灵

式座钟。蛇会为了捕捉青蛙而随其进入屋门——夏天,屋门总是大开的——据说,它们进屋子也是为了吃面包屑。

地窖里,冰凉的石板地上立着木桶,木桶下一定躲着一只癞蛤蟆。花园里也还会有另一只癞蛤蟆,一般都是专门留着保护花园里的植物免受爬虫侵扰的。奇怪的是,这两只癞蛤蟆,一只在藏在最阴凉的地方,一只躲在最炎热的地方,却都活得好好的。草莓地里可能还会有第三只癞蛤蟆,很多虫子都会吃草莓,所以可以说癞蛤蟆在花园中发挥了很大的作用。

冬天,地上落满了雪,偶尔会有几只云雀大着胆子来到花园,此时地面上虽被雪覆盖,仍有几处透出几点绿意。天气恶劣时,黑水鸡会顺着小溪过来,虽然农舍与小溪隔着两大片田地的距离,你还是能发现农舍周围有黑水鸡的脚印。傍晚时分,野鸭会从这里经过;每个夜晚,水鸟诡异的叫声都在寒冷的空气中回荡。苍鹭缓缓游过来,每个夜晚和清晨,它们都在池塘和水草、小溪间来来回回地穿梭,每隔一阵就发出一阵怪异的叫声。

果园

第 *10* 章
木料堆

维克农庄的一侧是前面已经提过的花园和果园；农庄的另一侧，则是车棚、小屋和草垛场。在车棚这一侧与农庄之间有一条供马车进出农田的大道，道边就堆着高高的木柴。冬天，从树篱中砍下的柴火被堆在这里，一直堆得有农舍的房顶那么高，附近还散落着一堆笨重的原木，好像是要准备劈了之后作柴火用的。由于风吹日晒，这些木柴的树皮都变黑了，正在迅速腐烂，数不清的虫子很早之前就已在树皮下安了家。

也许就是冲着这些虫子，鹡鸰才经常飞到柴堆上来，若是有人路过，拿木棍在柴垛上敲打敲打，鹡鸰也不会飞走，而是转到柴堆的另一侧。木柴之间有无数的缝隙，鹡鸰像老鼠一样在其中爬行，因此偶尔也要从柴垛的角落中努力地挤过去。有时，在附近放了很久的细长树干也会备受它们青睐，它们在树干上啄来啄去就好像疏松的树皮底下爬虫遍布似的。鹡鸰啄得树干上面沟痕遍布，这些痕迹弯弯曲曲地交织在一起，形成的图案颇为复杂细致，有时乍看上去，颇有些类似阿尔罕布拉宫当中摩尔人装饰墙面的风格。我发现了好些雕刻着这类奇妙图案的树干，便油然而生一种用它们制作古董陈列架的想法。或者说，至少它们为我提供了一种设计风格。除了鹩鹩，还有不少别的鸟儿也频繁光顾柴垛——燕子总是没完没了地来，在朝向草地的一边，知更鸟干脆把它们的巢筑在了朝向草地一方的偏僻之处。燕子常常在屋脊之上梁木向外突出的地方落脚，叽叽喳喳地鸣叫，每次都是一双燕子同来。

把地上堆积的原木劈开做成柴火，看似只是简简单单的力气活，其实也十分讲究技巧。这些原木可不像亚伯拉罕·林肯开始讨生计时处理的那些纹路鲜明一劈就开的木头，这些木头相当坚硬，节疤遍布、弯弯曲曲、七扭八拐。要想劈开这些原木可得需要判断力，把楔子放对位置才行。

在柴垛附近有一口井和一个石槽供马饮水解渴之用，因为马倌压井抽水时总是不注意，水就常会漫了上来，所以那里的地面就总是湿漉漉的。若是堆积的橡木当中恰好一根放在那里，茂密的草丛就会在四周生长起来，若把这根木头滚走，就常会发现底下隐藏着一只蜥蜴。蜥蜴身体瘦长，一般不过三四寸，身体的颜色一般是黄绿色。若是在此发现一只蜥蜴，那么不远处往往还能发现第二只。它们身形优雅，动作迅速，逃得飞快。人们可能会不时地在草地上发现它们的踪迹，通常是在大石头底下，特别是裂缝之间。它们和一般的"陆地蜥蜴"完全不同：后者长相更为粗鄙,体型也更大,并不是当地的物种,我几乎可以说从没在当地见过,不过在土质轻而多沙的荒地上我倒没少见。如果房门开着,"陆地蜥蜴"会慢悠悠地爬进室内,而这些身形更小但更优雅的蜥蜴似乎更喜欢潮湿的地方——不过也只能是凉爽、湿润的地方,绝不能是真正的湿地。

紧挨着马厩边上建了个大库房,是木匠的工具间——木匠的大部分工作都是在农场做的——里面有一个长凳,一把老虎钳,还有别的各种各样的工具。锯木头的时候,锯子经常会被木料"咬住",人们时常这么说——其实就是锯齿被夹住了——这样就没法再继续拉锯干活了。每当这种时候,就要插进去一片薄薄的木楔,在木头和锯子之间开个缝,还要在锯片上蹭点动物油脂,因为金属锯片摩擦生热,油脂涂抹上之后就会变成液态润滑油。这样工作可以轻松不少,抹些油脂在螺丝锥上,也可以加快钻孔的速度。在乡下,木匠把这种油脂储存在牛角里——他用一片木头封住牛角较粗的一头,另一头原本就是细小封闭的,无须多管。如今老鼠特别喜欢吃动物油脂(有农舍的地方,老鼠遍地都是),简直到了无法无天的地步,为了能吃上,它们才不管花多长时间,就是坚持咯吱咯吱地啃木片,直到能把油脂吃到为止。坚硬的木片根本不在话下,它们甚至能把牛角啃穿。因此,木匠对如何防止老鼠偷油很是头疼。把油放在架子上也没用,因为老鼠要么顺着墙爬上去,要么从上面往下跳,总能到架子上去。不过,他终于想到了一招妙计。

他把铜丝弯成环状吊住牛角,然后悬挂在半空,铜丝伸出墙面六到八英寸,看上去就像固定在托架上的壁灯。老鼠也许能爬上长凳,甚至可能顺着墙往上爬,可一旦它们到了铜丝那儿,就没办法出去了——就像是走钢索,可金属丝还更特殊,细而柔韧,如果老鼠试图踩在上面,铜丝不仅会弯曲,还会左摇右晃。这样,问题基本上就解决了,但木匠说即便如此他的牛角还是偶尔会被偷走。我们只能猜测有的老鼠胆子大得非同寻常,它们会奋不顾身地朝铜丝纵身一跃,成功地在牛角的木头挡板上着陆。

库房只开了一扇小窗,不过并没装玻璃,而是用铁棍做了防护栏(库房不需要开大窗,因为木匠全都是开着门干活的),知更鸟常通过这扇窗子飞来飞去,还在木料后面某个安静的角落里搭了个窝。尽管有个人常在这儿工作,总是敲敲打打或是锯木头,但知更鸟一点都不害怕,它们照常飞来照看雏鸟,还捡拾木匠午餐时留下的面包屑。

木质结构的库房和砖石结构的马厩二者毗邻而建,木石连接的地方不够契合,裂着很多缝隙,在这些裂缝,以及马厩的门楣与上方砖墙间的缝隙里,常常藏着蝙蝠,它们白天就躲在此处。还有些蝙蝠在屋顶的瓦片下筑巢藏身。工人们常常以搜寻蝙蝠为乐,蝙蝠白天总爱紧紧抓住什么东西。它们会用自己带翼膜的翅膀末端的爪子钩住大衣倒悬在上面，如果放任不管，它们就会悄悄爬进口袋。此处有两种明显的蝙蝠物种——一种较小，另一种则要大得多。

小的蝙蝠飞行时离地面较近，而且几乎一直绕着物体或环着建筑飞。傍晚时分，它们会像鹰一样在农舍的屋檐下徘徊数小时，也时常进入宽敞的阁楼甚至更宽敞的奶酪房（奶酪存储在其中发酵成熟）——它们有时从窗子飞进去，有时则好像顺着燕子和八哥在屋顶开的洞爬进去。它们大概是被蛾子吸引去的，老房子里面及四周通常都会有很多飞蛾。在温暖的夏夜，如果房门恰好开着，客厅常有可能会飞进来一只蝙蝠。年纪大的人认为这是不祥之兆，可是你若试图把它赶走，蝙蝠可能在惊慌之中撞翻或弄灭了蜡烛，情况就更糟糕了。老年人还觉得在大白天见到蝙蝠也是凶兆。不过，时不时地就能看见蝙蝠在瓦片中不知何故遇到麻烦，无助地拍打着翅膀逃回距离最近的巢穴：它们晚上虽然飞得很快，在阳光下却显得很是迷茫。

大个的蝙蝠则在距离房屋和树木上空很高的地方盘旋，常飞在飞行时急转弯，所以有人认为能否把蝙蝠打下来可以成为考验枪法好坏的办法。不过，不少人难以击中蝙蝠是因为他们不习惯在晚上射击，而并非真的因为蝙蝠的飞行姿势有多难料——它们常常笔直地向前飞行。人们还认为，蝙蝠飞行时发出的轻而尖利的叫声可以用来考验听力，地鼠也有同样的功能,它们的叫声比蝙蝠还更尖锐,但也更微弱。雨燕的尖叫声也很特殊,不过很容易被听见。

马厩后面是牛棚和牧场。这些牛棚在正对着牧场的那一边都是敞开的,棚子是靠一排木柱子支撑起来的,为了防止木头腐烂,柱子下面垫着石头。燕子就把巢筑在了房顶粗壮的横梁上。燕子产卵以后就会满怀关心紧紧地卧在上面,有时候你若悄悄靠近,哪怕用手指轻抚它的背部,它都不会起身。燕子对人们在棚子里进进出出已经非常习惯了, 也不会因此受到惊吓。有些燕子则把巢筑在更高的屋顶上。

每年夏天,红尾鸲都会来邻近的草垛场筑巢,野翁鸟也常来,不过它们不在这里搭窝。有的榆树恰好可以为下面的草垛投下阴凉,时不时地会有只林鸽飞过来,在草垛的阴凉处暂留片刻。鸽子的咕咕声也经常能够听到,但它们不会把窝搭在离房子很近的地方。

在这个农场,群鸦的驻地位于远处的草地,白嘴鸦最远只到农田附近,就在围着草垛场的木桩和栏杆处徘徊,不过它们时常会越过栏杆,大胆地贴着地面低飞。若是此时有人恰好拿着枪走出来,白嘴鸦就会陷入无法抑制的恐慌中,有那么一刻不知所措,然后立即猛力扇动翅膀,一个急转弯就飞走了。除了白嘴鸦,大概再没有什么别的鸟儿对枪支表现出如此清晰的认知。要知道,苍头燕雀也经常成群结队地来到草垛场。

木料堆

还有就是老鼠。虽然你挖陷阱,用枪打,或者毫不留情地搜寻驱逐,老鼠就是要在偷吃方面占个先机。老鼠特别喜欢在猪圈里出没,猪在食槽前进食时,老鼠也跟着一起吃。农场上有的老鼠不但老奸巨猾,还相当凶猛,不费力气根本就消灭不了。它们能够躲过捕鼠夹,虽说那夹子也总是放得不够巧妙;它们还能跟白鼬对峙,除非恰好遇上的对手体型壮硕、意志坚定;它们甚至还会恶狠狠地咬狗。尽管老鼠狡猾,却也有一个简单的把戏它们无法识破:只要你远离地面,高高在上,它们就认为你不在这儿;只要弄一架梯子搭在树上,站在上面就能轻松地把猪圈纳入射程之内。只要周围保持安静,枪手站在梯子上就能同时打死两只老鼠。

回忆起来,常到维克的农舍、花园、果园和草场来的动物好像有三十五种,再加上另外五种时不时出现的,总共有四十种之多。在这四十种动物中,二十六种是鸟类,两种是蝙蝠,八种哺乳动物,还有四种是爬行动物。这还不包括几种间隔很久才会过来的鸟类,还有些鸟儿仅是从头上飞过,或者只能听见其在远处唱歌,都没被计算在内。

高大的草地树篱是鸟类的高速通道。在果园的暗墙与树篱相接的地方,六月的景色十分美丽:遍地都是野蔷薇丛,上面缀满了盛开的娇艳花朵。有些野蔷薇的枝条从草地向上伸展,又因为自身重量而下垂,便形成了一道顶上点缀着花朵的拱门。

关于沿着树篱一路长满的野蔷薇拱门,流传着一个古老的迷信说法:据说在太阳升起时,迎着太阳把孩子从野蔷薇枝条形成的拱门下穿过去,百日咳或者幼年留下的别的疾病就能奇迹一般地痊愈。

这件事必须要由"女巫"来做。放到几年以前,每个村子都会有这样的"女巫"——不过现今在某些地方,一些上了年纪的女人仍旧以会巫术之类的出名。拂晓时分,这个"女巫"就抱着别人托付给她的孩子来到树篱处,她知道此处就长着野蔷薇,花丛形成的拱门下还能容一人面朝东方通过。等到太阳升起时,她就从那儿抱着孩子穿越过去。

暗墙脚下有一片潮湿的洼地,长着高高的灯芯草;这儿有大个儿的蜻蜓穿梭往来、飞速疾驰,快得给人一种空中突然划过一条绿线的印象。虽说飞得很快,蜻蜓却能做到说停就停,立马回归正途。在农庄,这些外形漂亮的昆虫经常被放在镜子上作装饰。农场工人说蜻蜓像马蜂一样会蜇人,不过他们也会说其他很多无害的昆虫会叮人,他们似乎对昆虫一类普遍缺乏信任。工人们会给你讲一些骇人听闻的遭遇——胳膊肿得有正常胳膊的两倍那么粗,脖子红肿发炎等等——都是被不知名的虫子叮的。事实上并没能发现到底是什么有毒的飞虫咬出了这些伤口,我也曾长期待在田地里却并未有此经历,因此尽管工人们信誓旦旦地保证,我却对他们的说法仍然持怀疑态度。不过在秋收时节,我的确经常见到农工的胳膊和胸口上出现很大的一块块的红肿区域,他们说那就是被虫子咬的。那种常常钻进皮肤下面的普通秋蜱,肯定无法导致我亲眼所见的那种程度的红肿;也不会是蛴蝇,虽说它已经是人们能想到的最为嗜血的物种。

当你在干草地里行走时,常能听见低沉的嘶嘶声和嗡嗡声,然后会有细长的棕灰色飞虫落到你的手上,很快你就会产生一丝刺痛感,(如果你有足够的耐心忍受疼痛的话)你还能看到吸血的时候,它的身体逐渐胀大,颜色也变深了。一旦完全进入吸血的状态,什么东西也无法把它吓走——你就算把它碾碎,它也不会松口,它就这么一直待着,一直到吸饱了血无助地落进草地里。

在这个季节,拉车的马必须要由武装好的小男孩儿看守着,他手拿一根桦树枝驱赶蛴蝇,否则被蛴蝇叮咬的时候马很容易躁动发狂。绿色的小树枝对抵御蚊虫有奇效,如果你手执一根大树枝走过草地,那么烦扰你的蚊虫会连平时的一半都不到。夏天埋伏在干燥的水渠里打兔子之时,或者是必须保持静止不动的时候,这种大树枝可是相当必要的。若非如此,你势必要挥手驱逐蚊虫——这动作一定会惊扰到兔子,而那时它可能正向外窥探,准备从洞口探出头来。闷热的天气里,草场上的马实在惹人同情,无论你怎么多加注意,马的鼻孔附近还是会落满黑压压成群的蚊虫,甚至不停地爬过眼球。阳光好像并不能吸引昆虫,反倒是暴风雨之前的电光或热量更能吸引昆虫,这点广为人知。所以,每当蚊虫表现得比平时繁忙时,农夫就急忙去收拢干草,并用帆布盖住草垛。与此同时,奶牛也会发警示,它们四散奔逃,动作极为狂野、滑稽,由于饱受蚊虫的骚扰,尾巴还高高地翘着。

暗墙是用质地疏松的石头垒起来的,成千上万的蚂蚁以此为家。蚂蚁的洞穴遍地都是,一般都在过路的行人不会涉足的地方。它们能爬到树上很高的地方,有时你能看到成群的蚂蚁在粗大的树干上排成一队向上爬。

暗墙边上有处地方悬着一列蜂巢,其北面和东面被花园的院墙和一丛灌木遮挡着,而暗墙的落差正好为蜜蜂提供了一个通畅的出入口。这为蜜蜂提供了极大的便利,因为它们通常携带着沉重的花蜜或花粉,如果蜂巢正面没有任何树篱或灌木阻挡,它们就可以一路畅通无阻地回家。据说这样,蜜蜂就会更卖力地采蜜。倘若被卷入灌木之中,它们的确会显得异常烦躁,就像脾气失控了一样。实际上,你若碰巧激怒了一群蜜蜂而被它们追赶不休,唯一安全的地方就是树篱或灌木丛,你就势冲入树丛,树枝和叶子就会成为蜜蜂作战的对手,把它们抵挡在外。倘若恰好在蜜蜂外出采蜜时将蜂巢挪到别的地方,它们返回之后发现自己家不见了,就会立刻变得迷惑不解、不知所措。在发现蜂巢所在的新地点之前，它们会一直绕着原本悬挂蜂巢的地方飞，久久地在那里盘旋。

大马蜂的颜色黄中带点橘红，有时会从花园飞过，发出低沉的嗡嗡声，一听到这声音立刻就能把大马蜂与别的昆虫区别开来。在乡下，大家都认为在所有飞行的昆虫当中马蜂的叮咬毒性最大也最疼痛，若是胳膊被马蜂蜇了，伤势会迅猛发作红肿发炎，几天都动不了。农舍附近常有老旧的棚屋，马蜂有时就选择在这种棚屋里找个缝隙筑巢。我见过距房子很近的蜂巢，不过只要你不把它们惹急了，马蜂一般不会造成什么危险——实际上，它们这个族群都是如此。我觉得那些住在蜂箱里的普通蜜蜂脾气最差——它们的行动受不得一丁点儿打扰。马蜂经常选择古老的空心柳树作为筑巢的地点。

果园里至少会有一个野蜂巢，一般都建在废弃的老鼠洞之中很深的地方。野蜂把入口周围的草都吃掉、挪开，由此开辟出一条顺畅的通路以供进出。它们和蜜蜂一样勤劳，不过由于同居一巢共同采蜜的野蜂数量远远不如蜜蜂那么多，所以它们没办法像蜜蜂一样储存那么多的蜂蜜。当地有个迷信说法，如果有只野蜂穿过客厅的窗子嗡嗡叫着飞进来，那么就预示着一定会有客人来访。

你若是从果园的草丛里捡起一个成熟的金灿灿的苹果可要格外留心，你最好先用脚把它滚一滚，否则可能会发现满手

威尔特郡的乡野生灵

都是黄蜂。黄蜂会从里面把果肉吃光,只留外面一层皮,而水果被吃空之后,果皮反倒显得更加鲜艳诱人。树上有些苹果带着伤痕斑点——那可能是被八哥啄的,也可能是被黄蜂或蚂蚁咬的——最早成熟,你若不介意把带斑痕的部分剜掉,这种果子的味道最为香甜可口。但若是这样的苹果落了地,里面被吃光蛀空之后被人不慎捡起来,则无异于一颗名副其实的鱼雷。

黄蜂都是不可救药的酒鬼。倘若找到某些香甜诱人的东西,它们就紧抱着不放,大口吸食,直到吃得失去意识倒在地上为止。此时的黄蜂最是危险,因为既看不到也听不见声响,你很可能根本没注意到它们的存在,把手伸到它们身上也不自知。有一次我发现一棵特殊的梨树对黄蜂特别有吸引力,可是树上几乎没挂什么果实,我观察它们的动作,发现它们停在了树干上钻出的小圆孔的开口处。树液从这些小孔里慢慢流出来,黄蜂就是为此而来的,它们一直吸食这些树液直到再也喝不下为止。这些树的年头很久了,也没什么价值,我很想知道这些小圆孔究竟是如何形成的。用圆凿把树干劈开之后,我发现里面全都是蜿蜒曲折的孔道,大概有手枪的子弹那么宽。这些孔道是个头特别大的蛴螬钻出来的,它们的身体与人的手指的长度和粗细差不多。

旧时代的植物和花草仍然如传家宝一样在农舍的花园里生长着,不过那芳香宜人的气味时常被汽犁发动机的炉子里蒸腾出的烟雾扼杀。这些机器经过花园外的大路驶往农田的时候,你越过绿色的榆树会看到一道黑烟腾空而起,年久失修的院墙被震得直颤,这铁做的巨人的踩踏压力直达深处,大地也震颤不已,空气中则充斥着废棉花和机油的味道。此情此景与农舍的恬静和晴日的慵懒氛围是多么相违啊。但是一阵微风吹来,在车轮和齿轮的咔嗒声远去之前,花草与绿色植物那芳香四溢的味道就可以再次被闻到了。这晴日的安闲,家花和野花的芳香都已在此存在了两百多年,甚至更久的时间。这也许只是一种幻想,但我还是认为凡是人与大自然自古就紧紧相依的地方,都有在别处难以体会到的存在感、地域独有的风情以及时常萦绕心头的甜蜜与幸福。现代住宅,无论怎样花费,哪怕一掷千金的奢侈造价,哪怕的确是品位绝佳的设计,也无法制造出同样的感觉。

在维克,花园小径的一侧种着一行品相上佳的薰衣草,形成了一道小小的篱笆。不管你打开房间的哪个抽屉,都能闻到薰衣草干花散发出的清香。花园里也种着甜马郁兰、迷迭香和芸香,还有月桂和百里香;青蒿和艾草的边上还种着些药草,花园的主人都想不起是做什么用途的了。这些植物如今已经不再用来制作药水,但百合的叶子仍被用于给皮肤消肿。药农对韭葱的评价很高,至今也还时常谈起,不过我想如今几乎没人再用了。

这里还生着深色花瓣的桂竹香、美洲石竹、石楠和三色堇。春天，黄色的番红花在房子前的绿草中抬起了头（雪花莲也是一样），水仙也在四处零零星星地绽放了。我觉得，这些花刚从绿草中冒出头时最为好看。果园里也种着水仙。忍冬随处可见——它们爬到了花园梧桐树下的座椅上，梧桐的叶子上有时布满了细微的红褐色斑点，那是蚜虫分泌的蜜露。

　　就在草垛场外面有块草地，那里的草没被收割而是用来放牧牛群，草地上长着齐膝高的毛茛。孩子们用细长中空的草梗作吸管，插在牛奶顶部的泡沫里，从橡木桶中畅饮新鲜的热牛奶。当地传说黄油之所以黄是毛茛进入牛奶之中的缘故——但是奶牛从不吃毛茛，因为它们太苦，它们会把周围的一切都啃个精光，一直吃到草根处，但唯独剩下毛茛纹丝不动地站在那里。大点的更机灵的孩子拿麦秆作吸管喝苹果酒——苹果酒刚从磨坊里被榨汁酿好的时候就盛在桶里。果园的大树枝繁叶茂，野兔最爱的欧芹在树下长得正盛；紧挨着果园的外墙，水沟的"岸边"生着茂密的蓝色老鹳草和野生天竺葵，很是漂亮——它们本该被种在花园里，以避免被镰刀割掉的风险。一种叫"罗伯特"的草药也躲在那里，它的叶子可以变色，落在地上就像给田垄勾了一道深红色的边。

　　就是水沟里的大蓟草也有其美丽之处——蓟草个头很高，花的颜色清丽雅致，因品种不同颜色呈现淡紫色到紫色不等，野蜂会造访路过的每一枝蓟花，这说明花蕊里一定有蜜。到了秋天，蓟花的冠毛会在空气中飘飞，像气泡一样在水杨梅梢上翻滚，最后飘落到水里。它们有时还被用来填枕头，这种枕头异乎寻常的柔软。在古老之处的每个僻静的角落，你都能找到一些有趣的东西。就连后来铺在农舍里式样颇为现代的石板边缘都长满了地衣——这可能是由于它和稻草挨得较近的缘故，因为通常石板上不太容易长地衣。地衣更容易生在瓦片上，这样，瓦片很快就带上了一种古雅的色彩。

飘窗上摆着天竺葵，时常会引来天蛾在绯红的花瓣上徘徊盘旋。高大的榆树上偶尔会掉下来一只体型巨大的灰色蛾子，颜色与灰色的地衣十分接近，很可能会被错认成后者——因此当它笨拙地从树上落下时，就会成为两三只鸟同时追逐、抢夺的美餐。金龟子出现的时候就是鸟儿们的美餐时间，它们会吃个干干净净，只留下金龟子的翅膀像士兵的盾牌一样散落在花园的各处小径上。

阳光明媚、万里无云的日子，纤瘦的甲壳虫从土地的裂缝中爬出来，快速穿过小路，它们背部色彩斑斓，在阳光下反射出绿色和金色的光芒。当地人管它们叫太阳虫，因为它们总是在太阳最好的时候出来。走路时，你要留心脚下，以免踩到甚至碾死它们，因为根据古老的迷信说法，若是踩到甲壳虫，天就一定会下雨。若是乌鸫捉到一只大甲壳虫，它会用嘴叨着甲壳虫的背,甲壳虫的足只能在半空中无助地乱蹬,然后乌鸫就会把甲虫带走,找个地方把它悠闲地一口口吃掉。

果园的暗墙处是蝴蝶最爱出没的地方,它们似乎很喜欢待在暗墙向阳的一面,而且经常附在松散的石头上,好像心思奇巧的艺术家在墙面上布置的装饰。早春时分,粉蝶在此处翻飞;再过些日子,白色、棕色和蓝色的小蝴蝶也都会循着路径来到这里。有时,蝴蝶族群中的个头很大的贵族成员也会扇动着宽大柔软的翅膀飞过来,还可能会屈尊停留片刻,以便让人们见识它的美丽。

在室内,特别是巨大的横梁或木质结构之中,夜深人静时一定可以能听到蜱虫的声音,即使到现在,上年纪的村民听到这声音都会相当恐慌。你猛拍一下木头,这种昆虫就会停上一小会儿,不过它很快就适应了这样的拍打,然后就不当回事了。用巨大的横梁支撑房顶,从下面信步走过就可以看见裸露在外的横梁,用这种方式盖房有个优点:下雨时,小孩子可以跑到顶层或储存奶酪的阁楼里,用绳子穿过横跨屋顶的横梁上悬挂的钩子,就可以做成一架秋千。

酿酒间虽然器具简单粗陋,也并非一无是处。室内从地面到房顶的梁架都十分宽敞,屋顶的拼接、木件的工艺和老橡树的暗光比呆板俗气的板条和灰浆不知要有意思多少。一些古老的谷仓也显示出这样高贵的木工工艺,梁木的材料有时是黑橡

木
料
堆

木,有时则是栎树。

现代社会,人们已经失去了对果园的兴趣,但老式的果园却是消磨掉秋日午后的最佳去处:迷蒙的秋天,阳光慵懒地投下来,温暖却不刺眼,就好像那光线经过了一张罩在天上的蛛网,热量被隔绝在外,只有明丽的色彩从网眼中溜了进来。树荫下十分凉爽,树胶从西洋李的树皮中渗出来,形成晶莹透亮的黄色胶质小球。不时会有片叶子沙沙落下,间隔很久还会有苹果砰的一声落到地上。果园中十分安静,只有燕子叽叽喳喳的声音从头顶上的树枝间传来——它们正谈论着即将到来的旅行——可能还会偶尔传来枪响的回声,这时头燕就会在燕群中发出逃亡的哨音。这里是做梦的地方,你可以带上一把椅子、一本书来果园坐着——相比花园的座椅,这里的蚊虫更少。把一切关于时间的念头都放到一边吧:当我们竭尽全力从时间中榨取最大的价值时,它反倒从我们手中溜走了,就像狗贪婪地追逐影子,最终却什么也得不到。现在就尽情地幻想吧,苹果、李子、核桃和欧洲榛都在你伸手可及的地方。

金黄色的布伦海姆苹果看起来朦朦胧胧,只在果皮底部泛着金黄的色泽,果实则泛出暖黄色的光。这边的果实是一片红色,那边又变成了一片茶色。远处还有大片的赤褐色苹果,近旁沉甸甸的梨子压弯了粗大的枝干。西洋李又圆又黑,美味的小洋李卵形的黄色果子挂满枝头;野生李子虽未成熟,却已然散发出一阵阵甜香。在胡桃木的枝条上挂满了绿色的圆球状果实——注意那些布满深色斑点或条纹的胡桃,用树边的细长木棍一端轻轻敲打那些果子——木棍就是为了摘胡桃才放在那里的。这时候枝头的胡桃就会撞过一根又一根树枝,从树上摔到坚硬的地面上,厚厚的绿色果皮裂开了,胡桃反倒又弹回了半空。买胡桃的人不知道什么样的胡桃味道最好,就径直从树上将其都收集起来。尽管胡桃仁淡黄色的外皮卷曲交错复杂异常,可还是很容易剥下来,里面的桃仁颜色十分白嫩。现代住宅的周围不再有果园,果树也都被移栽到了房子后面,就好像那是一种耻辱似的——这无疑是个错误。

第 *11* 章
家园附近

群鸟最喜欢沿着树篱在附近活动。茂密的树篱边上有一片草地，草地上开着一扇小门，后面是一条从果园到农田去的私家小路。从农舍出发，顺着树篱往外走出二百多码，另一道树篱穿过田野地头恰好与之交汇，如此就形成了一个草木掩映的僻静角落，也就是上文曾提到过的松鼠出没的地方。作为鸟兽通行之路的这片树篱几乎都是由榛子树构成，只有一棵大山楂树独自耸立在沟渠的"岸边"。榛子树长得高而挺直，不像低矮的灌木丛那么枝叶茂密。榛子树枝不多，也很少纵横交错，无法形成有利于筑巢的平台，因此鸟儿不常把窝搭在榛子树上。

至今仍有人用榛树的树枝来占卜，或者用树枝来寻找地下泉水，一些上年纪的老人仍然对这种方法深信不疑。我自己也曾半开玩笑半当真地试过一次。先从树上砍下一根细枝，然后将树枝的一头修剪出一个小分叉。把树枝放在小手指下面，然后将树枝的主体部分压在别的几根指头上——这样，树枝就很容易保持平衡了，而且也很容易产生细微的颤动。占卜师在要进行探测的区域的地面上缓缓前行，边走边盯着树枝的尖端：如果在占卜师未施力的情况下树枝就自行向下弯曲了，就说明此处地下藏有水源。

不同灌木上的坚果并不会一起成熟，总会有一两棵树抢先，在别的树上的坚果尚未变硬的时候，它们的坚果就已经成熟了。这些果实先成熟的灌木同样也会落叶较早，树叶落下时颜色已变成浅黄。各种坚果不仅大小不同，连形状也各有差别：它们有的近乎圆形，有的则略呈杏仁状。刚从树上摘下来的时候，这些坚果味道甜美而多汁，尝起来"像坚果似的"。采摘坚果的最佳时机是当它们有所"松动"的时候，也就是说，当坚果的绿色外皮用手一碰就掉的时候——这时候，浅棕色的坚果就会留在你手心里，黯淡的棕色十分柔和雅致。先用一把小折刀将坚果的顶部——形如哥特式拱门突出的拱顶石——削掉，然后将刀锋向内略微插入一点，再轻轻一转，就能把果壳剥开，露出两瓣白如玛瑙的果仁。

只要稍加小心，就能将最高处的大树枝完好无损地拉下来，若是用力过猛、生拉硬拽，枝子被压得很低接近树干的部位就会"撕裂"，这样大树枝就会枯萎死亡。关键就在于掌握力度：先将主枝拽到手能够到上面的树杈的地方，拽住树杈，再借着它就能够到更高处的小枝丫，这样就会逐渐将中央的主干弯成一个弓形。如果是一步一步来，也不要将树枝弯得太过的话，哪怕是最高的灌木上的枝条，在你松手后弹回去也不会受到一丁点伤害的。如果拿一根手杖去够尽量高处的树丛——高处的更容易弯曲——你就可以尽情地采摘坚果，甚至连一根小枝也不必伤到。

在榛子树丛中长着一棵高大的桦树，在桦树底下，水渠岸边的大山楂树旁边，深绿色的野草正在拼命疯长。在果园里常能听到这里的鸽子咕咕咕的叫声，它们的巢就筑在山楂树上。山楂树就像个华盖耸立在草地上，它的树干扭曲多节，沿树干向上六七寸都没长一根树枝。牛群最爱躲在山楂树下乘凉，躲避酷热的太阳，它们也常啃食树上的嫩枝，所以树上的枝杈都难以长成。不过在山楂树朝向水渠的那一侧生长着无数带刺的树莓，它们的枝条长得既长又够粗壮，足以用来做野蛮人的箭头或锥子了。鸽子的数量看起来不如斑鸠多（严格来说，斑鸠也是一种鸽子），它们体型较小，颜色也更黯淡——至少它们飞过时看起来如此——而且少有超过两只在一起的情况。夏日，当山丘的一侧轰隆隆的雷声响起来的时候，从乌云那轻薄的边缘就会降下甘霖，使人神清气爽。阳光不时穿过云层将光线投射在这里的树篱和青草上，在不时回荡的雷声之间，你还能听到鸽子在灌木丛中对它的情人发出的咕咕叫声，那声音听起来更显温柔，也格外深情。

就在两道树篱交汇形成的夹角处，水渠又宽又深，几乎变成了一道护城河。水渠的沙质堤岸塌陷了,兔子又挖了很多洞,堤岸上树莓丛生,密密麻麻的枝条伸出来在水渠上弯成了一道道拱门,地面上则覆盖着凤尾蕨。树莓的花开得很漂亮——花开时是淡淡的粉色,不久会结出绿色的浆果,在阳光照射下,浆果逐渐成熟变成红色,最后又变成黑紫色。人们还能在很多地方看到果实更大的另一种树莓——小孩子们不加区分一律把这些叫作露莓或犹太莓。有些树莓的叶子冬天也不脱落,始终保持沉闷暗淡的绿色。

在这个夹角上,一条狭窄的裂缝贯穿水渠的两岸,因此两道堤岸并未完全合拢:这里的树莓和蕨类植物,还有旋花和荆棘都长得过于茂密,你若是不将灌木丛扒开朝里面看,压根不会想到这里还有一条苍翠的隧道,这条隧道的另一端通向桦树林,与林中一条浅浅的沟渠(干涸无水)相连。兔子最喜欢沿着这条隧道通过桦树林前往诱人的牧场吃草,狐狸也时常猫着身子从这里悄悄溜过去。岸边到处都有兔子打的洞,不过靠近这条隧道的一个洞实在太大了,十分引人注目。

若是测量一下,这个醒目的洞口的直径一定有十八英寸宽,而且洞口并未突然变窄,而是以相同的宽度向内延伸了一码多远。猎狗可能会一头扎进"草堆",只剩尾巴露在外面,如果不加阻止,它们就会一直待在里面,疯狂地又挖又刨。若不是此处的荆棘丛或树的根茎纵横交错,像栏杆一样挡在兔子洞外面,猎狗还当真能不时捉到猎物。猎狗无法用爪子扯断那些根茎,但会用牙齿咬——它时不时会出去透透气,甩甩口鼻上的沙子,然后兴奋地尖叫着再冲回去。一直累得筋疲力尽,它才会现身,卧在洞口呼哧喘气。主人不允许猎狗私自出去觅食,但它们时常偷偷跑掉,去类似的地方挖洞,以至于每当主人发现猎狗不见了,就一定先来这里寻找。那混合在一起的耐心和兴奋,它们付出的艰辛劳作, 刨出来的沙子的量, 还有那呜呜哀鸣——是尖啸而非嗥叫——都表现出对猎物的极度渴望,也印证了狗的狩猎本能是何等根深蒂固。

不过,即便这个兔子洞被肃清了,不出几个礼拜,这个庞大的洞穴就会出现新住客入住的迹象,而且在兔子经常造访的绝大多数堤岸,都能找到这样一个被刻意加宽加深过的入口。兔子为何会建造一个大小数倍于它们需要的洞穴呢?或许,这洞穴是早先留下的——第一批居住者按照自己的喜好建成了洞穴,后来继承者舍不得放弃。在洞里可能还会有三四条,甚至更多通道通向外面。兔子在开挖新的通道时相当繁忙,有时你若安静地等在河岸上,就能看到矿工在工作。兔子用后爪将沙土堆抛在身后,由于背朝外面,根本不会注意到有人。

沿着水渠堤岸走,你能发现不少企图挖洞的痕迹,只是挖了几英寸之后这些洞就被放弃了:有时是因为被植物的根须或石头阻碍挖不下去,更多的则明显是随性而为。对兔子而言,这

威尔特郡的乡野生灵

个树篱夹角处生长的草比别处的味道更鲜美,因此兔子的脚印到处都是,纵横交错、重重叠叠。

到了傍晚,夜色渐浓的时候,草地上也陷入一片寂静,这时候兔子就会出来与同伴追逐嬉戏。两只兔子相互玩闹时,有一只会猛蹿出去十一二码远的距离,然后低头开始吃草,好像完全不在意另一只兔子似的。第二只兔子也开始吃草,但同时偷偷地向前移动——不是直线移动,而是斜插过去,一边假装吃草一边朝第一只兔子摸过去。突然,它猛地向前一扑,但是第一只兔子实际上一直在用眼角的余光偷偷瞥视,见状就风一般地跑掉了。有时,它也会转过来面对第二只兔子,平地弹跳起一尺来高,干净利落地从后者上方跳过去。有时候,两只兔子甚至一同欢快地蹦跳起来。

农田的尽头有一排树篱,一棵大橡树从树篱中伸出来,靠近树干处的树莓和灌木长得稀疏瘦弱。通常来说,大树之下无丰草,因此行人也就很容易从这里穿过去。大橡树的另一侧,有个庞大的树根斜倚着橡树干,根上覆满了深绿色的地衣,俨然是个舒适的座位。橡树右边不远处有一片桦树林,林边密密地生长着一排冷杉;左边,沿着树篱每隔一段距离就生长着一棵橡树,而正前方则是一处名为"沃伦"的绵延起伏的巨大牧场。牧场仿佛新大陆的草原一般缓缓铺开,山楂树丛零散地长在牧场各处,各处还不时地出现一棵沙果树,另外还种着两行整齐、优雅的榆树——春天时，满树都是忙着筑巢的白嘴鸦。再往后，随着地势升更高，山地上则密密麻麻长满了林木，小小的高原草地看上去就如同森林中的一片片相隔遥远的空地一般。再往远处去，就是丘陵了。

安宁静谧时，大橡树下最适合休息——夏天，抬头仰望着四通八达的绿色树枝，你会觉得它是一座精巧的建筑，一个无与伦比的屋顶，仿佛嵌着半透明的天青石做的格子窗，因为天空的深蓝色好像落在树上驻足停留一般。橡果已经长出来了，但都呈杯状，橡实几乎没有露出来，橡果顶部还长着小黑点，如果说未成熟的橡果大致有几分像古时带盖儿的杯子的话，那小黑点就是盖子上用于将其提起的把手。下过第一次霜，橡果变成棕色，当它因自身重量过重而从杯状果壳中脱出来掉到地上的时候，小孩子们就会来捡拾橡果，还偶尔从中挑出颜色最深，熟得最透的一颗来吃——他们像烘烤栗子一样，会把橡果烤得半熟来吃。

早春时节，在清亮明朗的夜晚，这里很适合作为静立片刻、沉思半晌之处。由于矮林阴沉昏暗，身后光秃秃的橡树也是黑漆漆的，视线不足以穿越整个牧场——在夜晚，牧场的宽度仿佛有白天的两倍。不过，更远处还躺着一块灰色巨石，仿佛古代的巨兽，笨拙粗野地蹲在洞口。嘘！那边的草丛里传来细微的沙沙声，好像是什么东西被吓坏了：原来是只受惊的野兔仓皇逃走了。这里有同纬度最明亮灿烂的群星,耀眼的光芒倾泻而下,滋养着春天的花蕾和树木的嫩芽。再也没有哪个季节的天空能像春天的夜空这般星光熠熠、华美灿烂。

到了春天,草地或家园里的草就开始长高了,住在附近的秧鸡很快会被吸引过来。(虽然被称作秧鸡)这些鸟儿似乎更常造访这个地区的干草田而非耕田,而且它们通常是在茅草长得高大茂密,足以使它们藏身、行动的时候才会来。这种从别人视线中隐身的欲望,在秧鸡身上表现得比其他任何鸟类都明显,不过它们高声叫着"咔嗒、咔嗒、咔嗒",叫声连续不断,与摇拨浪鼓的声音很相似,只是仅在近处才可听得到。

想要辨清声音朝哪个方向去了十分困难:有一刻听起来好像近在咫尺,再一刻又好像在五十码之外,又过了片刻,一阵短暂的沉默之后,那叫声好像远远地从这一边传来,却又好像从另一边的远处传来。妄图确定位置也终究是徒劳的:你以为你找到了,于是冲到那里,但什么都看不见;一分钟后,那"咔嗒、咔嗒!"的声音又从你身后传来。在前两三次,那声音似乎只移动了一小段距离,它来来回回左闪右躲,所以声音从来不会真的离你太远;但如果你反复尝试,秧鸡就会变得警觉,它先是安静半晌,你再听的时候它就已经跑到草地的一角,一百码之外的地方了。若是你极为安静地悄悄向前走,然后猛然冲过去;或者你一直等着它毫不察觉地靠近,你或许能看到草在动,好像有什么东西在其中穿行。但是，甚至你还没来得及瞅它一眼，它就在一瞬间跑掉远去了。能在几秒之内从田野的一头穿越到另一头，秧鸡的速度必须飞快才行。

由于声音明显是从草地的一处传来，但到了那里却找不见秧鸡，这使得人们猜想秧鸡擅长口技。可能事实的确如此，不过我认为，若是没有那种特殊的能力，秧鸡的独特习性也会产生类似口技的效果。当发出声音的物体不在视线之中的时候，你永远也无法单凭声音断定它所在的确切位置。而秧鸡毫无疑问移动得很快，导致声音时而出现在一处，时而又出现在另一处——而你仍然看不见它——要想找到秧鸡就变得更为困难。秧鸡经常顺着一条垄沟前进——那条沟充当食槽之用——它一边前进一边高声叫着，仿佛要让声音在整个垄沟回响不已。它那聒噪刺耳的调子永不停歇地重复着，最终会让你的耳朵不胜其烦。

有人说，八哥也有类似的口技能力。实际上，它发出的是一种独特的，拖长了的空洞哨音，声音在烟囱顶管周围和三角墙附近往返回响。不过，除非你待在室内无法看到它，否则那声音绝不会让你误以为八哥待在屋顶上。当树叶茂密时，雀类躲在树里唱歌，你也无法看见。它们的声音似乎从这边的树枝中传来，但定睛细看，却看不到鸟儿；然后声音似乎又出现在更高处，甚至像在另一棵树上，实际上那鸟儿就一直在你头顶上，只

威尔特郡的乡野生灵

要它动上一动,你就能看到。其他鸟类也会欺骗你的耳朵:黄鹂有时会如此,还有叽叽喳喳的河雀,乌鸫唱歌时也是这样——总给你一种它们暂时隐身的感觉。

秧鸡若在一个地方待久了,不停发出叫声,口技的幻觉就会消失,此时确定它大致的方位就和确定其他鸟类的方位一样简单。有一年夏天,一只秧鸡选择了树篱边上、水渠堤岸的一处地点,距离果园的暗墙不足四十码远。这里密密麻麻长着高大的茅草、木屐草和别的植物,还有一些灌木遮蔽着草地。秧鸡的窝就在靠近沟渠的地方(但不在那里面),至于它发出的噪音则实在烦人。"咔嗒、咔嗒"的声音从天一亮就响起来——而这个季节天亮得特别早,时断时续地能响上整整一个上午。如果秧鸡向前走近几码,回声甚至会在一些建筑中回荡。到了中午时分,那声音会(或者说似乎会)稍稍停下来,但到了黄昏时刻,它就重新开始鸣叫,不到深夜不罢休。这种情况持续了几个星期之久:那年夏天茅草恰好收割得晚,所以没人去打扰它。为何如此胆怯的鸟类会选择一处颇为靠近民居的住地,这实在令人费解。

不过,一旦秧鸡在一个地方待久了,它们所谓的口技本领就再也骗不了人了。因此,看起来要想施行这骗术,它们必须频繁更换位置。老鼠也是这样,经常给你一种它身在某处,但其实则在一码之外的印象,那吱吱的尖叫声是落在身后的。有时,想确定蜱虫（舞蝇）在木材里的位置也并非易事。秧鸡最喜欢在家园或草地附近出没——和别的鸟类一样，它们也有自己专门的去处。在同一片农场上不远处还有另一片草地，也深受秧鸡喜爱。这片草地紧挨着鸟类飞行的第二条路线，顺着前面提过的那条小溪而种植的树篱。不过，虽说秧鸡会躲在树篱中，它却没有顺着树篱走的习惯，所以这也只是偶然现象。尽管秧鸡跑得很快，可似乎它们一旦到达目的地之后就不会跑得太远。看起来它们把活动范围就限制在了自己选择的田地当中，最远也不过是到旁边的地里转一小圈再回来，所以你总能知道在哪儿可以听到秧鸡的声音。

　　由于秧鸡就把窝建在地面上，所以割草的人把茅草割掉之后就会找到秧鸡蛋，然后他们把蛋带回家，既作收藏品也会拿来吃，有些人觉得秧鸡蛋和千鸟蛋一样。虽说你可能追着那个"咔嗒、咔嗒！"的声音一追就是几个小时，甚至偶尔近到可以把拐杖朝着目标所在的草堆扔过去，但你永远也不可能看到它。而且，树枝也好石头也好，什么都不能让它从草里起身出来。不过，我倒发现一个特别的方法，可以轻易打到秧鸡。诀窍就在于要把秧鸡引到树篱处。两个人和一条猎狗朝着"咔嗒、咔嗒！"的声音走过去，始终与它保持距离。秧鸡一开始会径直逃跑，但是发现自己仍被追赶后，它就会试图左右迂回躲闪，结果发现围捕路线也铺设开来。于是它便沉默下来逃命，试图在不被看到和听到的情况下悄悄溜走，但猎犬的鼻子终究会识破它的诡计。最后，秧鸡朝树篱跑去了，此时只需一个人迅速堵到树篱另一侧，猎狗从正面追上去即可。这样，秧鸡就被包围了，无路可逃，所以当猎狗逼近时，它就必定要起身飞走。它起飞时样子有些像松鸡，但秧鸡飞得很慢，略显笨重，这时候想打下它简直是轻而易举。但若是此时没有开枪，秧鸡调整好翅膀之后飞行的势头就会变得很猛了，显然秧鸡有能力长途飞行。

有时，只要有足够的耐心，并且能精准地预测秧鸡在草地里迂回行进的路线的话，没有猎狗的帮助，也有可能把秧鸡赶到树篱边上。过上一段时间之后，如果仍被紧追不舍，秧鸡就会在沟渠里挑一束最厚的茅草捆或野草丛"蹲下"，然后一直静悄悄待在那里，你所做的就是走上前去，用手杖把它敲晕。茅草收割完毕之后，秧鸡就会离开草地到耕地里去，因为那里的庄稼可以为它们提供掩护。这个地区好像是这些鸟类最喜欢逗留的地方。

草地在收割之前对别的鸟好像没什么太大的吸引力，可是一旦收割完毕，就会有大群的鸟儿从树篱那边飞过来，若是干草已经晒好，它们也会直接飞到干草堆上去。干草堆里有很多茎秆中空的植物，等到茎秆一干，只要表面有一点缝隙，就会有虫子爬进去。因此，这些细小的管道常常住满了昆虫，于是也引来了很多鸟儿。

有时，晒干草的人缓缓走在两侧都是树篱的小路上，这时就会有只鸟飞过来落在他的草帽上停留片刻。草帽上的纤维纹路吸引了它，这鸟儿敏锐地瞪着双眼查探到了某些正在移动的生物。至于其他比较胆小的鸟儿，就算有人走近也会在小路上静静待至最后一刻，除非此时它们恰好有机会享口福，要去捕杀花纹精美的甲壳虫或飞蛾，它们急切地扑过去，啄起食物就跑——在美食的诱惑下做出的此类举动，对它们来说必定是一场惊心动魄的冒险。

斑鸠爱吃橡果，因此常常造访生长在农田尽头的那排树篱之中的橡树，这些橡树每隔一段距离在整齐的树篱中就会突兀地冒出一棵，排列不甚规则，但也算独立成行了。斑鸠是鸟类之中最贪食的，它们当真会把坚硬的果子生生吞咽下去。松鼠和老鼠喜欢躲在榛子树一角吃坚果，画眉和鸽子爱吃密密麻麻铺满山楂树篱的小果子——果子长得实在太密太多，整个树篱仿佛都染上了一片红晕。这种同样的小果子彼此之间也会有所差异：有些灌木上的果子的果核很硬，裹在硬核上的可以食用的果肉也只有薄薄一小层；别的灌木上的果子则可能果核深深地嵌在肥厚鲜美的果肉里，可食用的部分有上一种的两倍多。和树篱中的别的果子一样，这种果实的味道在霜降之后就会更加甜美可口。

沿着树篱一直走出去很远，在入口处旁边有棵接骨木，树

花园小径

Helen Allingham (1848-1926),*A Herbaceous Border*

    在维克，花园小径的一侧种着一行品相上佳的薰衣草，形成了一道小小的篱笆。不管你打开房间的哪个抽屉，都能闻到薰衣草干花散发出的清香。花园里也种着甜马郁兰、迷迭香和芸香，还有月桂和百里香；青蒿和艾草的边上还种着些药草，花园的主人都想不起是做什么用途的了。

蓟草

Jeannie Foord, *The Thistle*, 1901

　　就是水沟里的大蓟草也有其美丽之处——蓟草个头很
高,花的颜色清丽雅致,因品种不同颜色呈现淡紫色到紫
色不等,野蜂会造访路过的每一枝蓟花,这说明花蕊里一
定有蜜。

蝴
蝶

Edward Donovan, *Pylades Butterfly*, 1823

早春时分,粉蝶在此处翻飞;再过些日子,白色、棕色和蓝色的小蝴蝶也都会循着路径来到这里。有时,蝴蝶族群中的个头很大的贵族成员也会扇动着宽大柔软的翅膀飞过来,还可能会屈尊停留片刻,以便让人们见识它的美丽。

果
园

Sir John Lavery (1856-1941), *Convalescence in the Apple Orchard*

现代社会,人们已经失去了对果园的兴趣,但老式的果园却是消磨掉秋日午后的最佳去处:迷蒙的秋天,阳光慵懒地投下来,温暖却不刺眼,就好像那光线经过了一张罩在天上的蛛网,热量被隔绝在外,只有明丽的色彩从网眼中溜了进来。

Jacob George Strutt, *The Tall Oak at Fredville*, 1826

橡树

　　安宁静谧时，大橡树下最适合休息——夏天，抬头仰望着四通八达的绿色树枝，你会觉得它是一座精巧的建筑，一个无与伦比的屋顶，仿佛嵌着半透明的天青石做的格子窗，因为天空的深蓝色好像落在树上驻足停留一般。

秧
鸡

John Gould, *Crex Pratensis-Land-Rail or Corn-Crake*, 1862

　　到了春天，草地或家园里的草就开始长高了，住在附近的秧鸡很快会被吸引过来。（虽然被称作秧鸡）这些鸟儿似乎更常造访这个地区的干草田而非耕田，而且它们通常是在茅草长得高大茂密，足以使它们藏身、行动的时候才会来。

七
叶
树

Francois Andre Michaux, *Ohio Buckeye*, 1819

　　七叶树的果实成熟后从带刺的绿壳中脱出来时十分鲜
嫩,色彩丰富,几乎很难找到比它更绚丽的果实了,树下的
草丛中到处都散落着掉落裂开的果壳。

山楂

Sydenham Edwards, *Oriental Hawthorn*, 1815

　　果实累累的山楂树到处都是，这种树的树皮颜色晦暗，却颇有光泽，好似漆黑发亮的皮革。

形高大，与其说是灌木都不如说是棵树了，上面挂满了浆果。黑刺李树丛上密密麻麻缀着——不是挂着——果实，有些枝条上，果子沉甸甸地简直要掉下来。果实累累的山楂树到处都是，这种树的树皮颜色晦暗，却颇有光泽，好似漆黑发亮的皮革。忍冬藤上挂着成串的红色果子，在阳光下反射着光芒：成串生长的果实通常都是悬挂在枝头的，不过这些浆果常常生在藤的上半部分，而且花就在浆果旁边绽放——也就是边开花边结果。这种浆果有一种黏黏的感觉。

泻根草的藤蔓上缀满了更大的浆果，同一串果子也是有红有绿。白泻根草的叶子与葡萄的叶子很像，白泻根在民间是一种魔法药草，村里人认为它的根是配置催情药的重要成分，不过也有毒。村民把它当作是曼德拉草。若是这种药草恰好长在教堂的墓园内，或是附近，功效据说就更大，不过藤蔓长得越长其功效也就越小。至今当地还流传着这种迷信的说法。红色的龙葵果——不是有毒的龙葵，而是"苦中带甜"的那种——没精打采地挂在灌木间，蔓生的龙葵藤就爬在灌木上。水渠的堤岸上随处可见野生的醋栗和红醋栗灌木丛，这是鸟儿从花园把成熟的果子带出来时，丢掉的种子又生根发芽长起来的。有时候也会见到一棵野生的醋栗从中空的柳树顶端腐烂的绒状朽木中长出来。在这片树篱中，野生苹果树也十分常见。

七叶树的果实成熟后从带刺的绿壳中脱出来时十分鲜嫩，

色彩丰富,几乎很难找到比它更绚丽的果实了,树下的草丛中到处都散落着掉落裂开的果壳。由马儿来来往往地践踏,靠近树干之处的草地都被踩坏了。夏日里,马儿们很喜欢在树叶形成的荫凉下待着休息。那些春天时候出现在橡树上的虫瘿——通常长在树干附近——到了夏天就掉下来了,落在地上皱巴巴的,就像腐烂的橡木塞,黑漆漆的仿佛被火烧过一样。不过一些橡树上的虫瘿长得密密麻麻,色泽浅绿,圆圆的像个小球,一直到橡树叶子都落了,它们还会待在树枝上,只是颜色变成了棕色,外壳也变硬了,一直到来年春天才会从树上脱落。

附近小村落的一位村民收集了这种棕色的虫瘿,用金属丝把它们串起来,做成花篮架和装饰篮筐出售。这些虫瘿好像常在橡树幼苗林中大量出现,却不怎么长在大树上,而且通常出现在大橡树被砍倒,但树桩还没被挖掉时长出来的幼苗上。这些树苗一开始长出硕大的叶子,要比普通的橡树叶大很多倍——有些叶子真的堪称巨大,量一量都能有十四五英寸长。幼苗长成灌木之后,新长出的叶子就逐渐缩小,最后变成正常橡树叶的大小了。

深渠之中,高高的绒刺果树抬起了满是棘刺的树冠。这种植物的叶子很大,且总是成对生长,在茎秆的两侧各长一片。在植株尚未成熟时,两片叶子相连的方式十分有趣,被一层绿色的膜包裹着,换句话说,叶子的底部相连,环绕着茎秆,状似水杯。茎秆从杯子中间伸出来,顺着茎秆向上还有三四层对生的叶子形成的容器。下雨时,在这种植物上,雨水不会像在其他树上那样从叶片上直接滴下去,而是顺着叶子被收集到杯中,由此就形成了很多天然的雨量计。如果植株很高大,最接近地面的那个杯子——也是最大的杯子——的容量就有两三个红酒杯那么多。这些雨水会在杯中保存很久,阵雨过后好些天雨水还在,那些顺着茎秆往上爬,或从叶子上掉入杯中的昆虫很容易就在其中淹死了。每当草地和渠岸的土地十分干旱的时候,绒刺果树常具有补充水分的作用,杯子里的水被排尽后,淹死的昆虫还留在杯底,就像大旱之后植物脱水形成的残留物。夏季到来时,绒刺果树的树冠形如穹顶,两圈紫罗兰色的花朵从棘刺包围中突围,环绕着树冠盛开了,看起来就如同树篱之中伸出了一顶三重冠冕,穹顶底部是一道绿环,往上则缠绕着两圈紫色宝石。

有些长在树篱旁边上的野草处理起来必须格外加以小心,它们长长的叶片边缘锋利如同柳叶刀;还有些草的种子形如麦芒,若是不小心进入嘴里(这种事在晒草人身上时常发生)就会顺着喉咙滑下去,他越想把芒刺弄出来却越会适得其反,芒刺会向里滑落得更深。因为芒刺都是朝着一个方向倾斜的。

夏末酷热的午后,树篱中一片沉寂。在入口处等上半个小时,也未必有一丝声音,枝头没有呼唤声也没有歌声,只有苍蝇的嗡嗡声不时传来。鸟儿很安静或者说几乎是安静的：它们悄无声息地在树枝上腾跃，很难被人发现，所以很多鸟儿还没被人注意到就已经飞走了，而有些你认为飞走的鸟儿实则还驻留于此。草地里，蚂蚱嘶嘶地叫着；到了傍晚，黄鹂也会发出几声音符；但是到了收割庄稼的时候，草地又会陷入一片静默。

第 *12* 章
桦树林

榛树林旁的树篱中有一条小路,途经山楂树林旁,通往水曲柳林。小路附近不远处就有一个入口,不知为何,沿着小路旁边的沟渠走总会比走在小路上更加令人心情愉悦。小路边上有两级台阶,向下的那层台阶通向沟渠(毋宁说是通向沟渠里面兔子挖洞刨出来的沙土堆),向上的台阶通向小山冈,把你从人工种植的草地带到人迹罕至的森林。林海茫茫,荫翳蔽日,同时也将文明的思想遮挡在外。这些粗大的枝干是通往另一个世界的大门。繁茂的枝叶之下也另有一番天地——有时,林荫大道也会如此——太阳的光线很难穿透层层树叶,林中总是光线微弱,但那也不是树荫,而是阳光与青枝绿叶的交融。

每到春天,这里绿意盎然,银莲花昂着头,亭亭玉立,野生风信子上挂满了蓝色的铃状小花,层层叠叠,色彩斑驳。傍晚时分,在晚霞的映衬下,这里宛若一片高贵的紫色海洋。忍冬缠绕着高大笔直的树干向上攀爬;野生啤酒花在盛开,若是用手指掐一掐,就会散发出怡人的清香。夜莺在山楂树更高处的枝头

197

上歌唱，那里视野更加开阔，在我看来，在这清朗的春日里，早晨的歌声比夜晚更为甜美动听。静静倚靠在水曲柳旁，花香与嫩芽、树叶的香气扑鼻而来，连橡树上的青苔也在阳光的照耀下闪烁着光芒。树枝随风摇曳，轻软的云朵飘浮在空中，简单的生活总能给人带来无限的快乐。

　　周围一片寂静，夜莺站在树枝上歌唱，没有丝毫胆怯，它离你不过三码远，甚至能清晰地看到它的喉咙随着音符鼓动起来——歌声时而宛转颤动，时而甜美低沉，接下来又可能是流畅明亮的"喳喳喳"的乐声。阳光、花朵和沙沙作响的绿叶就如天然的伴奏，让早晨的歌声更加层次丰富、精彩异常；远处众鸟的合唱与之交相辉映——它们如同一支乐队，填补着夜莺的停顿与空白，烘托着独唱歌手的美妙喉音。

　　走向森林深处，跨越蜿蜒狭窄的水道时，要稍加小心。流水一侧生长着茂密的芦苇丛，涓涓细流就像从中冒出来一般，缓缓向草场间的溪流汇集。岸边的泥土十分疏松——薄薄一层水草掩盖着腐烂的树枝、落叶和别的植物。听！耳边传来了微弱的沙沙声，一丝轻微的草动之后，一条蛇从洞口爬了出来，高高昂起带有黄色斑点的头，拖着长长的、暗绿色的躯体从地面蜿蜒而过。穿过潮湿的土地，踏上土壤坚实的地面，会看到一大丛高大茂密，几可与人齐肩的大蓟草。相比之下，这片区域较为开阔，因为两年前这片小树林已被砍伐过，从此大蓟便占领了此地,环绕着树桩大肆蔓延开来。

被砍伐过后的水曲柳萌发出的幼嫩新枝,有时候并不会径直向上生长,而是长得奇形怪状,令人匪夷所思。枝干不再像往常那样圆滑平整,而是朝横向生长,宽约三四英寸,树枝突兀,树梢弯曲,就像一幅传统的卷轴。有时候,一些农庄院落里就悬挂着这种奇形怪状的天然卷轴,它们被视作奇珍异宝。伐木工人诙谐地说,这些树枝都是晚上长出来的,所以辨不清方向。有的地方林木茂密,树干高大,每当有风吹来的时候,上层的树枝就会相互交错摩擦,发出怪异的咯吱咯吱声。起风时,林木争相私语,树林里总是充满了阵阵奇怪的声音。微风用指尖轻轻拂过绿色的树梢,就会产生各种不同的音符:山坡上的水杨梅发出"嘶嘶"的声音;橡树林时而咆哮,时而呻吟;水杉发出深深的叹息;白杨则沙沙作响。若是到了冬天,光秃秃的枝条就要在风中发出刺耳的"瑟瑟"声。

榆树叶片粗糙,并不生长在灌木丛中。人们更喜欢将榆树单独种植在灌木丛两侧。这里还有橡树和山毛榉,低矮处树枝上残存的几片枯叶,往往在整个冬季都不会掉落。地上有根粗大的橡树枝,是人们从长势不好弯弯扭扭的一棵橡树上锯掉的,树枝上已经覆盖了一大片黄色的肥厚菌类,如果你用木棍挑起树枝,就会看见腐烂的残枝下有一大群潮虫。山毛榉的树枝圆润光滑,自然弯曲如蛇状。白杨树的树皮,以及高大的柳树上的树皮就像被刀划过，只是随着时间流逝切口变宽愈合了，留下一条长长的疤痕。桦树银白色的树皮会自行脱落，而即将脱落的外层树皮向上翘起、卷曲。远远望去，白桦树的树叶在微风下闪闪发亮，就好像微风弯下腰优雅地为它喷雾施彩。

橡果成熟的时节，山下的草地里到处都是从保护区走出来的野鸡，它们夜晚就栖息在这里的灌木丛中。暴风雨来临时，每一道闪电都会引发野鸡一阵此起彼伏的叫声。白天也是如此。每当一阵翻滚的雷声从远方传来，保护区的野鸡都会咯咯叫个不停，有时候在中午时分也不例外，有人因此断言说野鸡能清楚地在白天看到人类肉眼无法看到的闪电。

冷杉树上悬挂着一簇簇球花，装饰着灌木丛的一侧。这些球花先是绿色，然后逐渐变成浅黄色，最后落地的时候变成了褐色，质地坚硬，铺满地面。这一溜儿冷杉枝叶繁茂，是八哥喜欢栖息的地方。在夕阳西下夜幕降临时，你若是恰好顺路经过此地，不管你朝哪个方向走——东、南、西、北，只要走出去一英里或更远，空中就会突然传来一阵展翅疾飞的声音：这是一大群八哥正在毫不迟疑地径直飞向远处的灌木丛。鸟群从四面八方汇集而来，有的是一大群，有的仅有十几只，但是它们都有共同的目标。如果恰好此处乡村地域开阔，树篱低矮，守林人只要站在高处眺望，就能看见有几群鸟儿正在同时成群结队飞翔。白嘴鸦归巢时排成长长的一列，八哥则喜欢分成很多小的队伍飞行。这种分成小队飞翔的景象在夏天更为常见，因为冬天的时候八哥总是更喜欢聚群飞翔。

好像在学会飞行之后，幼鸟们总是成群结伴而行，而年老的鸟儿也会聚群活动，不过到了晚上，两群就会相聚。年幼的鸟儿颜色较浅，很容易辨别。虽然这并不是一成不变的规律（因为鸟儿按照年龄分群），但情况常常是如此。每到傍晚，远远看去，灌木丛上空好像笼罩着黑压压的一片乌云，就像一片朦胧的薄雾，然而此时天空依旧澄澈透明，连一丝露珠初起的迹象都没有。鸟群和大片的云团几乎毫无二致，但凡从未想到鸟群聚集迹象的人都可能会被蒙蔽了双眼，也许会感到奇怪，为什么会那片云偏偏会在那个地方停留降落。就在一瞬间，原本展开的黑色云团的两端突然向内收缩，中间塌陷，云团变成了一个倒置的圆锥，或者说更像海龙卷掀起的水柱，几秒钟之后云团就四散开来笼罩在树上了。再过片刻，一道黑线冲向夜空，像烟雾一样散开，分成两股，转个圈又返回了冷杉树林之中。

只有走近之后才会发现，这片看似乌云的黑压压一片原来是成千上万只八哥，它们彼此呼唤发出的噪音根本无法用语言描述——村民们称之为"混音"，意思是这种声音由无数个更为细小的声音汇集而成，此起彼伏、混合嘈杂。如果不是亲眼所见，你很难想象出这么庞大的鸟群。到了冬天，光秃秃的树上一旦落满了八哥，林木枝干瞬间就会变成黑色。夏天，偶尔能看到

梣树林

八哥在高空中飞来飞去，就像在笨拙地模仿燕子的姿态。有可能当时有八哥爱吃的昆虫近在咫尺，它们想用这种罕有的方式捕捉昆虫。

沿着冷杉树林继续向前，就会看到灌木丛蔓延到一个角落之中，那里有山楂树和石楠，蔷薇花丛与水曲柳林相连，四周还交错种植着几片金雀花和凤尾蕨作为边界。阳光照射在鲜嫩碧绿的凤尾蕨上，光滑的锯齿状叶片就会闪闪发亮，不过一旦走近细看，这光芒便会消失不见。在极为闷热的夏末的日子里，金雀花的花丛中时不时传来噼噼啪啪的声音，就像植物的某个部位，或许是种子，正在爆裂开来。早晨阳光照射下的小麦堆也会发出细碎的爆裂声。在金雀花和凤尾蕨的荫庇下，这个角落成为"狡猾的列那狐"最爱出没的地方。金雀花花茎挺直，一旦长成，常被人们砍下来用作手杖。斑鸠常常拜访这片灌木丛，春天可以在这里找到几个它们所筑的鸟巢，到了夜晚这里不时地响起它们空洞单调的鸣叫声。这鸟鸣之声虽无意成曲调，却能给人们带来些许安慰，告诉人们林中虽空旷，但也有林木成荫的小山谷。

在狩猎的季节到来之前，树篱和树林间总是格外寂静，连屋顶上也极少能听到往日家雀叽叽喳喳的叫声，而在不久之前那噪音可是大得很，几乎从不间断。事实上，此时大多数麻雀已经成群结队离开了农家，飞到田野中啄食谷物去了。在这个寂静的季节,似乎只能听到知更鸟、斑鸠和金翅雀的叫声;斑鸠在傍晚返回灌木丛时边飞边叫,金翅雀在树篱中低声细语,知更鸟则在树梢间吐出几个哀伤的音符。当然,这里也并非完全寂然无声,只是与往常差异极大。在灌木丛一侧越过水曲柳小树林,向更远处望去,或许还能看见波光粼粼的水面,那里有条小溪流过树林汇入一湾浅浅的湖水之中。

与金雀花相连的是厚厚的,如同小山丘一般的山楂树篱,树篱向四面延展,几乎自成一片丛林。在堤岸旁边或是坑洼之处都生长着密密麻麻、纵横纠缠的野草,白天刺猬就常常躲在草丛中、落叶下或是枝叶蔓延的常春藤后面,它们藏得严严实实,若是没有狗引路,即使在阳光明媚的日子,我们也很难发现它们的踪迹。

猎狗冲下山坡,直扑目的地,一下子就能把刺猬揪出来。即便你没能紧跟上猎狗,你也会听见它发出一阵阵呜咽怨怒的吠叫声——半是出自怒气,半是因为剧痛——你立刻就能知晓它在干什么。它正费力想要展开蜷曲的刺猬,因为刺猬一感受到敌人的临近,就会立刻蜷缩成球状,锐利的豪刺伸向四面八方。猎狗向刺猬猛扑过去,这些刺深深地扎进了它的下颌;它往后退了退,再次用力咬下去,甩甩头,又尝试第三次,直到满嘴鲜血淋漓。每一次不得不松口都让它怒气冲冲——它用半哀怨的低吼表达着强烈的恼怒之情,如果没有人前去阻止,即使弄得遍体鳞伤，猎狗也绝不会放弃。

　　老练的猎狗有时也会学到一些诀窍：它们用爪子推着刺猬向前滚动，推的时候很小心，以免爪子被刺扎伤，直到刺猬窝在里面喘不上气来，忍不住探出头来的时候，猎狗再猛然一口咬下去，利齿穿透这个缝隙，把刺猬的鼻子咬住，这样刺猬就落入了猎狗的魔爪。年幼的刺猬都是很有意思的小家伙，它们也用一模一样的方式把自己蜷起来，却无法蜷成完整的球状，在头部卷进去的地方会留有一道缝隙。虽然刺猬小心谨慎，躲藏得很好，在阳光的照射下很难发现它们的踪迹，但是随着草地上的露水越来越深重，夜色越来越浓时，你如果悄无声息地待着，就能看见刺猬跑出来，对人丝毫没有畏惧之意。在干涸的沟渠里等待的时候，常常有刺猬顺着沟渠的底部跑过来，发出细微的沙沙声，一直走到我的靴子这儿；然后，它又顺着沟渠爬到"岸上"，跑进草丛中捕捉它最爱的昆虫和别的爬行生物去了。

　　有些地方刺猬多得数不胜数。农场的家园附近有那么一两片草地，是它们最爱出没的地方，往往几步之内就能看见五六只觅食的刺猬。当周围一片寂静时，它们会快速穿过草地，动作迅速，敏捷度与表面上看来的样子完全不相符。农家的小伙子们若是找到一只刺猬，就会把它拎到池塘里，他们知道没什么能比水更能让刺猬自愿地舒展身体了——踢打绝对无济于事，只要遇到水，它们就会伸展开来。农场雇工偶尔也会吃刺猬肉，有些人若是猎到成年的乌鸦也会吃乌鸦肉,不过仅取食背上的部分,因为鸟儿并不美味。那些有吉卜赛人或半吉卜赛人血统的农工们好像对这种食物情有独钟。

在水曲柳树林的反方向,大约距离维克农庄以北半英里的地方,有一棵树拔地而起,高高越过水曲柳和橡树的树冠,看起来就像一艘抛锚或停在码头的帆船的桅杆,船体则隐藏在树枝里。这是一棵高大枯瘦的冷杉的树冠,细长的,可能已枯死的枝条几乎呈直角向四周伸展着。这棵树如同一个地标,从平坦的草地上望去,距离很远就能清楚地看到它。这棵冷杉就在前文我提到过的被圈起来的草地上,那儿是鸟儿和野生动物最喜爱的栖息之地。

鸟群追逐嬉戏,飞出水曲柳,掠过大路旁边的树篱,来到果园里。然后,它们穿过果园和公路,进入到另一片浓密的树篱之中,它们沿着树篱蜿蜒的相同方向前行,最后到达一小片被树木和小丘环绕的绿地,宽宽的就像拉长了的灌木丛。这片绿地大约方圆两英亩,不过看起来没有这么宽广:从公路上一眼能看到的部分大概不过一英亩,其余的部分是隐蔽的角角落落,深深地向下凹陷。也就是说,入口处不过六到八码宽,里面迅速收缩变窄。在这片绿地上,共有四五处这样的洼地。

这些角落都是流经山丘的蜿蜒曲折的小溪造就的。一条溪流水道极为曲折,绕过小丘左侧向前流淌;小丘右侧还有一条小溪，相比之下水流缓慢，河道笔直。这两道溪流在草地尽头相遇，汇合成一条水深流急的小河，灌溉着一片平坦开阔如平原的草甸湿地。溪流汇合处的小丘上生长着柳树，树篱中到处都是又宽又深的河沟，水流缓慢地流淌：这片区域就如同被护城河环绕。另一处，还有一片池塘，周围生长着茂密的枫树，这是牛饮水的地方。最近的民房也在几片草坪之外，附近没有人行道，所以这里极其安静。这些山丘、树篱、柳树林、小溪占据着与放牧牛群的地方几乎一样大的空间。

　　白天，有只苍鹭常常在这棵冷杉树上落脚，因为站在高处向四周望去，视野更加开阔，也不用担心会受到攻击。每当它从浅湖（它的一条支流就通向水曲柳林）飞往草甸湿地，它总是先飞到树上，仔细观察周围的环境，再飞向地面。苍鹭是一种异常警惕的禽类：当它在湿地上栖息时，总是在田野中央四处徘徊，远远离开猎枪的射击范围。每次冒险来到溪边之前，它都会在瞭望塔——那棵冷杉树上仔细观察四周的动静。即便已在小溪中，它也会时不时伸长脖子，关注岸上的情况。

　　为了方便马车通行，人们修建了一座简陋的小桥通向大门入口处，附近开满了野生的啤酒花，点缀着那里的灌木丛。枫树林背面的角落里有个池塘，水面倒映着垂柳，由于在背阴处，池水颜色深暗，看起来几乎是黑色的。一道狭窄湍急的水流从池塘流出来，汇入草地旁那条水流缓慢河道笔直的小溪。灌木丛里细长的茅草和灯芯草长得十分茂密，黑水鸡经常潜伏在这里，在靠近岸边几乎与水面齐平的灯芯草丛中筑巢。虽说刚刚孵化出来，背上还沾着破碎的蛋壳，但是只要受到惊吓，这些小鸡雏立刻就能冲到水里慌慌张张地游走。长大一点后，它们就会在岸边的迷你平台上爬来爬去，这些小平台是水鼠在池塘和塘岸之间来来回回跑蹿形成的。有时，它们也会站在折断的树枝上，这些枝条被自身重量压弯伸到了水里，但依然和茎干相连。这些小黑水鸡站在上面，绒毛被风吹起来，看上去就像一个个黑色的小毛球。

如果四周寂静无声，黑水鸡就会不时地游出水面，来到草地上。它们从水中钻出来到了陆地上的时候，姿态十分奇特，尾巴翻转向上，里面的白色斑点清晰可见。黑水鸡的喙颜色漂亮，与乌鸫一样，是一种"橘茶"色，根部则是深红的珊瑚色。池塘入口处的水清浅，可以清晰地看到淤泥中印下的黑水鸡的足迹。它们行动敏捷，擅长依靠速度和技巧在水中潜行——它们在水下左闪右避，就如在田野之中的野兔一样灵活，它们逃脱敌人的追踪时靠的不是振翅高飞，而是潜水游泳。它们蹑手蹑脚穿过浓密的绿色菖蒲丛，钻进水鼠们挖的洞，或是躲在岸边自然形成的树洞里。起飞时，它们用翅膀拍打水面，身体两侧水花四溅，拍打一会儿，就会斜斜地飞向空中，动作笨拙却相当有力。

它们总是在夜晚活动，来往于那片湖水之间，在漆黑的夜色中发出怪异的叫声。白天，它们在菖蒲间游来游去，穿过浮萍，在柳树和白杨的荫凉下躲避炎热的阳光，彼此呼唤时发出的声音倒是不那么难听，是一种类似"咕咕儿"的音符，还带着些卷舌音。夏天，它们只在繁殖地附近活动；到了寒冷的冬天，它们顺着小溪溯流而上，或在夜间飞行，但通常都会返回原来的栖息地。䴙䴘是一种身体细长的鸟类，潜水的速度比黑水鸡更快，它们也常常栖息在这片池塘附近。

　　小溪一侧的岸边，生长着坚果类的灌木丛，这里的坚果相对一般的要小。在潮湿的沟渠旁，在堤边的"浅滩"上，但凡是镰刀够不到的地方都开满了绣线菊那颜色浅淡的花朵。在闷热的傍晚，尤其是暴风雨来临之前，整片草地上都弥漫着绣线菊的香气。由于树篱浓密，中间的空气难以流通，这种味道也就愈显浓烈，几乎令人难以忍受。这时候快步走入开阔的原野，躲开这令人不快的香气和蒸腾的热气，就会感觉轻松惬意。不过若是在白天，在树荫下漫步，呼吸着甜蜜的花香就是一件颇为愉悦的事了——前提是你不怕蛇，因为在你脚下的草丛中，时常会有蛇在悄悄爬行。与更广阔的热带草原类似，这个地方温暖潮湿，也是蛇类大量出没的原因。此处有相当一部分草地淹没在溪水当中，洪水来袭时，由于小溪中长满了茂密的菖蒲，无法迅速地排水，溪水便肆意蔓延，将草地淹没了。

　　在几条小溪交汇处，有一片柳树林位于地势稍高的地方，因为虽然枝叶喜欢从根部得到充足的水分滋养,却不会愿意浸泡在水中生长。跨过沟渠,走进树林,拨开细长茂密的柳枝,你或许会看见小山丘上有一截被锯断的橡树木桩。躲在芦苇丛的荫凉里,你能感到顺着溪水吹来的阵阵凉爽的微风,在炎热的夏日里,聆听涓涓细流在耳边缠绵,是一件多么美妙的事情。

黑水鸡慢慢顺水而下,在菖蒲中四处觅食;苇莺在树篱中忙个不停;一只水鼠在洞口用前爪摩擦着脸颊,它的同伴从对岸悠闲自在地游过来,叼着一根细长碧绿的莎草,一端在嘴里,其余的部分就拖在水面上。水鼠就像是我们当地溪流中的海狸——有趣而又聪明伶俐,生活习性与生活在下水道的老鼠截然不同。你哪怕是手动了一下,它们也会察觉,立即"嗖"的一声坠入水中(不是纵身潜入),然后它们便沿水底逃走了,就像在干燥的陆地上一样敏捷。不过,几分钟之后,它们又会冒出头来,胆怯又机警地观察着周围是否安全。如果你在那里保持一动不动,它们也会慢慢游到距离你约一码远的地方活动。

在两条小溪的交汇处,有一棵树干中空的柳树,枝叶垂向池塘。两条小溪,一条水浅轻快,一条水深湍急,在交汇处形成一个漩涡,悬浮的泥沙和慢慢旋转的枯叶让池塘的水变成了棕黄色。池塘水面上有一条波浪状的线条,标出了两条小溪的界限,它们相互冲击,都试图将对方征服,随着水量的变化,这条线时而弯向这边,时而弯向那边。不过,池塘下面的水流始终缓

桦树林

慢地流淌着，裹挟着落叶和浸湿的黑色枯枝在水面上缓慢旋转，由于河道狭窄，表层的水流被迫互相冲击，水花四溅、滚滚向前。一条斜齿鳊在棕黄色的池水中游来游去，从因年久体衰而弯腰倾向池塘的老柳树的枝条下穿梭而过，在水面上荡起一道又一道闪亮的银色波纹。鲈鱼也来了，它们在水中静静等待着柳树上和灌木丛中的昆虫落入水中，等待着流水为它们带来的美食。

"嘘，别出声！"这是芦苇丛在风中沙沙作响，顶部摇摇摆摆——此时苇花呈红棕色，再过一段时间，就会变成纯净的羽毛般的白色苇絮。从下往上看去，纤细的芦苇优雅地随风摇曳，仿佛在以蓝天为背景，描绘一幅图案。芦苇和草丛里传来一阵低声细语：那是流水在低吟。远处，在湿地草甸的尽头，一片榆树林笼罩在黄色的薄雾中。

在草地左侧的角落里，有一棵病快快的铁杉树。土丘又宽又高，覆盖着厚厚的杂草，大部分已经枯萎了。这些枯草为狐狸提供了温床，隐蔽又安静，常有狐狸隐身其中。在常常被溪水淹没的土地上，生长着大片的水芹，一直蔓延到草地里，水芹长得如此繁茂，一旦水位降低，就可能被人们用镰刀收割掉。每到勿忘我生长的旺季，浅滩的菖蒲之中就会开满美丽的勿忘我花朵，而溪水缓缓流过，徘徊低回，亲吻着花草的根部。

大约在二十五年前，有位猎人曾在小溪交汇的地方射杀了一只他以为是苍鹭的鸟。后来才发现那并不是一般的苍鹭，让人仔细查看之后才知道那是一只麻鸦，属于受保护的物种。那是麻鸦最后一次出现在当地，即便在那时它们也已经属于珍稀野禽，十分罕见，很少有人能够辨识。如今，农业的发展彻底侵占了麻鸦的生存空间，它们已完全消失不见。

桦树林

第 *13* 章
养兔场

　　树干粗壮的大树下,树篱通常比较稀疏,需要定期修剪。在农庄田地的尽头,有一块通向水曲柳林的空地,不远处有一棵高大的橡树,那里的树篱就格外稀疏。爬上小山丘,穿过灌木丛,拨开丛林中长得密密麻麻的欧洲蕨,就会看到一个入口,一望无际、地势开阔的大草原就在前方,那就是沃伦牧场。这里与如今保留下来的用篱笆圈起来的草地截然不同。站在这里虽然看不到前面提到过的那片湖泊,但是湖面荡起的一阵微风,也会拂过平原一般的田野。

　　地面崎岖不平,一会儿向下陷入巨大的谷地,一会儿又上升至平缓的山脊,脚下的草地柔韧而富有弹性(这里的草地用放牧的方式修剪,而不是割草),放眼望去,和远处被绿草覆盖的山地几乎没有区别。由于地势起伏连绵,一眼望不到边,人们很难一窥田野的全貌,也使这片地区更显宽阔。站在地势低洼的谷地里仰望山脊,无法将其尽收眼底,越过山脊只能看到远处接连起伏,说明那边还另有一个山谷。两行高大的榆树彼此相距几百码远,四散零落的山楂树丛,树荫下的牛群,远处的树篱边吃草的绵羊,看来就像是野生动植物园的一角,只是这里更令人愉悦,更具有自然的荒野气息。

牧场的中心地区地势最为平坦,但就在此处地面陡降,突然出现了一个杯状的洼地。这个绿草如茵的塌陷可能是挖沙导致的——很久以前,洼地里的这片绿草也是生长在平坦的地面上的。站在洼地中,唯一可见的便是头顶的天空。这里还零星散落着去年的枯叶,它们被扫过平原的风裹挟着落到了这片洼地,如今虽褪去了颜色,变得干枯脆弱,却尚未腐烂。大蓟花的绒球掉落到这里,时而滚向这边,时而滚向那边:有的随风而飞起,有的则顺着地面滚动,粘在洼地里的花梗上。淡蓝色的风信子垂在细长的茎秆上,就如一颗颗低头沉思的脑袋,回忆着温情的过往。

现在,就让我们手脚并用从这个形似大碗的洼地一侧爬上去(这里的草皮干燥、松软),这一侧的边缘大蓟花蔓延如一道墙。透过大蓟花朝地面望去,只见高低起伏,到处都是低矮的土丘,有些小丘上长满了荨麻,有些小丘上只有一个个的沙土堆。这是一个巨大的兔子洞穴所在,是曾经覆盖半个田野的养兔场的残存。长满荨麻的土丘有被开凿过的痕迹,散落的沙子表明,矿工们最近就在这里工作过。四散在各处的小动物一听见脚步声,就会匆忙躲进洞里,但是等上不一会儿,它们就忘了附近的洼地里可能藏着敌人，然后十几只兔子全都跑出来，进入了猎枪的射击范围。虽然一天当中总会有那么几只动物跑进跑出，看看这儿，瞧瞧那儿，但不到傍晚，大部分兔子不会轻易出洞。

这里是猎杀兔子的最佳地点，不过若要开枪非得一枪致命，否则，受轻伤的野兔就会轻易逃脱。这里到处都是兔子洞，兔子只需跑上一码远，就能找到洞穴钻进去。被击中的野兔，只要能活过十秒钟，就能成功逃脱。若是耐心地观察（放下猎枪），暮色渐深夜晚来临的时候，会有比兔子稍长，体型也更大的动物偷偷潜出洞口，贴着地面潜行：这是一只獾。养兔场附近几乎总是会有那么一对獾出没，它们的居住地很容易被发现，因为它们常常在选中兔子洞之后，就开始深挖，洞外就会堆积着山丘般的沙土，就因为如此獾的数量越来越少，有的遭到射杀，有的被铁锹铲死。

脚下的土地才踏上去发出的声音有些空洞，可能大约半英亩的地下部分真的已经被挖空了。你不得不在这迷宫一般的地方艰难跋涉，洞口附近的土地几乎无法承受你的重量。从洞里挖出来的沙子有几马车那么多。在动物密集的中心区域外围，洞穴向四面八方延伸，在一百五十码之外还有一些星星点点的洞穴。如果用白鼬搜索此地的兔子洞必须格外谨慎，总要在白鼬身上拴上一条线，或是带它来这之前要让它吃饱喝足。否则，若是白鼬刚刚到达在洞口时你不及时把它抓住，看到那么多兔子它就会变得异常兴奋,渴望饮血吃肉,绝不会愿意再向前去寻找别的兔子洞了。

要想把白鼬从隧道纵横交错的地下洞穴里挖出来几乎是不可能的,只能派人在那里日夜看守,等它想要从一个洞穿梭到另一个洞,不得不从地面上经过时才有机会抓住它。有时,口渴会迫使它们到处蹿来蹿去;但这里地势高,气候干燥,附近没有水,而且饮血之后更加干渴。然后白鼬就会穿过一片空地,逐渐靠近树篱处,冬天一定能在这里的沟渠里找到水。所以,如果白鼬丢失了一段时间还找不到,最好到养兔场附近的树篱里去找找。

即便从那片洞穴遍布的地方走出去很远,走在这片土地也一定要留心脚下,因为草地里甚至草地上还隐藏着一些单独的兔子洞。如果一不小心陷进去,就会扭伤脚腕甚至导致骨折。大多数洞口的周围都有沙土,所以即使在黄昏时分也能看见。有些洞口没有沙土,但洞口边上长着草。有沙子的洞是从上往下挖出来的,没有沙子的地方是从下往上挖开的。兔子从老洞穴里向上挖,所以刨出的沙子就落在身后更大的洞里了。

在堤岸上也能看到同样情景,不过这些从内向外挖的洞不能完全被野草覆盖。这些洞相对而言都比较小,有些洞太小,令人怀疑兔子如何才能从这里跻身而出。其他隧道的出口之所以那么大,是因为兔子没办法用小厚板和小木棍支撑洞口,也没

养兔场

有工具能把沙子运出洞,所以,它必须把洞口挖得宽大,方便自己把身后的东西搬运出去。兔子确实能从很小的洞口爬进爬出。如果你走在满是坑洞的空地上,尤其是在夜晚,一定要小心不要踩进去,就算不受伤,至少你也会摔一跤。有些几乎已被废弃的老洞,因为被荨麻或是别的杂草遮挡,同样也很危险。

有些野生动物世世代代都生存在同一个地方,这一点在养兔场非常明显。虽然,它们每年都会被人类用白鼬追猎,一年里倒有六个月时间被猎枪射杀或是被铺设的陷阱捕杀——它们却依然在此地坚守。即使一月底大批野兔惨遭猎杀,到了九月这里的洞穴里又是一片生机。鼬鼠和鼫鼠也常常来到这里捕食,但贪婪的天性总是让它们自食其果,因为白天总会有人持枪经过此地,若是看到兔子一阵骚动的景象,就会在洞口等待鼬鼠或鼫鼠出现,然后一枪射向它。当然,这些动物也有可能会掉到陷阱里面,总而言之都不如躲在树篱里安全无虞。

这个大牧场的草与专门用来收割、晒制干草的草地上茅草的外观很不同。这里的草生长得更密,绿色也深浅不一,因为总有无数枯萎死掉的叶片。还有些地方草皮泛白,因为茎叶已被牛啃光,牛群过后,草种落地,汁液也越来越少,最后只剩干枯的草梗。初夏的时候,斜坡上的草地上会点缀着明黄色的条条块块,就像随意放置的一方方祈祷小地毯:那是百脉根,长得丰厚茂密,简直占领了这片草地。蘑菇也隐约随处可见:生长在距离树篱和树林较远的空地上的蘑菇通常个头很小,菌褶呈现出更精美的浅橙色。远处的榆树下可以找到更多品种的蘑菇,不过这些菌菇虽然可以食用,味道却不够鲜美。

湖水的一条分支流向田地,水流经过一个废弃了许久的采石场,陡峭的一面恰好面向水边,就像海边耸立的悬崖。下面的采石坑里已经长满了野草,大蓟和荨麻也已经将被人丢弃的一堆堆垃圾覆盖了。陡峭的难以攀爬的坚硬砂石围墙也被细小的植物染得一片绿莹莹。石墙边缘的上面有一条淡淡的红棕色条带——这是滋养野草的泥土,土层下面的沙子之中有些零散的小石头,它们在风吹雨打中逐渐松动下滑,顺着陡峭的山崖滚落下去。再向下,沙子硬化了,几乎如石头般坚硬,最后彻底变成了石头,不过工人没向下挖多久,就到了与湖水的水平面持平的地方,水慢慢灌了进来,逐渐形成了一汪一汪的池塘。

池塘周围长满了水草,偶尔有蝾螈游出水面。在陡峭的砂石悬崖上有许多紫崖燕挖的小圆洞,说明这里一定有很多燕子。在但凡能容四足动物通过的狭窄平台上,野兔都挖了更大的洞,有的洞穴向上与开阔的田地相通,从洞口到峭壁的边缘竟有几码之高。有时候也会有绵羊顺着这些小平台阶梯爬上来,它们比看上去的样子可要灵活得多,让人觉得至少在这种天性上它们可以与山羊匹敌。即使在不安全的地方,它们也能安然无恙:只有它们从悬崖上往下走的时候才有些不可预知的

养兔场

风险,如果只是从崖底向上,就不会有危险。在采石场常能看见一两只斑鸠——有时落在小坑洞里,有时停在高高的石壁上,金翅雀也常常造访此地,因为这里生长着成片的大蓟花。

在矿坑和湖之间只有一条狭窄的沙子和石头筑成的河堤,上面早已覆满了杂草。躺在草地上,顺着宽阔的水面向远方望去,视线几乎与水面齐平,感觉就像从顺着枪管向前看一样。远处,红棕色的牛群待在深可及膝的水中,微风拂过,水面泛起道道涟漪,反射着刺眼的细碎光芒。牛群就如置身于流动的金河,此情此景如梦如幻。

一条始于维克山庄的小路,穿过田地,越过远方的丘陵,径直通向一片森林。你可能从森林旁边经过却完全没意识到它就在附近,因为山坡上星星点点的几棵树丝毫不会引起人们的注意。没有任何标记指出树林的终点:树干细小,彼此相距较远,生长的地方也毫无规律,由于是自然形成的,这些树看上去只不过是丘陵上的一小丛罢了。不过这片树林一定有个边界,只是距离很远且隐藏不见:边界就是那条满是鳟鱼的小溪,它从狭窄的山谷中蜿蜒流过,被插枝育苗的柳林苗圃以及被砍了树梢的柳树遮挡住了。

沿着斜坡向上走,脚下的棕黄色草地踩上去有些打滑:这些细长的干草在秋天临近的时候总会给人这种感觉。一片片互不相连的山楂树林——就像相隔很远的一道道树篱——成排栽种在上升的地面上。顺着山楂树攀缘而上的野葡萄藤正在枯萎——其中的一枝藤蔓上还开着小花，白中透着淡淡的绿意，其余的则已长满沉甸甸的浆果。旋花的花枝光秃秃的，叶子几乎已经掉光，却也有最后一朵花仍在绽放，孤零零挂着一朵带有粉色条纹的小铃铛。秋天随心所欲地对植物们着装打扮，它总是让大部分树篱都保持一种沉闷的绿色，只把其中最突出的一棵染成金黄色。在丘陵顶上的草丛中长着几束凤尾蕨，格外醒目；然后就轮到了最重要的树，散布于各处的山毛榉刚刚染上淡淡的色彩。山毛榉的树干虽然光滑却不甚规则，也不够挺拔高大——山谷边缘的蕨类植物和树木都长得矮壮，也许是因为它们要承受横扫丘陵的西边吹来的寒风的冲击，长得太高就容易被摧折。

最开始的二百码路，走起来相对容易，因为这里蕨类植物和灌木比较稀疏；但继续向前，茂密的绿色植被就如一道厚厚的墙高高耸立在眼前。越向密林深处走去，要想拨开始终密不透风的欧洲蕨，就变得越艰难辛苦。若要穿越密林，几乎没有别的选择，只能走那条狭窄曲折、人迹罕至的小路，沿途生长着绿草青苔，树叶散落一地，四面都是密不透风的灌木丛。我不知道这条小路会通向何处，虽然它一定会有方向，却没有任何指向标。在这条路上，即使再敏锐的方向感也会立即消失，环顾四周，眼前只有蕨类植物、灌木丛和树木，这时候你才会明白，这

养兔场

里其实是一片森林，而不是一片树林，置身其中简直难以看到任何阳光，外部的光线很难透过水曲柳林照射进来。

还有别的狭窄小径——如果无人经过也可以被称之为路径的话——从最初的那条小路分出来，向前方一路延伸，到了最后，人们也难以分辨到底哪条是最初的路，哪条是分岔的小径。最初的那条小路早已从视线中消失：因为这里的欧洲蕨与肩等高，阻挡着我们的视线，很难看到另一边的景象。最后，我们终于在一棵巨大的橡树下找到了一片宽敞的圆形空地，大小恰与树冠伸展所覆盖的范围一致。深绿色的野草和墨绿色的青苔如同一块毯子铺满地面，上面落满了厚厚的一层棕色落叶和从杯子状的花萼中掉落的橡果。这块空地四周环绕着一道欧洲蕨树丛：因为小径本身就是绿色，此时已与茫茫绿草融为一体，难以辨识。

好几条这样的小径在此处交汇——到底该走哪一条呢？只能随意选择一条，至于对错就全凭运气了。再次进入到密林之中，这里生长着高高的欧洲蕨，长满棘刺的灌木丛和低矮的枫树林，但奇怪的是这里完全没有任何野生动物出没的迹象。既没有受惊的鸟儿从枝叶间飞出来，也没有兔子在小径穿梭。因为如今森林与田野类似，有些地方仍有人类与动物出没，有些地方却已经被废弃，只是偶尔有些过往的路人造访。走着走着，欧洲蕨突然就消失了，道道小径也在一片茂密的山毛榉树林前失去了踪迹，好像山毛榉的落叶和果实抑制了别的植被生长。

随着地平面渐渐升高，欧洲蕨、灌木和矮林再次出现在眼前，只是这里的树木长得更细，彼此之间相隔也更远。这些树大多是橡树，喜欢彼此独立，庄严挺拔。有棵橡树已经枯死，孤零零地耸立在一片矮树丛之中，树下则是一片开阔的空地。这棵橡树的树干呈灰色，高大粗壮，但已经开裂中空，高处尚有一根树枝直指天际：树枝也已枯死，仅剩的几片棕黄色的叶子宣告着它曾在这世上挣扎存活。尽管橡树业已枯死，如今它仍然掌控这片地区，树干周围的空地表明它曾如何遮天蔽日，禁止别的树种生长。前面还有更多的橡树，然后就是一条宽阔的山毛榉林带，再向前走，就立刻进入了一大片开阔地带。

这地方不大，大约只有一箭之地——草地平坦，周围生长着一排排的长尾树，枝繁叶茂，垂到已泛着棕黄色的草地上。草地中间只有一片茂密的灌木丛。这里的夜晚与其他地方一样寒冷，白天却如夏天一般闷热，因为树木和灌木丛密不透风，不过树叶却已呈现出最美丽绚烂的色彩。欧洲蕨的茎干颜色发黄，叶子的颜色却丰富多彩，从浅绿、金黄到两色混合产生的青铜色，不一而足。山楂树的叶子多为浅黄色，有些叶子透着点红色，有些几乎完全变成了黑色。枫树林闪着金色的光芒，山毛榉树林则是一片橙红色，远处的树林也是一样，从最高处的树枝到最低处的枝叶，全都呈现出层次丰富的棕褐色。橡树也变成了褐色或淡黄色。不过,这些颜色彼此融合,差别细微,难以分辨,更难以形容。

　　不久之后,森林里传出了声响,出现了活动的迹象,一切都表明这里孕育着很多生命。一般情况下,若想观察到更多动物,你无须走到一两英里以外的地方,只要在一处地点静静等待即可,因为大多数动物都会一动不动地躲藏在某个地方,一听到脚步声,就会立即消失不见。这时耳边传来一阵微弱的拍打声——听起来似乎近在咫尺,事实上距此还颇有一段距离。这时,一只啄木鸟飞过这片空地,姿势奇特,忽上忽下,如同波浪一般。不久,第二只也从这里飞过——许许多多的啄木鸟分散在森林的每个角落。左方的林木间传来一阵"嗒嗒嗒"的声音——这是斑鸠在"搬家"。这会儿它一定安顿下来了,因为又能听到它那略显空洞沉闷的鸣叫声了,斑鸠喜欢在栖息时刻欢叫歌唱。森林深处传来一阵刺耳的尖叫和聒噪声,那肯定是永不安宁的松鸦。这时飞来一只槲鸫,落在头顶的树枝上,发出刺耳的声音,就像在摆动着一面拨浪鼓。但是,它只停留了片刻就飞走了:槲鸫是警惕性最高的鸟类之一,马上就能察觉是否有人在附近。一只喜鹊从草地飞过,不见了踪影。

　　那边的草丛中有个正在移动的东西吸引了我的眼球,这是一条红褐色的毛茸茸的尾巴,可是看不到身体,尾巴高高竖着,正在慌慌张张地从这边迅速跑到那边。突然尾巴垂下去了,这时小松鼠竖起身体,拱着前腿,仔细聆听周围一切可疑的动静,看起来就像是一只袋鼠。然后,它又重新开始在草地上四处觅食,人们只能看见高高的草丛中露出的尾巴。现在,它轻快地跳着,跳起来的时候,尾巴向后伸展下垂,整个身体如同一道拱门。朝一个方向前进了十几码远之后,它突然停了下来,一个急转身又沿着原路返回了。在更远处的树下,还有两只正在嬉闹玩耍的松鼠,一只兔子则来到这片空地上吃草。

举目朝草地的另一方望去,可以看到草地上又开始出现蕨类植物,当然那边也有动静,就好像有人在晃动树枝。不过我转念一想,那个位置好像不可能与任何树木相连啊。正在此时,又是一阵晃动,一只牡鹿伸长脖子,从蕨类植物中冒出头来。它正在撞击一棵树——鹿角与一根低矮的树枝相互摩擦,很像正在与树枝搏斗的样子。它与我相距不过一百码远,应该很轻易就能靠近它,当然,一定要非常小心地悄悄尾随,然后就可以跟着它从一枝树干到另一枝树干,一直来到山毛榉树林。

松鼠纵身一跃就跳到了离它最近的山毛榉树上,虽然看起来没什么低矮的树枝或是可供攀爬的突起,它却绕着树干攀缘而上,动作迅速,毫不费力就到了树上。突然,耳中又响起了一阵惊人的"嗒嗒"声,原来一只斑鸠已经悄无声息地飞回来了,就落在附近的一棵树上。这会儿突然骤然高飞,惊动了四周。但是,这只鹿显然已经习惯了这种声音,对此表现得无动于衷。山毛榉下的灌木丛格外稀疏，地上只有一层厚厚的果子和干枯的树枝，若是脚踩上去，就会发出咔嚓、咔嚓的响声。

一只黄鼬猛然蹿过，几乎碰到了我的脚，它正在紧张地追赶猎物，根本无暇看路。黄鼬一边全力冲向蕨丛，一边发出令人惊讶的奇特吠声，很像是我们用来命令马匹奔跑时，嘟起嘴唇发出的声音。要想捕捉黄鼬，这些地方显然是最佳地点。

到了春天和夏天，这里的杂草、三叶草和谷物长得格外高大浓密，隐藏着鹧鸪和别的鸟类的巢。黄鼬和白鼬常在田野之中到处晃荡，因为庄稼的掩护很少会被发现，不但安全，还一定能觅到一顿佳肴。那时候，你若透过树篱的缝隙，或是从玉米地的入口处看过去，至少也能看到一只。夏天，在早晨散步时，我常常能在这条路上看到两三只鼬鼠。小兔子当然也是鼬鼠捕猎的美食。不过，一旦谷物被收割完毕，你即便在这里等上一天，也可能连一只鼬鼠都看不到。它们都已跑到杂草丛生的丘陵地带了，那里有草地，有树木，有森林，整个冬天，它们都会待在那里捕食狩猎。

牡鹿还在静静地进食，此时距我已不到五十码远，它刚一发觉有人靠近，就立即跑开了。牡鹿若是跳起来，身体完全能越过高高的蕨丛，虽然你还是想要追赶它，却一定会徒劳无功。再往前走，草地远远落在身后，再次出现了一条两侧蕨类植物高耸如墙的小径。再向前走去，小径就变成了一条宽阔的绿色小

夜莺

Edward Donovan, *Nightingale*, 1791

　　周围一片寂静,夜莺站在树枝上歌唱,没有丝毫胆怯,它离你不过三码远,甚至能清晰地看到它的喉咙随着音符鼓动起来——歌声时而宛转颤动,时而甜美低沉,接下来又可能是流畅明亮的"喳喳喳"的乐声。

金雀花

William Curtis, *Spartium Jungeum. Spanish Broom*, 1787

在极为闷热的夏末日子里，金雀花的花丛中时不时传来
噼噼啪啪的声音，就像植物的某个部位，或许是种子，正在
爆裂开来。

凤
尾
蕨

Edward Joseph Lowe, *Pteris*, 1855

　　阳光照射在鲜嫩碧绿的凤尾蕨上，光滑的锯齿状叶片就
会闪闪发亮，不过一旦走近细看，这光芒便会消失不见。

刺猬

Charles d'Orbigny, *Hedgehog*, 1849

　　有些地方刺猬多得数不胜数。农场的家园附近有那么一两片草地,是它们最爱出没的地方,往往几步之内就能看见五六只觅食的刺猬。当周围一片寂静时,它们会快速穿过草地,动作迅速,敏捷度与表面上看来的样子完全不相符。

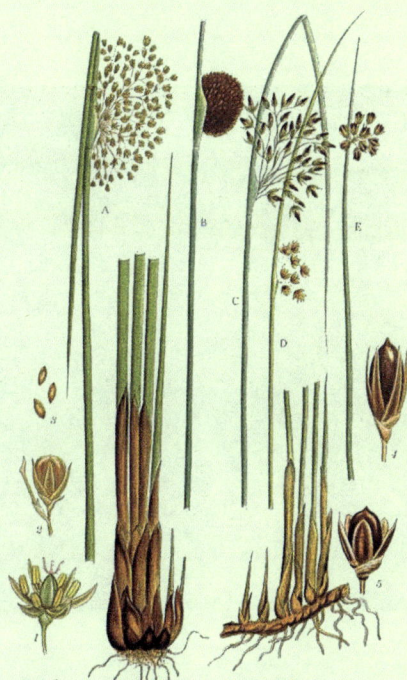

灯芯草

A. VEKETÅG, JUNCUS EFFUSUS L.　　B. KNAPPTÅG, J. CONGLOMERATUS L.
C. BLÅTÅG, J. GLAUCUS EHRH.　　　D. TRÅDTÅG, J. FILIFORMIS L.
　　　E. FJÄLLTÅG, J. ARCTICUS WILLD.

Carl Axel Magnus Lindman, *Juncus arcticus*, 1901-1905

　　灌木丛里细长的茅草和灯芯草长得十分茂密，黑水鸡经常潜伏在这里，在靠近岸边几乎与水面平齐的灯芯草丛中筑巢。

William Shayer (1787-1879), *A Shady Corner*

牛
群

　　两排高大的榆树彼此相距几百码远,四散零落的山楂树丛,树荫下的牛群,远处的树篱边吃草的绵羊,看起来就像是野生动植物园的一角,只是这里更令人愉悦,更具有自然的荒野气息。

白
鼬

Edward Donovan, *Ferret*, 1820

　　在动物密集的中心区域外围，洞穴向四面八方延伸，在一百五十码之外还有一些星星点点的洞穴。如果用白鼬搜索此地的兔子洞必须格外谨慎，总要在白鼬身上拴上一条线，或是带它来这之前要让它吃饱喝足。

白嘴鸦

William Lewin, *Rook*, 1795

　　白嘴鸦的翅膀十分有光泽，它黑色的羽毛反射着阳光，就像一面被打磨的镜子。觅食时，它们的步伐庄严而又稳健，和结伴而行的八哥形成了鲜明的对比。

路,也更容易通行了。但是,这条路到底通往何方呢？因为现在它出现了分岔,一分为二,然后岔路口又一次隐藏在浓密的枝叶之中了。嘘！那是什么声音？这声音似乎来自四面八方,可我却什么也看不见。

经过一个急转弯,前方出现了一道狭长的山谷,绿草如茵,鹿群遍布。这些鹿三十一群,五十一伙儿,都在低头吃草,在更远一点的地方,还有一群鹿,至少有一百头之多。站在树后面观察鹿群吃草,应该是一件十分轻松惬意的事情,只可惜转念一想,马上就要到下午了,是不是有可能迷路啊？我们似乎从未担心过这个问题,然而此时,我们的确迷失了方向。

在这里不可能循着别人的足迹走,因为此地小径纵横交错,复杂异常,到处都是岔路口。这里也没有什么地标可寻。或许,爬到山谷另一边的高地上,就能看到全貌,找到方向。我们从山谷爬到地势开阔的高地上, 整个鹿群也慢慢向森林移动,从视野中消失了。从山丘上环顾四望,唯一可见的便是树木。这条绿色的路是仅存的希望,耳边又传来了"咔嗒、咔嗒"的声音,很像是棍棒或长矛发出的声响,还有奇怪的哼哼声。原来是雄鹿在相互搏击,这时候靠近它们可是十分危险,很容易受伤。但是时间一分一秒地过去了,天色渐晚,如果不能很快找到出路,我们恐怕就只能等到褐色的山鹰掠过树林时,才能离开了。

这时传来了叮叮当当的铃声,我们搜寻了一番,发现原来

养兔场

是两三头奶牛,其中一头牛的脖子里挂着个铃铛。它走过来,还不时调皮地用头部顶撞其中的一个同伴,互相蹭一蹭。接着哼哧、哼哧的声音也越来越响了,但这又与之前搏斗的雄鹿发出的声响不同——这次很容易就能辨别得出是一群猪在找寻榉实和橡果。令我们感到庆幸的是,养猪人紧随其后——这个小伙子帮我们指出了通往最近的森林边缘的路径。

离开猪群之后大约半小时,我们发现地上蹲着一只兔子,一动不动,头朝一侧耷拉着。它根本没有注意到我们靠近,因为它已奄奄一息。它的一只耳朵后面残留着一丝血迹——那是黄鼬咬的。刚才黄鼬一定是听到了我们的脚步声,迅速逃离了现场。很快,这个可怜的小家伙原本明亮的眼睛就会蒙上一层薄膜,出于对它善意的同情,就让我们用手杖给它头上狠狠敲上一下,让它免受这漫长的死亡来临前的痛苦吧。再向前走上一百码远就是个出口,外面是一大片耕地。我们刚刚走近出口,突然一只鹞子猛地朝着与森林连接处的树篱俯冲下来。一大群麻雀立刻从麦茬地腾冲而起,恐惧地叽叽喳喳叫着飞往树篱的方向,寻找可以藏身的地方。但是,有只麻雀逃得太晚了,最终落入了鹞子的魔爪。远处有一排麦垛,上面覆盖着最近刚刚收割的新鲜的茅草,颜色与农家干枯的褐色茅草屋顶形成了鲜明的对比。前方的路愈加明朗起来,不久就能喝到味道清爽的麦芽啤酒了。

第 *14* 章
鸦 巢

牧场的榆树林中逐渐形成了一座白嘴鸦城(在维克农庄附近的沃伦地区),由两部分组成;一片几百码宽的草地把树分割成两排。但生活在这里的动物都或多或少保持着某种联系,因为它们总是成群活动,十分友好。几棵孤零零的榆树是它们中途交流的地方,每棵树上都有一两个鸟巢。除此之外,鸟儿也在橡树上筑巢,三四个一组,彼此相邻。更远一点的地方,在曲柳林附近,鸟巢则更多,那儿的鸟儿独自生活,似乎是被驱逐或迁移到那里的。

早期时候,人们经常在山顶挖壕沟、建栅栏。对白嘴鸦来说,树就是山,保护它们免受敌人的侵袭。两条主路上的木屋比城区外围的房屋更为古老。远离城区的房子又小又薄,只能居住一两个季节。白嘴鸦在偏远的地区筑巢前,也是谨慎选择,弃此求彼。但鸟巢越来越高,也更大更密集,因为每年都有新生的树枝。这些树一定承受着巨大的重量。

选择在哪根树枝上筑巢需要很高的技巧。首先,树枝必须有足够多的分叉,既能承受自身的重量,又能给旁边的树枝以支撑。其次,这根树枝必须是垂直的,这样能减少它随风摇摆的幅度。第三,鸟巢上方需要有一片开阔的空间,以便每年进行扩建。因此,鸟巢最好建在树顶或外层,那里的树枝较小,空间较大。第四,树枝不能过硬,要有柔韧度,能随微风轻轻摇曳,否则,鸟巢很容易被大风吹走。第五,这根树枝不能与其他树枝相互摩擦,以防折断。最后,还要看与其相邻的树枝,白嘴鸦喜欢站在上面,呱呱叫着吸引同伴,或给幼鸟喂食。

白嘴鸦总是不满意筑巢的位置,因为它们很难找到十全十美的树枝。在选择树枝时表现出的独具匠心是很奇妙的;狂风大作时,鸟巢随树枝摇摆,鸟儿栖息在邻近的树枝上,上下摆动,就如海浪中漂泊的小船。如果树枝不会彼此碰撞,重重打在鸟巢上,鸟巢几乎不会受到破坏;在某种程度上,时间越久的鸟巢越稳固,或许是因为它们更重一些。有时,在冬天,没有树叶的保护,猛烈的风把鸟巢吹翻在地,它在掉落的过程中撞到其他树枝,又摔到地面上,但依旧完好无损。

榆树是白嘴鸦最喜欢的树,橡树和水曲柳虽然也是不错的选择,但只要有榆树,它们就不会选择其他的树种。一般来说,榆树比其他树种长得高,它们总是成群成排生长,所以,白嘴鸦能在那里筑很多巢,相伴而居。榆树的高度确保了白嘴鸦的安全,最能满足它们的要求。

白嘴鸦在一个鸟巢生活几年之后——也许它只能记住几年——会突然遗弃这个巢；它们不去修补旧巢，也不再筑新巢。即使在暴风骤雨中，老巢渐渐松散，一点点掉落，它们也不会在意。然后人们发现，那棵树很快死掉了。树叶几乎全部掉落，仅剩的几片也在仲夏来临之前枯萎变黄；树枝渐渐衰败，被风吹落，随风飘零。

　　如果仔细观察，毫无疑问，我们在白嘴鸦抛弃鸟巢之前，就能发现树木衰败的迹象，但那些每天路过这里的人，很难发觉这细微的变化，或者，即使他们发现了，可由于自然变化是一个极其缓慢的过程，我们已经对树下生长的菌类植物习以为常，也会把树干腐烂、开裂当作经常发生的现象。最后，白嘴鸦放弃了那棵树，事实也显而易见。它们的巢很重，建在精力补充不足的树枝上是很危险的；除此之外，还要承受巢中鸟儿，和偶尔在旁边栖息的鸟儿的重量。干枯的树枝会越来越硬，即使在大风中也不会弯曲，这同样危险。只要树枝能轻度弯曲——幅度无须过大——鸟巢在强风中也不会受损。一旦树枝变硬，鸟巢较宽的那一面就无法弯曲，因此极易被风吹落。

　　虽然鸟巢很高，但我们很容易就能看出里面有没有幼鸟，因为它们会不停地发出叫声要食物。喂养这些贪婪的小家伙很费工夫，需要老鸟在那个季节表现出不惧困难的精神。只要数一数有几个鸟巢传来了白嘴鸦的叫声，再观察一下它们捕食了

鸦
巢

多少猎物，就能大致确定它们的情况。最后一个传来叫声的鸟巢是我们在打猎时要避开的，因为幼鸟不会同时长大，有十几只鸟儿通常会晚一两周才会变成熟。

幼鸟飞出鸟巢之后，时而在树上栖息逗留，时而在树梢间飞来飞去，打猎的时节到来之前，它们不能在这里停留太久，否则很容易迷路。几天的时间，树林里可能已是另一番景象。所以，有时人们期待满载而归，却不能如愿以偿，尽管已经清楚地知道了鸟巢的数量。幼鸟很快就学会了拍翅起飞，这种天性让它们到处飞翔，而不是故地长守。

有人认为老鸟一直在努力引诱幼鸟离开，因为它们知道即将发生什么；或许有人会问，对那些更小的鸟儿是否也是如此呢；在我看来，当幼鸟学会长久地飞翔，能轻轻松松飞过田野的时候，老鸟确实试图引导它们。在打猎的季节，如果你靠近白嘴鸦，和它保持着一定的距离，你可能会看到两只老鸟，两边各有一只幼鸟，用尽全力叫着。幼鸟可能站在地面上，也可能在矮树篱上，老鸟显然正努力让它们离开。然而，它们没有认识到唯一能做的便是——自己飞一小段距离，再等候幼鸟，这时，幼鸟一定会追随其后。

如果慢慢靠近这一家四口，两只老鸟一看见你的枪就会立即飞走，几秒后，幼鸟也会跟着离开。至于它们的叫声，幼鸟可能不明白是什么意思，因为它们还没有学会自己的语言。

威尔特郡的乡野生灵

旁观着老鸟的行动,让人不禁想起第一枪打出去后,老鸟立即惊慌逃窜的样子。枪声响起时,偶尔会有一只老鸟留在原地或附近,这一定是一种精神上的鼓励,因为在所有鸟类中,白嘴鸦最害怕枪声。它们从小就接受了枪火的严峻考验。能够成功逃脱的鸟大多成熟的早,有的在打猎的季节来临之前就飞走了,有的具备了足够的飞翔能力,能在第一时间跟随父母飞到安全地区。因此,它们目睹了同胞被猎杀的场景,这样的教训,它们不会忘记。

一般情况下,幼鸟飞出鸟巢时总是左顾右盼,然而,一旦被赶出鸟巢,或被枪声惊吓,它们不会立即飞向开阔的田野或空地,而是对生活的地方恋恋不舍,好像只有旧巢才能给它们遮风挡雨。一段时间之后,幼鸟开始意识到生活中潜伏的危险,持续了近半小时的枪声,让鸟儿四散逃窜,有的躲进树枝里,有的钻进远处的树篱中。第二天,在离鸟巢一英里左右的地方,它们被追赶,被杀害。老白嘴鸦几乎不会被射中,正如前面提到的:它们飞得很高,子弹根本打不到。那些被杀害的鸟,大多怀着能营救幼鸟的希望,徘徊不前,被误认为是幼鸟而中弹。

幼鸟很容易识别,它们飞得缓慢而犹豫,不知道去哪里,也不知道要做什么。栖息在树上的幼鸟更容易辨识。它们朝大树飞去,在枝叶间飞来撞去,与其说它们选择了一根树枝,不如说它们是掉落到上面的。老鸟则知道自己喜欢什么样的树枝,总

鸦巢

是小心翼翼地落到树上，就像不想弄乱自己的羽毛。靠近鸟巢的时候，你无须等待，因为那里一定都是幼鸟；但据观察，老鸟总是在不远处守护着它们。老鸟也有被误捉的时候——第二天，当猎人再次来到这里时，往往是幼鸟老鸟一起捉。老鸟不会待在那里，给你瞄准的机会；如果你朝它开枪，一定会打在翅膀上。但幼鸟不会到处飞，即使它的翅膀被射中烧焦了，它也能沿树枝跳一两码远。

它们被子弹射中后，会紧紧抓着树枝，浑身颤抖，看起来就像用爪子钩着树枝或肌肉紧绷着悬挂在那里，直到被子弹从下面击中，或树枝折断，和鸟一起掉到地上。幼鸟的羽毛十分柔软，羽茎也没有老鸟那般坚硬，猎杀白嘴鸦无须长时间瞄准，也不需过多子弹。

打落白嘴鸦之后，在鸟巢附近，负责收集战利品的人们小心翼翼地搬着鸟；他们把它放在野蔷薇上，引来一个小男孩的围观。白嘴鸦很容易滋生寄生虫，用不了几分钟时间，寄生虫就会从白嘴鸦的腿部爬到你的手上，刺激你的皮肤，但这种感觉只是暂时的；因为，这些虫子一旦离开鸟儿，就活不了太久了。

虽然鸟巢里的白嘴鸦难以靠近，但有时依然会被偷。年轻的工人会爬到树上，即使树木高大粗壮，很难抱紧，而且树枝稀少，仅有的小树枝也有一定的高度。因为为了让榆树挺拔地生长，人们经常把大树枝砍掉。大树枝被修剪以后，即使捕鸟的人爬到树上,也很难轻易靠近鸟巢。为达目的,人们偶尔也会借助一些工具。因为榆树太过引人注目,偷鸟的人一般不会在白天行动。所以,他们会在漆黑的夜色中行动。为防止老鸟发出声音,引起注意,他们还会带一盏灯笼,因为灯笼发出的光会让鸟儿保持安静。它们在光线下会停止鸣叫。

偷鸟的最佳时间在打猎之前,因为只有会飞的幼鸟味道才更美。人们一般会选择打猎的前一个夜晚,用一些小把戏把老鸟引开。如今,偷鸟的行为已经不像曾经那样频繁了。在乡村生活的人不愿看到年轻人随身带枪,因为他们一旦得到机会,就会向老鸟开枪(通常还会把它吃掉),不管在什么季节,也不管鸟儿是否在筑巢。

那些成功逃脱猎杀的幼鸟,似乎有父母喂食,在掌握了飞翔的技巧之后,就跟随父母出去觅食。我们很容易得知,幼鸟什么时候在田野上成群结队地觅食。乍一看,它们似乎毫无秩序,各自独立。但几分钟后,就会发现,它们每三只一组,彼此靠近。这是一家三口在找食物吃。幼鸟通过观察,学习在哪里能找到最好的食物。在七月末,这样的场景更为普遍。

除了那些侥幸逃脱的幼鸟之外,还有一些鸟儿,由于出生较早,具备了很强的飞翔能力。有的鸟巢比其他鸟巢建得早,虽然那正是鸟儿离巢的时间,但它们存活了下来,因为枪声会惊扰整个鸟巢。因此,白嘴鸦都喜欢提前孵化。

鸦巢

几个月后,它们又陷入了慌恐。九月一日,枪声四起,它们无论是飞行还是躲到树上,无论转向哪个方向,都是危险的。

白嘴鸦的翅膀十分有光泽,它黑色的羽毛反射着阳光,就像一面被打磨的镜子。觅食时,它们的步伐庄严而又稳健,和结伴而行的八哥形成了鲜明的对比。它们从不在树上站岗放哨,观察敌人的动向。它们总是集体在地面活动,如果有几只恰好在树上栖息,它们也会很快飞下来。如果你穿过树篱,来到背风处,来到鸟儿无法听到脚步声的地方,就很容易靠近它们——有时,如果它们在树篱附近觅食,你能走到离它们不到三四码远的地方。当然,如果白嘴鸦恰好在树上,就无法如你所愿了。但它们不会因此守卫在树上。

一般来说,白嘴鸦在草地上比在耕地上更为安逸。因为在耕地上,它们容易被击中;有时,人们会通过放空枪,大声喊叫或拍手的方式恐吓它们,保护农作物的种子。然而,他们的努力常常落空。如果他在田地的一侧,想赶走白嘴鸦,鸟儿们只会慢悠悠地飞向远处的另一个角落,他刚一离开,鸟儿就又会飞回来。鸟儿清楚地知道,只要它们和人类保持一定距离,就不会受到伤害,但一次次地来回驱逐,让鸟儿越来越警觉。在草地上,它们很少受到枪击,胆子也就更大些。

同样值得一提的是,白嘴鸦能清楚地分辨猎枪和手杖。如果你胳膊下夹着一支枪来到草地,发现一群鸟儿在觅食,它们会马上停下来,密切关注你的动静,如果你慢慢接近,它们会径直飞走。但如果你只拿一根手杖,并且能恰当地使用它,有时,你能走到距它们大约三十码的地方而不引起它们的注意。但如果你把手杖举起来,指向离你最近的白嘴鸦,它会立即发出惊恐的叫声——虽然它知道那不是枪——然后贴近地面飞行,飞到它认为安全的地方。鸟儿通常在你举起手杖之前就一齐飞走。因为,没有任何野生动物能像人类一样指向它们:你可以随意摆动手杖,但只要你指向它们,它们就会飞走。狗也是如此,在这种情况下也会感到不安。

秋天,当白嘴鸦尽情享用果子时,人们很容易就能靠近它们。它们经常叼着果子飞行。有时,成群的白嘴鸦——大约半英亩大的一群——会飞到广阔的草地,把草从根部拔出来寻找它们最爱的甲虫。

那里的草被棵棵拔起,它们一口能咬住多少就拔出多少;春天,它们穿过草地——并不是所有草地,而是能找到它们喜爱的食物的那一片——它们经过的地方,留下了草地被破坏的痕迹。白嘴鸦除了消灭了犁沟附近的甲虫等大量害虫外,似乎还保护了未成熟的玉米,因为它们经常出没在即将变黄的麦田中;适量的鸟儿对庄稼利大于弊。

秋天,人们偶尔能看到白嘴鸦停落在草垛上;它们把茅草屋顶上的草叼下来,破坏了屋顶;因此,人们常常把黑瓶子放在

鸦巢

上面吓唬白嘴鸦。据说，它们还会叼出打谷机旁余下的稻草，吃麦穗里的谷粒；但这很值得怀疑。可能是麦秆里的虫子吸引了它们吧。

如果你经过一群正在觅食的白嘴鸦，离你最近的白嘴鸦总是表现出犹豫不决的样子，让你无法确定它们是否会飞走。它伸长脖子，身体前倾，好像要跳起来，但又停下，发出疑惑的"呱呱"声，然后看着你，跳起来，翅膀一张一合，又飞落了几英尺，接着又"呱呱"叫起来。最后，如果你走向它，它会再次飞起来，拍打几下翅膀，飞落到十几码之外的地方。

有时，成群的白嘴鸦静静地在空中一圈一圈飞行，越飞越高，达到一定高度后，就慢慢随气流漂移。它们飞上高空是天气转好的预兆。有时，它们的姿态十分奇怪。它时不时伸展翅膀，姿态僵硬，头朝下降落，左右晃动着，就像一张飘落的白纸。它降落的速度很快，似乎落到树上或地上就会摔得粉碎；但会在最后一刻调整自己，自如的飞上飞下。有时，两三只白嘴鸦会同时出现，其他白嘴鸦在空中盘旋；如果那些降落的鸟发出咯咯的叫声，人们知道，大风即将来临。

白嘴鸦和其他翅膀宽大的鸟一样，即使在微风中飞行，也会偏离方向。鸟喙指向的方向是它们前进的方向，但如果仔细观察，就会发现，这和它实际飞行的路线是有偏差的。所以，有时，白嘴鸦似乎径直朝你飞来——就像它不可避免要飞过你的头顶——但它却与你擦肩而过。它似乎在减慢速度,就像这样能保存更多能量,但它无论飞多远,都不会疲倦。

顺风飞行时,白嘴鸦飞得很高,只需偶尔拍打翅膀,保持平衡并获得向前的力量。但逆风飞行时,它必须快速扇动翅膀,降落到地面上。然后,在草地上低飞。遇到树篱,就飞得高一些,但也会立即感受到一定的阻力。有时,风力大到抵挡不住时,它就像一只风筝,与大风相持。

有一段时间,它似乎处在静止状态,这时,它自身向前的动力和风的阻力保持平衡,支撑着它悬浮在空中。接着,它又向上飞去,但依然觉得风力太强,就像一艘逆风转舵的船歪斜在大风中。过了一会儿,它降落下来,如果田地足够广阔,它就像之前一样,贴着表面掠过。越过湖水时,也在距水面不过几英尺的高度低飞过去。

在狂风中,白嘴鸦总是挣扎着飞过一排排树林,用力拍打着翅膀,高高盘旋在最高的树枝上。有时,它也不得不放弃,调转回去,迂回前行。

虽然白嘴鸦总是成群飞行,但有时能看见几只单独飞行的白嘴鸦,在中途加入同伴的队伍。白嘴鸦在向上飞行时,通常分成两到三个小组。每组都有各自的路线,有时,处在中心位置的鸟不知道该跟从哪一组,可能会走散,但会在田地与大家会合。所以,如果有十几只鸟脱离了队伍,当它们向上飞时,会再次分开。三四只飞向一个方向，其余的选择另一个方向。因此，落单的鸟会非常孤单，但它们不会感到不安，因为它们知道在哪里和同伴们会合，它们只需要飞到那片田野上，等其余的鸟到来。

并不是每一只单独飞行的鸟都是乌鸦。乌鸦和白嘴鸦有很多不同之处。在恶劣的天气，白嘴鸦有时会潜入农家院中躲避起来。

在白嘴鸦的栖息地附近，有两只鸟身上有白色标记，它们已经在这里生活了几年时间了。其中一只白色标记很明显，隔着一段距离就能分辨出来；另一只只有几根羽毛是白色的，只有在靠近它时才能看清楚。最近一段时间，它们没有出现在这里，或许有人认为只有高手才有能力毁灭与众不同的事物吧。其实，很多栖息地都有白色羽毛的白嘴鸦，但它们毕竟是少数，人们总是保护着它们，对肆意杀害它们的行为感到十分愤慨。

威尔特郡的乡野生灵

第 *15* 章
白嘴鸦归巢

随着夜幕的降临,白嘴鸦陆续归巢。在高地上的壕沟下,有一条陡峻的斜坡,有时,会有大量的白嘴鸦栖息在那里,它们偶尔也会在树林和山毛榉上休息。人们很少看到它们觅食,或许是因为,在这片低矮干枯的草场中,没有太多可以吃的东西,这块坚硬的土地,就处在耕地和鸟巢的中间地带。有时,它们会盘旋在高地的边缘,在壕沟上空;有时,在寒冷的冬季,它们也会无精打采地栖息在光秃秃的树枝上。

度过了筑巢的季节,白嘴鸦又恢复了老样子——这时的它们与筑巢时截然不同——它们好似一条黑色的溪流,朝树林的方向缓缓流去。从这里到它们栖息的地方有一英里半那么长——和乌鸦飞得一样远。向后面看去,长长的队伍一直延伸到视线所能及的最远处。我们几乎可以确定,这支空军队伍可达五英里长。但宽度不尽相同——时而二十码,时而五十码,时而又变成一百码,但平均五十码左右。白嘴鸦在飞行时不像八哥那样,彼此挨得很近,而且几乎都处在同一个平面。白嘴鸦的队伍有三到四层，但大多数都在同一高度，肩并着肩，就像前进的士兵：并不是绝对的整齐，而是相对水平。这种队形在上升时更为明显。看着它们的队伍朝远方的树林移动，就像在一片黑色的穹顶之下。

几只鸟脱离了队伍——一会儿飞向这边，一会儿又飞向那边。偶尔会有几只鸟飞落到树上休息片刻，毫无疑问，春天，它们会把鸟巢建在这里。因为这是它们的习惯，在筑巢前后一个月的时间，它们会在夜晚飞到那棵树上，确保一切都已妥当，并用叫声宣示着主权。

成千上万只白嘴鸦在空中拍打着翅膀，这缓慢而稳定的节拍似乎给人一种压迫感，这是其他任何生物都无法比拟的。它们发出刺耳的声音，这种有节奏地一下一下拍打的动作是其他任何动物都不可比拟的，就像降落的雨水，又或许，更像一把无形的扫帚扫过天空。有些白嘴鸦翅膀上的羽毛脱落了，你能看见阳光从那里照射过来。有时，中间的羽毛脱落，留下一道缝隙，看起来就像一边有一个大翅膀，另一边有两个细长的小翅膀。这种情景很像一个老风车上破损的桨片，在风吹日晒中颜色变得越来越深。即使它们被猎枪或尖利的碎片击中，翅膀上有大到令人惊讶的缝隙，白嘴鸦也能继续飞行，它们似乎不会因此感到困扰。

在鸟巢附近的草地上，你有时能拾起十多根黑色的羽毛，那是它们撞到树枝上，或互相嬉闹打斗时掉落下来的。当白嘴鸦展翅滑翔，缓缓降落，准备停落在树上时翅膀的边缘微微上翻，从后面看去就像一顶帽子，只是没有卷起。从远处看，它似乎沿着水平路线飞行，既不上升也不下降，但如果近距离观察，你会发现，每扇动一下翅膀，它的身体都会抬高几英寸，再立即下降到之前的高度。一群黑色的白嘴鸦悠闲从容地飞过，每个队伍中都有两三只寒鸦发出奇怪的叫声，就像吹响了号角。寒鸦是那种无法保持安静，低调生活的鸟，它必须用自己的方式鸣叫，但它的同伴严肃庄重地缓缓向前飞行，很少给它回应。然而在离树林很远的地方，在山毛榉上空，有一场盛大喧嚣的集会：一群沸腾的鸟聚集在树枝上，接着如一团乌云般飞上天空，用最大的音量招呼着彼此，交流着各自的观点。这是一场上百个鸟类群落的集会，堪称一个合众国。我们都知道这些自由州和它们的国会、议会、参议院以及它们的公开会议等等是如何热衷于恣意演讲的：此地大约有一百个这样的国家，统统具有彻底的言论自由，全都喋喋不休，用那种由两个或三个音节构成的语言无限地重复着。它们的喧闹声音如此宏伟——每一个自由州的加入都使这里的音量增加一分，很长一段时间，它们都激动地无法停落在树上，而是不停地在周围飞来转去，发表自己的演说。春天，每个部落都有自己的特别行政区划，有自己的州和市，就在草地当中的某棵树上。到了傍晚，它们就会聚集

白嘴鸦归巢

在这里，进行一场一小时的演说，有时时间还会延长，但即使如此，当一些小团体离开这里飞向天空时，仍然感到不满足，继续叽叽喳喳说个不停。

在飞向树林的途中，一群白嘴鸦会飞过山丘和另一群会合，一齐越过草地。我们可以在壁垒上看到它们，在大约一英里半以外的地方，在树林上空，交叉成直角，汇成一条延伸的黑线。树林生长在一片高原上，高原又抬高成陡峻的高地。第二支队伍和第一支一样数量众多，队伍冗长，行进有规律。

晚上，白嘴鸦在山毛榉上休息，鸟巢的高度足以让它们躲避所有危险。每天早晨，都有两只远征的队伍从这里出发。一般来说，一支队伍向东飞过高地，飞向落日，另一支向北飞过溪谷和草地，飞向北极星。毫无疑问，不同的区域有不同的生活习性，但在这里，只有向东和向北两个方向。那些向西或向南飞去的鸟儿，很快就会湮没于辽阔的天空，消失于天际。

它们的队形一般会保持两英里左右，然后一小支一小支地脱离队伍，在周围盘旋，飞落到田野上，散落成扇形。傍晚时分，分散在各处的同伴又会聚集起来，重新排好队形。接着，先锋队率先冲上天空，大批军团紧跟其后，像往常一样开始了它们的返程之旅。

虽然，你在白天观察白嘴鸦时，它们看上去似乎只是在好奇心的驱使下，或路人的驱赶下，这儿飞飞那儿看看，但事实上，它们有自己的栖息地。它们固守着特定的习惯，甚至步调一致，成千上万只白嘴鸦似乎都在一个口令的指挥下行动，又像在某一时刻同时开始行动。它们严格遵守着世代相传的准则，毫无偏差。传统，似乎就是它们行动的指南，就像原始部落一样。它们在固定的地方觅食，所以，你也许会发现，在十几片田野中，只有一两片时常有白嘴鸦出没。

比如，在这里，在这片紧挨着农舍的草地上——它在房屋附近，我们通常称之为农田——每天，白嘴鸦都在这儿飞上飞下，度过数小时，那份安逸，似乎只有在亲手喂养大的小马小羊羔身上才能看见。另一片田地距离较远，在人们看来，似乎更适合白嘴鸦生活，那里更为幽静，有更多食物，但却被白嘴鸦抛弃了，它们几乎不会靠近那里。农田本身并没有什么吸引力，因为其他农田也不受欢迎。

白嘴鸦坚守自己的栖息地的习惯，在大城市中显得更加明显，越来越多的建筑逐渐靠近它们生活的地方。然而，在狭小的空地上，撒满了煤渣和灰烬，一片荒凉，毫无生机，但白嘴鸦依然会在这里停落。你还会看到它们，从这里飞走，落到电线上，在这之下就是冒着蒸汽驶进火车站的机车。

我觉得鸟儿在选择栖息地时，通常不会把食物、水源、庇护或是否方便当作决定性的因素。因为我注意到，在许多情况下，这些条件并不在它们的考虑之中。在多数人眼中，鸟儿总是不受约束随性而为，所以人们很难相信，事实恰好与之截然相反。

再回到这两群白嘴鸦这儿，每到傍晚，它们分别从东边和北边返回树林，会合在一起，它们为什么要这么做呢？为什么不去西边或南边呢？那里也有同样的山丘、草地和溪流啊。为什么不分开行动，遵循自己的意愿返回呢？为什么白嘴鸦飞向更远的地方就需要一大群相互配合，而乌鸦只需要成双结对呢？道理显而易见，鸟和人类一样拥有自己的历史。它们没有意识到这一点，但这种历史一直在潜移默化地影响着它们，塑造着它们存在的方式。如果我们能够追溯那段历史，就能清楚地知道白嘴鸦为什么喜欢在特定的地点生活，为什么只飞向东方和北方了。有时，我们也能通过观察它们飞行的路线得知这些。

第二支队伍——朝北方飞行，它们沿直线前进一英里之后——飞过维克农场，就会在草地上或更低的地方渐渐分散开。在这支队伍中，有些鸟把巢建在沃伦牧场的榆树上，因为这些树最靠近鸟儿聚集的中心地区。每天早晨它们最先脱离队伍，在这片田地周围觅食。但每天傍晚，它们也最后归队。

所以，在傍晚时分，在那些住得很远的鸟儿已经陆续飞走之后，沃伦牧场附近还常能看见白嘴鸦的身影，因为它们无须飞那么远，总是到最后才动身离开。在这之前，人们并不会观察白嘴鸦，只是工人会在冬季的早晨，用白嘴鸦的出现估计时间，因为它们的活动太有规律了。有时雾气将它们遮住，但凭借它们拍打翅膀的声音和叫声，人们也绝不会错过它们。

如果从沃伦外围的上坡或高地上沿着北边的溪谷远眺，你能看到绵延不绝的草地，但更夺目的是一片巨大的森林。不远处有个小村庄，在阳光的照耀下，唯一可见的便是农舍白色的墙，有时还可以看见徐徐上升的淡蓝色炊烟。草地的四个角上生长着灌木丛，成排的树可以用作木材，田地中间则散落着几棵树。

很多树篱中都长满了榆树，有的还有成排的橡树。有些草地四周的树十分繁盛，就像一道墙。有一两块草地上生长着古老的橡树，有些散落在各处，有些长成一排。但现在，树木的数量远不如从前了。为了扩大田地，很多树被人们连根拔起。

近三十年发生过两次大规模伐树事件，尤其是榆树，被批量销售出去。有些老人还能回想起当时的情景，他们称之为"贱卖"木材，这样的事件发生过两次。在此之前，也发生过一次类似的事件，那时，木材主要卖给造船厂，搭建成木墙，管理海湾地区。在八十年或百年后的今天，这种传统又重演了。人们会选出一块田地，种上两排橡树，直通普通农场。现在人们不再种植橡树了。除此之外，大多数田地上都曾生长着橡树，而如今，榆树早已取而代之。

几次"贱卖"木材都进行得十分顺利，人们也从未种过任何东西去填补那块空地。没有橡果，也没有护栏保护树苗免受小牛践踏。如果小树能挣扎着成长，它就能存活下来；否则，就会枯萎。在最后两次"贱卖"中，那些本可以活下来的小树也被无情地砍伐了。

在这里提及考古学似乎并不合适，但从考古学的角度，我们能分析出为什么在古代，这里是一片树林。我们也有理由认为，白嘴鸦的第二支队伍每天飞到这里，是由于这些树的吸引。根据这些情况可以提出以下三种推测。

第一，两群白嘴鸦晚上栖息的那边树林在高地的最后一道斜坡上；在这后面，向南是山丘和已开垦过的高平原；在这下面，向北则是草地。因此，这是古老的森林仅存的痕迹。人们不知道这片树林是何时形成的，但有迹象表明这片森林可以追溯到十六世纪。现在，如果我们假设（而事实似乎就是如此）这片开阔的树林在渐渐缩小——毫无疑问，白嘴鸦也受到威胁——被驱逐的白嘴鸦只能在所剩无几的树上寻求安身之地。那儿的围墙保护了它们，树木几乎不会被砍伐，或以长远的目光，有选择地砍伐，木材也如人们希望的那样，长得高大粗壮。但鸟类有自己的生活习惯，第五十代白嘴鸦依然会重返草场，在故地停歇。

第二，虽然一次又一次成功地"贱卖"让树木越来越稀疏，然而，这里的榆树和橡树依然比其他地方多；也就是说，存活下来的树木向北一路延伸，穿过树木繁茂的乡村。而另一侧却很少。因此，那些渴望在封闭的林地以外筑巢的白嘴鸦，仍然会回

威尔特郡的乡野生灵

到老地方，找到令它们心仪的树。在这里，白嘴鸦的巢似乎比其他任何一个方向都多。这一带只有大大小小的鸟巢，几乎看不到农舍。这些鸟巢一旦建成，白嘴鸦就会定期飞到这里，哪怕筑巢期已经结束。

第三，如果再深入研究，白嘴鸦飞行的路线很可能表明了早期开垦林地的路线。人们砍伐树木和灌木，开阔平地，开辟道路，这些行为本就会吸引鸟儿的注意力，而白嘴鸦又尤其喜欢耕地。这片曾是耕地的区域如今已变成一片草场。哪里是普通的土地，哪里是耕地一目了然。

这些推测至少有一个能解释白嘴鸦飞行的路线。任何情况下，树木都能给我们最好的答案。我们也可以用同样的方法去分析另一群白嘴鸦为什么每天早晨都要飞向东方的那片高地。很久以前，高地上就出现了树林，直到现在还生长着分散的灌木丛和低矮的小树林。碰巧，向东的那部分属于"打猎区"，很多标识存留至今。

冬天，白嘴鸦的生活比夏天更具规律性。在冬季里，白嘴鸦几乎每天都在相同的时间离巢、归巢。但在夏季，它们总是很晚才返回。去年夏天，我看到一大群白嘴鸦，大约有几百只，在外面逗留到很晚——一直到夜色渐深——在同一个地方，日复一日。

那是一片农田，白嘴鸦聚集在一起，一只挨着一只，很难将其一个个分辨出来。它们十分安静，一动不动，几乎没有想要觅食的欲望。我唯一注意到的动静就是又有一些鸟飞到这里，落到它们之中。它们彼此拥挤着，大地都变成了一片黑色。

这片田地距鸟巢不足一英里，但两个月前鸟巢就筑完了。这里已经用犁翻过了，而且是这段时间唯一一片被耕过的土地。白嘴鸦一动不动，肩并着肩，似乎把地面当成了鸟巢，那里可能有许多甲虫（因为它们每天晚上都会守候在同一块田地上），它们会在夜晚悄悄爬出地面。

白嘴鸦筑完巢成群飞走时，总有几只寒鸦跟随着它们。寒鸦很容易分辨，身体较小，拍打翅膀的频率更快，即使不发出叫声时，也总是快速扇动翅膀。寒鸦常常光顾距离农舍较远的鸡笼，偷食家禽的食物。家禽一般被养在干草场，在距离农舍一两块田地远的地方。看寒鸦偷食是一件很有趣的事情。四五只寒鸦落在柱子和围栏上，觊觎着诱人的美食：它们蹲坐在那里，脑袋歪向一边，眼睛却瞥向另一边。突然，其中一只看到了机会。它纵身一跳，猛地啄了一口，但寒鸦还没来得及抓住食物，一只母鸡就冲向了它长矛一般的喙。寒鸦又立即跳上栏杆，就连母鸡也被它带了上去。

接着，母鸡刚一转过身，又跳下一只寒鸦。另一只母鸡冲了过来，寒鸦只得又飞上去。歇息了几分钟之后，第三只黑色的捣蛋鬼冲到家禽中间，在受到攻击之前，迅速抓起其中的一只飞走了。寒鸦躲闪母鸡的方式是十分聪明的，尽管要落到母鸡之中,还会被暂时包围。看寒鸦慌慌张张地飞上栏杆,假装一本正经向下看的样子很是滑稽可笑, 它们不会有窘迫尴尬之感,即使在饲养者面前,也能大模大样地行窃。

白嘴鸦归巢

第 *16* 章
鸟类笔记

　　夜莺有每年返回故居的习惯，因此人们每年都会看到它们。山楂树和榛树对它们很有吸引力：但我对此很是怀疑。如果它们的栖息地附近有一片山楂树林，它们会常常到那里停歇，但山楂树本身却无法吸引夜莺。它们选择栖息地的方式十分奇特。在某个特定地方，可能会有很多夜莺，从整个区域来看（大约五英里内），它们只在一处停留。白嘴鸦筑巢的树林很大，但只有一个夜莺的栖息地，除这里以外的其他地方，你听不到夜莺的歌声。一旦选择了这里，它们就会像小燕子一样，每年都回来看看。

　　在同纬度的另一个乡村，一片桦树林生长在川流不息的公路旁。每到春天，树上都落满夜莺。在一个风和日丽的早晨，我数了数，共有八只夜莺在放声歌唱。这里的夜莺就像燕子一样多。我从未在这片荒无人烟的地方看见过这么多夜莺。它们似乎早已熟悉了来来往往的路人，对人们视而不见，除非有意惊动它们。几次，我站在橡树下，树枝上都有一只夜莺在展示着它的歌喉。那条树枝大约十二英尺高,夜莺在上面俯视着下面的一切。这条路有近百年的历史了,我还想知道是否还有另一条林荫路,修建得比它更早。鸟儿十分喜欢这样的地方,一旦它们习惯了常来这里,那么每年都会飞到此地。

据说,我们在冬天看到的苍头燕雀都是雌性的。雄性的十分罕见:它们有的迁徙了,有的以其他方式消失不见。然而一到春天,雄性燕雀就会站在榆树枝头高声鸣叫。去年春天,我遇见一位捕鸟的人,便和他攀谈起来;他的鸟笼子用黑布蒙着,只露出一面,里面有一只雄性苍头燕雀。

鸟笼放在路边的草地上,附近有一只喂饱的雄燕雀。两片涂满粘鸟胶的鲸须在燕雀上空弯成一道弧形。笼子里的诱饵时不时发出叫声,榆树上的野鸟也会立即进行回应。这些叫声是一种挑战,树枝上的鸟认为声音是草地上喂饱的鸟儿发出的,于是飞下去攻击它,这些中了圈套的鸟一旦碰到鲸须——有时也会飞落到那里——很快就会被粘在上面。

在那个季节,雄性鸟总有一种想要挑战的冲动,它们不停地挑战彼此,捕鸟者就趁机设网捕捉。这位捕鸟的人说,现在,十二只苍头燕雀能卖六先令,在苍头燕雀活动频繁的时节,一天能捕六十只。不到四五英里的距离,我看到了六七只苍头燕雀,旁边放着笼子和吃饱的鸟。这说明春天有很多雄性苍头燕雀。

那么,冬天雄性燕雀去哪儿了呢?或许它们三五成群地逃离了人们的视线。但这种根据性别分开生活的方式和野蛮人的社会习俗出奇的相似。每到冬季，鸟儿分离，雌性群集。到了春季，雄性再次出现，经过一段时间的争斗、交配之后，筑起新巢。这个夏天，这种部分迁徙的行为深深触动了我，或许当我在全新的地方有所发现时，会有更多感受。

每到春季和夏季，我每天都会沿着小路走上三英里，因为这条小路会穿过一片鸟儿频繁出没的区域。那里有夜莺喜爱的白桦林，还有很多歪脖啄木鸟。令我疑惑的是，夜莺和这种啄木鸟是不是相伴而行啊，因为我也曾见过它们同时出现在其他地方。整个春季和夏季，鸟儿都尽情活动在这里的树篱上、灌木丛中、荆豆地里、玉米田间。但到了八月，鸟儿的数量就会明显减少。九月初，这个曾经生机勃勃的地方就像被遗弃了一般，九月中旬，这里已是一片荒凉。

榆树或小路上没有苍头燕雀，也没有小燕子。玉米地旁的树篱中没有金翼啄木鸟，也没有灰雀和金翅雀，偶尔可见几只绿黄色科鸣鸟。只有燕八哥、画眉和知更鸟依然在这里生活着。若想知道周围有什么鸟，一种方法就是到它们常去饮水沐浴的地方观察。但其他的鸟都飞去哪里了？在田地中间，有很多小燕子——几乎数不胜数——还有一些雀鸟，但很明显，这无法对那些鸟儿的去向进行充分的解释。或许它们分散在更为宽阔的地区——数英里可开垦的土地上。

但鸟儿的迁徙十分引人注意。九月中旬左右，树篱变得空荡又安静。这种情况要持续一周时间——这是一种绝对的安静——然后，隔一段时间，就会出现一两只鸟。现在，它们迅速返回这里，直到二十八日，叽叽喳喳的雀鸟又如从前一样欢快地唱起歌来。几只雀鸟成群结队从一棵树飞到另一棵树，相互打着招呼。

到了这一天，树林和树篱又生机勃勃起来，小燕子也在路上飞来飞去。在过去的一周里，曾经寂静无声的云雀也偶尔唱起歌来。一到二十八日这天，马上就能听到六七只云雀一齐歌唱，还能看见一对云雀开心地追逐嬉戏。这一天就像是第二个春天：金凤花也盛开了，给人们带来无限遐想。

迁徙的雀鸟飞向田地的场景令人震撼。这可能与它们群集的习性密切相关，因为它们离开时三两成群，渐渐消失，返回时，却成群结队，一下子全部飞了回来。每一群鸟的数量都不尽相同：这取决于天气状况，在寒冷的冬季，鸟群通常比较大。据说，人们只有到冬去春来的时候才能看见成群的林鸽。

收获的日期会影响鸟群的迁徙吗？有些地方收获的时间较早，于是人们利用这一特点，按照草地和谷物成熟的时间进行种植和收割。在一个地方割完草，收完麦子，另一个地区的农作物也成熟了，人们就跟着迁徙到那个地方。

以前有一个叫萨里的县，那里的黑刺李开着白花，比西边

鸟类笔记

几英里外村庄的花儿提前两个星期盛开,虽然它们处在同一纬度;杏树开着粉色的花朵,惹人喜爱;梨树也开花了,山楂树也长满茂密的叶子。然而,西边树篱还光秃秃的,刚刚发出新芽。这种现象产生的原因是多种多样的,比如海拔和土质的差异。现在,春日的来客——布谷鸟、燕子、歪头啄木鸟——早早来到萨里;布谷鸟足足提前了一周。鸟儿的提早到来似乎与植被有关。但我对这一原因还有所怀疑,因为,鸟儿的行为与我们的预想大相径庭。

比如,在冬天,红翼鸫最为常见。在季末,人们总能看见一群群红翼鸫和田鸫。它们追随着冬天的脚步而来,又在天气渐暖时离开。任何一个庄稼汉都会告诉你,它们是候鸟。但有一个春天十分短暂,很快进入了夏天,我很惊讶,每天都能听到田地里那明亮、甜美却又陌生的音符。我对大多数鸟的叫声都很熟悉,所以,这新的声音自然引起了我的关注。很快,我发现这声音来自一棵橡树。我走到那里,树枝上有一只红翼鸫放声歌唱。在冬天,红翼鸫和田鸫通常是安安静静的;虽然,它们在受到惊吓时会发出叫声,但那并不能称之为歌声。然而现在,它在歌唱,声音优雅,比画眉鸟更为洪亮。它的音调高而明快,在英国草地和橡树的包围中,听起来有种奇怪的陌生感。

然后,我朝树篱的方向远远望去,很快发现那只鸟并非孑然一身,在那附近,还有三四对红翼鸫。再三确定后,我举枪射向其中的一只。接着，我又发现了一个鸟巢，看着幼鸟渐渐成熟飞走真是一件乐事。没有什么能比这更能颠覆鸟儿日常的生活习性了。或许还存在其他可能，但给我们留下深刻印象的往往是我们亲眼所见的事情。那年夏天天气格外的好，让你不敢对鸟儿的去向和离开的原因妄下断言。但也正是这些思考使得我们对鸟儿的观察更具趣味性。

接着，我又看到了秧鸡，关于它们在干草堆中的神奇技能，我在前面已经写到了。秧鸡的迁徙方式不同于我之前听说过的任何方式。它们很早就会躲到干草堆中，一直待到割草的季节。这时，玉米地里马上就会传来它们的叫声。最近，它们十分安静，可能就要离开了；但我听说，在那片高地上，在打猎的季节，秧鸡还在遭受猎杀，它们的叫声普遍而持续，似乎成了春天最鲜明的特征：农民期待着第一声秧鸡叫，就像期待着布谷鸟的歌声一样——在英格兰，相传布谷鸟的叫声预示着无花果的生长。

一次偶然的机会，我在萨里度过了春天，我首先注意到秧鸡在这里极其罕见，我只听见了一两只秧鸡的叫声，而那也只是持续了短暂的时间。在割草的季节到来之间，它们就飞走了——毫无疑问，它们飞向了南方，也只有在飞翔时，它们才会发出叫声。曾经有人告诉我，秧鸡在返回时也会叫，所以它们常常在九月被猎杀。第二年春天，我恰巧又在萨里，虽然我经常出门散步，但一声秧鸡叫也未曾听见。只有一次，我听到了一声鸣叫声，但却无法确定那是不是秧鸡的叫声。还有人告诉我，这个县的有些地方，其实生活着很多秧鸡，只是那两个季节数量很少。我们通常认为，春天的鸟儿与植被状况密切相关，但这一现象却与之截然相反。秧鸡似乎来得更早、更多，表现得更为满足，在寒冷的地区停留的时间也更为长久。

鸟类的群集是一件很有意思的事情，但对于这一现象，却没有一个令人满意的解释。这是鸟类发展历史中显而易见的事实。它们这样做并非是为了取暖，因为在天气变冷之前，它们就相聚在一起了。今年夏天，在六月十九日傍晚，我看到一大群八哥栖息在冷杉树上。两天前，也就是六月十七日，布谷鸟也开始了歌唱。

了解鸟儿在春天择偶时，是否如第一次见到彼此那样自由也是一件有趣的事。它们飞回同样的地方，喜爱同样的树篱，甚至是同一棵树。现在，随着春天的临近，大鸟群分散成几个小鸟群，并各自飞回它们曾栖息过的树篱。年复一年，不同鸟群之间会通婚吗？这是它们返回同一地点的原因吗？一对鸟儿在某片树篱中筑巢并不足以充分解释它们为什么每年都要回到那个地方。这就像一个部落或宗族总要回到他们特定的居所。在这种情况下，这个氏族的成员之间必须存在亲密的关系。若想确定每一只鸟的身份几乎是不可能的，所以，若想达成共识也十分困难。

但是知更鸟为什么不结群而居？八哥和画眉鸟为什么不成群而飞呢？它们从不会集体活动。就连捕鱼时单独行动的苍鹭也是群居的，白天，它们也会聚集在一起，一同站在沙洲上。有时，在冬天，我们时常能看见白嘴鸦、八哥、林鸽、北欧鸫和红翼鸫，在同一片田地觅食，它们都是成群结队出现的。

鸟儿通婚的现象或许可以从长尾山雀的生活习性中找到一些解释。长尾山雀的巢就像是一个有屋顶的小屋，几只山雀在里面下蛋：巢里一般会有十四只蛋，但有时会多达二十只。它们不仅关系亲密，还形成了自己的社会体系。山雀有时会竖起柔软蓬松的羽毛，就如毛皮一般，同时发出一串奇怪的老鼠般的叫声，所以，有时人们也把山雀叫作"山雀鼠"。

山雀也有群集的习性，一年四季都成群结队飞来飞去，直到筑巢的季节到来。去年三月二十四日，在暴风雨来临之前，我注意到一棵又高又细的山毛榉傲然挺立在乌云下，几根树枝末端似乎还长着果子。走近一看，原来是六只山雀，挂在低垂的树梢间，就像挂在一根线绳的末端，随着猛烈的大风来回摇动。过了一会儿，山雀的数量增加到了八只，继而又增加到了九只、十二只，最后，一共飞来了十四只，都聚集在垂落的树枝上，随着雪花的片片飘落，左右摇摆，叽叽喳喳地叫着。风力越强，它们摇摆的幅度就越大——低着头——看上去也越高兴，忙忙碌碌

鸟类笔记

地捡食着幼芽。有些鸟能在树上停留一个多小时呢。

红嘴鸥或麦鸡不仅在冬日里结群而居,在筑巢期间也聚集在一起。这里有两个地方最受鸟儿喜欢,常有鸟儿出没。其中一个在湿地周围,春天,那里的草地最为茂盛:水杨梅最早呈现出绿色——当地人总能觉察到第一株嫩芽的生长和第一朵杜鹃花的绽放。有些鸟巢就相对集中的建在地面上。

如果你慢慢靠近它们,鸟儿就会飞起来,在似乎触手可及的高度边盘旋边发出"噼喂、噼喂"的叫声。它的姿态稍显笨拙,就像受了伤,不能飞了一样。那些没有意识到它真实意图的人或许会受到蒙骗,追着它,企图捉住它。但你刚一离开鸟巢,它就会向上飞,飞到远处田地的角落里,只留下几声狡黠的叫声。如果你没有注意到它的诱惑,只是在寻找鸟巢或一动不动地站在那里,它便会兴奋起来,慢慢朝你靠近,几分钟后,它的同伴也会随之而来,在你的头顶盘旋。其他的伙伴也会在安全地带飞来飞去,鸟鸣声遥相呼应。

这时,你便有机会观察鸟儿翅膀的特殊动作,它们的翅膀看上去和其他鸟儿一样,只是在普普通通地向后向下扇动,但这种振动频率很快,只在再次抬起翅膀时,停止十分之一秒的时间。如果你只是恰好路过,并不想寻找鸟巢,鸟儿会重新恢复自信,飞下来。麦鸡停落到地面时,会先沿地面跑几码的距离,就像被某种力量驱使着一样。它是一种俊俏的鸟儿,头戴纹路

威尔特郡的乡野生灵

精巧的羽冠。

我提到的另一个地点是一片开阔的田地，满是蚁丘，约有八到十英亩。蚁丘有十八英寸或两英尺高，呈圆锥形，上面长满了杂草，就像几千个微型火山。它们彼此相距很近，你可以轻易从一个蚁丘跳上另一个蚁丘，连续二三十码远都踩不到地面。其间灯芯草厚密，蓟花盛放，山楂树丛随处散落。这里是雀鸟十分喜爱的地方，山楂树里时常可见鸟巢。茂盛的百里香生长在鸟巢和蚁丘之间。野生百里香和蚂蚁往往同时被发现，就像在唐斯时一样。这些蚁丘的形成是多少蚂蚁共同努力的结果啊！又有多少蚂蚁在里面生活啊！这种情景出现在如此偏远的地方真是让人难以想象，虽然这里就位于富饶的草地和耕地之间。

在这片田地附近，总能看见一群鹪鸪，但它们并不如我们认为的那样下很多蛋，因为随着时间的推移，蚁丘已经覆盖上一层厚厚的草皮。每到夏季，田地边缘松散的土地上都会形成几个小土丘，在那里，鹪鸪拨弄几下，就能挖出一个鸟巢，而且那里有更多的食物。如果不是这样的话，周围的鹪鸪一定会聚集到一起，但这里最多也只有一两群鹪鸪。这片农田，几乎颗粒无收，牛群也没有足够的牧草，所以最后来了一伙劳工，铲平了蚁丘，当然是彻底摧毁了蚁丘。这片荒地终于成了有用之地。

在唐斯，有一个地方生活着几只红嘴鸥。它们在寒冷的月份群集而居，有时会飞到贫瘠的耕地或含有泥炭的土壤上。湖

鸟类笔记

岸边也常常出现它们的身影。有一次,我看到许多成群的红嘴鸥,其中一群有六十只,而有些鸟群大到几乎数不清准确个数。当然这种情况也是特例,但毫无疑问,它们在这里并不常见。在其他地方,若能看到一只就已属稀奇了。

红嘴鸥总是成群结队地飞来飞去,仅仅是为了享受飞翔时的愉悦之感。它们安然自若地飞上天空,在同一片田地上飞上半小时左右,然后停下来觅食,一会儿,便再次扇动翅膀,盘旋起来。离群的红嘴鸥也是如此,你一定想象得到,它们迅速飞走,又在几分钟后归队。其他的鸟儿总是有目的地飞行:红嘴鸥却只是为了那份飞翔的快乐。

乌鸦喜欢在橡树上筑巢,而且,只要第二年不会受到猎杀的威胁,它们一定会再回到那棵树上。它们更喜欢临水而居,筑巢期过后,它们还会重返那里。有时,乌鸦会被小鸟追逐,就如老鹰行猎一般。随着秋天的到来,小燕子会在教堂的尖顶上集会,也会成群地盘旋在空中,偶尔落脚停歇。有一次,我看到,当一只乌鸦飞过落满小燕子的尖顶时,小燕子全都展翅起飞,围着乌鸦飞了很远的距离。这只乌鸦在仓皇之间也试图赶走其中的一两只,但小燕子的行动十分敏捷,乌鸦根本触及不到。乌鸦不会结交朋友,而白嘴鸦却与之相反,朋友众多,飞行时总有其他种类的鸟儿相伴相随。麻雀、苍头燕雀和金翅雀之间也存在着这种友谊,它们总是一起行动。

有些田地被立柱和围栏分成两部分,时间久了,上面长满苔藓,变成了灰色。春天,布谷鸟更喜欢在围栏上停歇;当它们求爱时,就三三两两地栖息在护栏上。一会儿,它们又飞向树林,不见了踪影:但片刻之后,总会有一两只又飞回来。田地上散落着许多石头,布谷鸟也时常在上面栖息。老一辈的人们认为布谷鸟的这种生活习性再次证明了他们的观点:布谷鸟是一种鹰,只不过经历了长久的演变,但它们从未遗忘曾经的习惯,鹰(和猫头鹰)就经常栖息在立柱,或孤立笔直的东西上。

布谷鸟飞行的姿态也和老鹰十分相似,一眼看去甚至难以辨认。但是,如果仔细观察就会发现布谷鸟在飞行时始终保持水平,且不会偏离方向,它只是微微拍打翅膀,看上去就像一轮向后弯曲的新月。它的尾巴又大又尖。天空中的布谷鸟就像一只沿直线前进的大燕子。布谷鸟的叫声十分嘹亮,比其他任何鸟类的叫声传得都远。苍鹭的叫声或许能与布谷鸟相媲美:它飞得很高,叫声尖利刺耳,在很远的地方就能听得到。但它所处的高度给予它很大帮助,布谷鸟飞行的高度连榆树的顶端都达不到。

金翼啄木鸟喜欢停落在护栏或大树枝上,肩膀弓起,看上去好像没有脖子。这个姿势它能坚持很久,同时发出单调的叫声;而其他的鸟儿都伸展着翅膀,挺立着歌唱。河沟边生长着酸模草,山雀经常在这里停歇——酸模草的根茎十分粗壮,能轻松承受轻盈的山雀。在七月，麻雀时常在路边的草地上飞来飞去，如红隼一般，在距地面一英尺高的空中盘旋，突然又如石头一样坠落：它们很是专注，甚至当你渐渐走近时，也无力飞走。在这个时节，草地上还有很多红蝇，几乎成了一道风景。它们又细又长的翅膀在身后紧闭着，就像一把尖锐的尖刀，如果将其伸展开，又像一个圈环。

昔日里，人们在赛马会上总要注视着天空，一旦有鸽子飞来，就立即射下来，希望能获取它们携带的信息。我听说有一次，一只鸽子身上带着胜利者的名字，但它可能太疲惫了或迷失了方向，于是，当它在树上停歇时，被人射了下来。

金色羽冠的鹪鹩是鸟类中身材最小的，它们几乎从不离开树叶的保护。它们的羽冠并不是纯正的金黄色，而是偏橘黄色，但由于它弱小的身体色泽相对黯淡，头顶的颜色便更显靓丽。因为头顶红色的灯盏，它们经常把自己深藏在杂乱的荆棘中。鹪鹩总是成双成对出现，很少单独行动。它们并不是稀有物种，但却很少出现在人们的视野中。当然，它们也有最喜爱的地方；曾有这样一片树篱，它们总是在附近活动，在那里一定能找到它们。这个树篱很厚，长满山楂树和黑刺李，它是两片湿地的分界线。

第 *17* 章
年度笔记

每到一月,叶子在冰霜和寒风中飘落,树篱变得越来越稀疏。但高地上依然覆盖着大片的荨麻、枯萎的草地、干黄的茎叶,灯芯草和苔藓,偶尔还能看见几只小兔子。带上猎枪,牵起猎狗去寻找野兔,如果早晨雾气朦胧,十分潮湿,那么这天可能风和日丽。虽然天空阴郁、树篱空荡、树木枯瘦,但灌木丛中已经抽出一棵嫩芽。那是一株沿山楂树向上攀爬的忍冬,也是今年的第一株忍冬——在最为黑暗的日子里——跳动着生命的脉搏。它第一个长出新叶,也就最后一个向严寒屈服。浆果泛起淡淡的红色,盛开的花朵姿态美丽、色彩亮丽、芳香宜人,是其他植物无法比拟的。

这时的树篱光秃秃的,兔子被残酷地引诱出来,因为再过不久就是它们的繁殖期了。画眉在温和的早晨甜美歌唱。一团团小飞虫在屋顶飞来飞去。到了二月,雨水丰沛,正如老人们所说,这是沟渠水满的季节,虽然这时还在冬季,但春天的脚步已经悄然临近。平时,阳光照在屋子南墙上,温暖宜人。两周之后,黄色的蝴蝶翩翩而来，在荆豆上愉悦起舞。云雀在和煦的阳光下追逐嬉戏，就连褐色的土地上都散发着生命的气息。成双成对的鸟儿栖息在树篱里、高地上、灌木丛间。随着植物的生长，眼前变成一片深绿色。

黑刺李大概是第一种引人注目的花，但花期并不确定。一八七七年的二月二十二日，萨里的黑刺李争奇斗艳。大约三周前，也就是月初，在肯特一个偏僻的地方，山楂树枝繁叶茂；西部却与之相反，那里的山楂树在黑刺李盛开很久后还未发芽。农夫们说，二月末到三月初这段时间，草长得很快，各种天气现象又回归正常，冬日的寒冷再次逼近。

天使报春节（每年的三月二十五日）和米迦勒节（每年的九月二十九日）可以说是一年中最重要的两个节日。前者标志着冬候鸟的离开和春候鸟的到来，后者则与之相反，意味着夏候鸟的离开和第一批冬候鸟的归来。在天使报春节之后的十天里——也就是四月六日到二十日——动植物群都会发生显著的变化，或者说，它们漫长的生长变化如今变得显而易见了。夜莺飞来展示歌喉，白色蝴蝶紧随其后。小燕子如期而至，银莲花如约绽放。杜鹃花在杜鹃鸟的歌声中盛开在最潮湿的地方。

动植物的变化因季节和地点的不同而变化，但一般来说，在天使报春节前后，人们就要密切观察春天到来的迹象了。去年春天，在一个相对温暖的地方，有人在四月十二日听到了夜

威尔特郡的乡野生灵

莺的歌声,又在第二天看到了小燕子,两天后,布谷鸟也叫了起来。人们很难说出一个准确的日期,因为,首先它每年都会有所变化,其次,用一句并不准确的天文学术语来表达:每一个观察者都只能扫过有限的区域。所以,在观察者侧耳倾听布谷鸟的叫声时,很可能某个小伙子早在两天前就听到了,只是他未曾在意,也不曾模仿。因此,人们提供这些日期并不是因为它们有巨大的价值,只是简单地用作一般性解释。那一年的四月十四日,一群北欧鸫和红尾雀从这里快速飞过——或许它们和队伍飞散了——朝北海飞去,它们夏天在挪威生活。冬候鸟和春候鸟、夏候鸟相向而行,一群离开,一群归来。

植物和树木的汁液日渐增多,鸟类和动物也似乎注入了新的生命力。这种生命力达到了最高值,停留一段时间后,逐渐衰退。八月初,酸橙树的叶子开始褪色掉落。八月十三日,白桦树的叶子上也出现了浅柠檬色斑点。凤尾蕨达到全盛之后,呈现出点点黄色。这时的树篱和灌木丛寂静无声,可一到米迦勒节,情况就与之不同了。虽然不会在特别的日子里发生特别的事情,但在某一天前后,事情会接踵而至。

在九月下旬,蜘蛛越来越多,每一片灌木丛上都有它们织网的身影。有的蜘蛛体型巨大,一举一动显而易见。如果一只苍蝇不幸飞入网中,蜘蛛会立即紧紧抓着它直到它死去,然后,把蜘蛛网缠在它身上,把它带到网的中央。蜘蛛用脚抓着苍蝇,将其玩弄于趾间——蜘蛛把苍蝇滚来滚去，直到蜘蛛网将它完全包裹起来，最后提着它的战利品，恢复了原有的姿势，低头爬走了。另一只蜘蛛则用边飞边吐丝的方式缠住了猎物。到了九月末十月初的早晨，大片荆豆被蜘蛛网覆盖着，在露珠下清晰可见。

从去年的九月二十一日开始，白嘴鸦一连几天时而高飞上天，时而低潜入水。我必须再次说明，这些日期没有任何意义，只是为了说明这些现象的发生。白嘴鸦总是在春分或秋分时在空中翱翔。九月二十九日那天，长青木和荆豆因蜘蛛网而呈现出白色。九月二十七日，云雀欢快地唱起歌。十月二日，草地时常传来蚱蜢的声音，三四天过后，就只能依稀听到一两声蚱蜢叫了。十月四日，常青藤挂满了小花。十月七日，画眉鸟又开始在早晨一展歌喉。十月六日、七日，野鸡悠闲地在树篱中找果子吃。十月十三日，一只绿色的大蜻蜓在树篱朝阳的一面飞来飞去。十月十五日，飞来了第一只红尾雀。在九月末十月初这段时间，青蛙叫声不断从常青藤下传来。

在不同的地方，这些日期也会有所不同，但在这段时间大自然会发生明显的变化。青蛙的叫声，云雀和画眉鸟的歌声是春天的讯息（天气也日渐温暖，时而阵雨，时而晴朗），蚱蜢和蜻蜓是夏天的使者。野鸡和橡果是秋天的象征。第一只红尾雀是冬天的信号。在这里，两周时间就可以感受到一年四季的气息。艺术家或许可以从中找寻灵感，设计一个书房，一条人行道。

威尔特郡的乡野生灵

初夏,酸橙树开花了,引来一群一群勤劳的蜜蜂,它们在你头顶嗡嗡扇动着翅膀。还有一次是十月十六日那天,当我路过一棵爬满常青藤的老橡树,我停下脚步听着各种昆虫发出的嗡嗡的声音。主要是蜜蜂、黄蜂、大黑蝇和小蚊子。突然,黄蜂袭击了一只大苍蝇,然后两者一起掉在灌木丛上,被一片叶子接住了。

这只苍蝇很大,与对手较量时也神气十足;但几秒钟后,黄蜂就占了上风,它把尾巴卷起来,连续而快速地朝苍蝇的腹部扎去,紧紧地抓着它。一会儿,苍蝇就失去了挣扎的力气。然后,黄蜂扯掉了苍蝇的喙和腿,又从脑后抓着它,撕下它的翅膀。苍蝇的喙和腿掉到地面上。黄蜂的行为真是不堪描述,它对待苍蝇毫不留情,不给猎物一丝反抗的机会和能力。

黄蜂太过急切了,在它撕扯苍蝇的翅膀时,从叶子上掉了下去,虽然苍蝇与它大小相当,但它依然紧紧抓着它不放,轻轻松松地带着它落到了另一片叶子上。它把苍蝇卷起来,扯掉它的脑袋,把里面的东西吸干,但黄蜂又滑了一下,掉到了第三片叶子上。短短几分钟时间,这只大昆虫就被黄蜂吃掉了。

北欧鸫飞回的时候,白天似乎变得越来越短;到了十二月底,公鸡又恢复了往日的生活习惯,在午夜到来之前的几个小时啼叫着。公鸡一般在黎明时分报晓,但在黑夜最长的那一天会发生有趣的变化。

鸟类有自己的风水———一种没有记录,十分神秘的科学,它们知道什么地方更有利于生存——鸟儿对大自然有着独特的理解，并以此选择栖息地。麻雀总是喜欢在房子的南面筑巢。当茅草屋的屋檐一面朝北，一面朝南时，这种现象更为明显。北边的屋檐已经有三十年没有翻修过了——因为它破败的速度很慢。但这一侧生长着厚厚的苔藓，如果不及时清理，很快就会长满屋顶。苔藓喜欢阴暗潮湿的地方，所以林地里北边的草地上或灌木丛的树荫下，总是苔藓遍布，踩在上面柔软舒服，却毁坏了草地。但南边的屋檐会受到雨水、大风和阳光共同侵蚀，需要不断进行修缮。

虽然北边的屋檐可以躲避风雨，但现在，十分之九的鸟儿都会在南边筑巢，当然，它们把稻草叼出来，使房顶破败的更快了。阳光对鸟儿是十分重要的。有的鸟儿在树上或灌木丛上筑巢时并没有遵循规律，虽然它们选择的地方在我们看来并没有什么不同，但鸟儿有自己的理由。我们之前所观察的地点，有的很受鸟儿喜欢，有的则被鸟儿抛弃，或许也和风水有关吧。

生活在帐篷里的游牧部落，在东部几千英里的范围内漫游，表面上看，他们的迁移毫无目的，或只是简单的邻水邻草而居，但那些和他们共同生活并对此有所研究的人说，虽然他们没有地图，但每一个部落，甚至每一个家庭，都有自己特定的路线和生活的地点。如果把这些路线画出来，也是纵横交错的。但是，这些家庭之间从不会相互干扰。与之相比，鸟儿也是毫无秩

威尔特郡的乡野生灵

序地各处飞行,到处游荡,在春天回到特定的地点,又在幼鸟长大成熟时离开。虽然,在我们看来,它们并无目的,但它们严格遵循的路线可能延续已久。

流动的工人也总是四处游走。他们在某个地方的行动大体是这样的:早春时,他们来到高地上,在几千英亩的耕地上挥锄劳作。在这之后,他们沿着河边的湿地割晒干草。接下来,他们又回到溪谷,那里割草的工作才刚刚开始。就在这之前,爱尔兰人来到了这里,因为在收获的季节,英格兰地区总是有很高的薪水。爱尔兰人对给他们提供工作又对他们仁慈的雇主十分友善。雇主也总是最先选择雇用他们。因此,这批爱尔兰人每年都会回到同一片农场,就像布谷鸟会定期飞回一样。他们就住在露天的小棚屋里,在树篱中生一团火。他们勤劳能干,很少喝酒,举止得体。

溪谷里的草收割完之后,这些工人很快就离开了之前工作的地方,来到了五十英里以外的轻质土上,这里的玉米马上就要收获了。一小部分工人也会及时回到重质土上,帮忙收割余下的玉米。医生说,空气的变化对身体健康十分重要。所以,鸟儿的迁徙或许不仅仅是为了觅食,这也有利于它们更好的生存。

鸟儿很喜欢玉米地四周干燥的围墙。金翼啄木鸟、燕雀和金翅雀经常在上面栖息。墙上的灰泥受到侵蚀,上面长满苔藓,几乎已经失去了曾经坚实的样子。停落在墙上的麻雀在你慢慢靠近时突然飞走了，它拍打着翅膀，那声音就像是弓被拉满又被松开。

观察鸟儿吃蓟草时灵活敏捷的样子是一件十分有趣的事情。鸟儿没有枝条可以栖息，只能边飞边吃。它径直飞到蓟草顶端，弯着身子，用嘴叼住下面，一点点移动到最近的树枝上——就像骑马的部落在全速前进时，捡起地上的长矛一样。

褐雨燕总是飞得很高，它们并不集体行动，而是四散在空中。但面对狂风时，它们会降低飞行高度，停落在开阔的田地中，紧贴着草地到处低飞。这时，地面都变得黑压压的。它们丝毫不害怕，但如果你站在中间，当鸟儿飞向你时，你可以快速用手杖打下来几只。它们在空中看起来并不大，但靠近时就会发现它们体形硕大。几百只这样的鸟儿，身体漆黑，翅膀细长，动作迅速，如穿越迷宫般在脚下飞行，这种场景很是壮观。

布谷鸟的蛋就像白象一样珍贵。鸟儿一旦选择了栖息地，就不会再抛弃任何丑陋的幼鸟，却会把照顾年幼的布谷鸟当成一份神圣的责任。而就算自己的幼鸟遭到驱逐，甚至奄奄一息，也不会感到担心。

记得有一年春天，我在一片干草垛旁发现了一个知更鸟鸟巢，鸟巢的一边有轻微的凹陷。一只布谷鸟在里面下了个蛋，因为那里恰巧离牛棚很近，人们发现并观察着这颗蛋的动静。当幼鸟羽翼丰满时，人们在草垛上安插木棍，做成鸟笼，防止它飞

威尔特郡的乡野生灵

走。布谷鸟就这样长大成熟。

令人难以置信的是，一直以来，知更鸟所做的就是为布谷鸟提供充足的食物。来来往往运送食物的鸟儿速度很快，有时只需等上几分钟时间，但这个贪婪的小家伙总是不满足。这只布谷鸟比养父母加起来的个头还要大，它们就像苦工一样服侍着布谷鸟。它们辛辛苦苦，却没有任何回报，真是令人伤心。

现在，没有任何理由能说服我认为知更鸟、鹊鸲鸟或任何其他的鸟会因为自己的后代而厌恶布谷鸟的蛋。不考虑大小，两种鸟的羽毛就截然不同。除此之外，它们还可以通过其他方式进行分辨：布谷鸟长大后和鹰相似，任何鸟儿都对鹰怀有一丝恐惧心理。因此，布谷鸟也总是像鹰一样被其他鸟儿追赶。

在我看来，其他的鸟儿并没有把布谷鸟误认为鹰，因为观察得越久，我越确信，鸟类和动物做出某个动作的原因和我们表面看上去的总是大相径庭。但鸟儿追逐布谷鸟的事实也是毋庸置疑的。它们努力赶走布谷鸟是为了不让它在鸟巢里下蛋吗？无论如何，鸟儿都能辨认出布谷鸟和同类之间的区别，因此，我从未相信这对养父母会在某一瞬间把布谷鸟当成是自己的后代。

在我们看来，两只年幼的知更鸟（在鸟巢外面，在树篱上）几乎一模一样，它们饥饿时的叫声也毫无差别。但它们的父母很容易就能将它们区别开来，一一喂养。这些鸟儿有着极其敏锐的观察能力,它们在二十英尺高的地方,就能发现草地上移动的小昆虫。或许,知更鸟在很久以前就知道它们与布谷鸟不属于同一类。知更鸟是非常聪明的。那么,它为什么要抚养这个外来者?这可能就是我们常说的同胞之间的博爱之情吧。

布谷鸟一直在笼子里生活,直到它长得足够大,能自己飞远,但知更鸟不会抛弃它,因为它们知道,布谷鸟还不具备独立觅食的能力,一定会挨饿的。不幸的是,一只猫发现了这只布谷鸟,它害死了小鸟但并没有吃掉它。知更鸟随后飞到布谷鸟身边,没有带任何食物,就像没有尽到应尽的责任。

我并不认同人们把这种现象简单的归结为一种本能。从另一方面说,遗传学说几乎无法解释这种行为,因为能有多少鸟儿的祖先有过养育布谷鸟的经历呢? 这与山羊等动物抚养其他种类有所不同。因为山羊等动物从一开始就是有目的的,它们是为了减轻奶水过多产生的痛苦。但是知更鸟没有这样自私的动机:它们唯一的目的就是摆脱不速之客。我们能否这样想:这种遗传性本能,比如喂养布谷鸟,在最开始,在年幼的知更鸟还没有被驱逐时,只是出于一种爱心,后来这种情感帮助了无助的外来者。从鸟儿和牲畜的某些行为中,我们常常能看到更高级的感情。

鹧鸪的叫声似乎会因数量的增多而变得绝妙起来。每到夜晚在栖息地聚集时,叫声传来的地方总是比它们实际所在的地方偏左或偏右一点,就像是从十或十五码以外的萝卜地里传来似的。其实这只是因为鹧鸪飞得太快,而我们又看不见它们。

我们常听说英格兰的牧场在不断扩大,大片耕地也逐渐变成牧场,于是有人提出,如果这种现象持续下去,是否会减少喜欢耕地的鸟类和动物的数量。人们在耕地上发展现代农业,不断砍伐树林,挖掘树篱,破坏植被,不仅因为它们投下的阴凉和根部造成的伤害,还由于它们会为麻雀和其他鸟儿提供荫庇。但牧场和草地都适合树篱、树木和植被的生长;草场茂盛的地方,通常都生长着大量林木。如果树篱和小植被也随草原一同扩张,或许就会影响鸟儿的生活。

人们会教小狗追捕几乎任何猎物。它们总是最先发现树上的鸟巢。事实上,训练小狗是不被允许的。但即使它们没有接受过良好的训练,在拥有几次跟随主人捕鸟的经历后,也会变得跃跃欲试起来。工人们经常用狗皮做帽子,并且保留着上面的狗毛。小猫总是跑进为兔子或老鼠设下的网。如果猫的爪子被网困住,它会用尖利的牙齿咬断那条腿,用三条腿踉跄而逃,直到伤口慢慢愈合,残肢从关节处脱落。狐狸遇到类似的灾难时,也会拖着受伤的腿逃走。猫在追老鼠时,常常沿着麦堆狡猾地垂直向上爬。

麻雀最擅长捡拾落穗:它们总是把麦茬地里的谷粒捡得干干净净;拾麦穗的妇女们打麦捆时十分笨拙,老手们却格外灵巧。她们把一部分稻草折叠到另一部分上，每次都能绑一大捆。即使是微不足道的小事，也有不同的做法，但这种传统的手法正在失传。一捆一捆的谷物相互倚靠在田地里，就像在双手合十做祷告。谷地旁边，有时会生长大量的防风草，长得很像蔬菜，但个头比较小。它们是木本植物，如果你好奇地把它们挖出来，就会闻到根部强烈的味道。每一个采过鲜艳红色罂粟的人一定都注意到了它宽大花瓣上的纹路，就如黑色的马耳他十字架一般。

甲虫在夜晚总是漫不经心地到处乱飞，甚至猛地撞到人们脸上。有时，可怜的甲虫会被几只寄生虫吸噬得只剩躯壳。工人们把毛茸茸的、卷成圆形的毛虫视为"魔鬼之环"——这是一个古老的迷信说法，人们习惯于把所有奇怪的东西都和恶魔联系起来。

世间万物都有变种，即使是普通的毛茛也是如此。不久前，我看到一棵毛茛开了两朵连体花，每一朵的花瓣都是完整的，在茎秆顶端背靠背绽放。泻根草有一根茎枯萎了，在风中折断。一串红莓悬挂在低矮的树枝上——部分花梗相互缠绕——它的浆果就像长在了树上，而另一部分花梗已经掉落了。

在黏土地，常青藤无法蔓延；但如果有肥土和沙土混合其中，它就会四处攀爬。我曾在一棵橡树上看见过直径五英寸的常青藤，几乎可以称为木材了。灯芯草常常伴水而生，但在很多小溪和池塘里都无法生长。在有些地方则更为罕见,如果想要找到灯芯草还真要花费一番力气呢。水百合也是如此。在邻水的地方很难见到粗壮茂盛的榆树,树干上还会渗出白色的树液。水曲柳在生长到一定阶段后,也会受到水的制约。以其甜美而著称的绣线菊,有时会变酸,它是否能在暴风雨来临前盛开呢? 这种花覆盖在灌木上,有时会发出一种与众不同的使人厌恶的味道。

树篱是典型的英格兰植被,人们常借以表达各种思想,很多谚语都来源于此——例如"太阳永远不会同时照射树篱两侧""像树篱一样粗糙",等等。小伙子们经常用钩状的刀子刨落花生,这是人们有意种下的吗? 我们可以看到它细细的根茎和微不足道的白色小花。小伙子们都很喜欢它,如果精心照顾,一定会更加美丽。

一般来说,人们对稀有鸟类没有太多了解——人们很少有机会观察它们,很难发现更多的奥秘。有一天早晨,我偶然看到一只稀有的啄木鸟,并跟踪了它很久,但即使我细心观察,也没有太大收获。在牛群中,我们能发现一些基本管理方法。养牛的人说,牛群中的每一头牛都有自己的主人(或女主人),在经过牛栏入口时,让其先行。如果这头牛表现出些许反抗,就会受到其他牛的攻击,直到它离开。如果有其他牛群的牛混了进来,它马上就会被驱逐,直到找到自己的位置。两头牛一旦分出了胜负,就会成为好朋友,经常用粗糙的舌头舔着彼此,相互满足。

　　狗喜欢在人行道上漫无目的地沿着马路跑来跑去:它一个肩膀在前,一个肩膀在后,好像要随时改变方向。它身体较长的肋骨和它前进的路线并不平行。这样会感到轻松吗? 因为,狗一听到主人的口哨声,就会一个箭步冲过去,逍遥的神态立即消失不见。

第 *18* 章
蛇的故事

当地农夫说，在他们那里有三种蛇——水蛇、草蛇和黑蛇。水蛇经常在小溪、池塘和柳树附近活动；草蛇在河堤、树篱里生活，在草丛中寻找猎物；黑蛇因颜色较黑而得名。农夫们应该知道，因为蛇在夏天十分常见，但由于它们会出现在不同地方，所以同一种蛇可能有不同的名字。一般来说，蛇喜欢有水的地方。有些蛇的颜色确实更深一些，因此人们将其归为不同的种类。

这些生物和其他的生物一样有喜欢的栖息地；如果你找遍了整片田野还是不见它们的踪影，就沿着干干的河岸向前走，不久就会发现六七条，每年，它们都会在这里栖息。当紫罗兰冒出新芽，在春日温暖的阳光下开出第一朵芬芳的花朵时，蛇就会从洞里爬出来，爬到小河的南岸晒太阳。寻找紫罗兰时，常常能听见干枯的叶子沙沙作响，看见蛇在下面拖着尖尖的尾巴爬来爬去。

在二月，总会有那么几天天气温暖，这时蛇可能就会独自外出，但人们一般看不到它们，如果遇到春寒，它们便会等到风力减弱时才从洞里爬出来。当树篱呈现出一片绿色，太阳高高挂在空中，气温逐渐上升时，即使偶尔有云彩飘过，蛇也会定期出来活动，但一定是在阳光照射了数小时后。在这以后，人们就会时常看见两条蛇在河堤上盘绕成一个圆形。

夏天，有的蛇看起来十分强壮——几乎如手腕一样粗。这些是雌性蛇，夏季是它们孵化的季节。它们总是出现在牛棚附近。夏天，小牛经常在田野里吃草，牛棚通常是空的，但堆积的化肥加快了杂草的生长，蛇就会把蛋孵化在这杂草中。兔子也喜欢来牛棚玩耍——牛棚大多距农舍很远——有时还会在这里生一窝小兔子。

当割草工把高高的草割下并打成捆，用耙子或叉子把草掀起来，将地表裸露在阳光下时，常常能看到蛇。他们会无情地将这些蛇杀死。蛇大小不一——长度从十八英寸到三英尺不等。我曾见过一种蛇，身长超过四英尺，如耙子的木柄那样粗。这种蛇十分罕见。农夫们会告诉你有更长更大的蛇，但我从未见过。

关于那种又长又大的蛇，目前还没有明确的记录和研究。有人告诉我说，他曾被一条蛇追赶过，蛇爬得非常快，他差点难以逃脱。蛇不仅是在地面爬行，还会跳跃起来。现在看来，这纯属是他的想象：他以为自己看到了毒蛇，转身就逃，惶恐之中以为被蛇追赶。他们一再坚持曾经被蛇追赶过，但我相信这个地区没有毒蛇，方圆几英里的地方也没有。人们可能在其他地方见过毒蛇，但并非这里，这里也同样没有鳞脚蜥。

　　人们普遍认为蛇是会跳的——或弓起身子弹跳。他们会说，蛇能一下越过沟渠。但这并不是真的。蛇在受到惊吓时，会爬向树篱，爬行的速度几乎令人难以置信。到了河边或沟边，便一头扎进去，沿斜坡滑下去。如果坡度很陡，它可能会失去平衡，直接滚向沟底，这便是人们误认为蛇会跳跃的原因。它从河堤出来后，会沿 Z 字形移动，然后钻进一个小洞穴。向洞里爬行一段距离后，它们常常会遇到阻碍，一半身子在洞里，一半身子在洞外，直到它又能继续前进。蛇经常侵占老鼠洞，但并不会为了方便将其扩大。如果把一根木棍放在一条正在爬行的蛇的头部，它会扭动着身体，在棍子上打出一个结。

　　我从未亲眼见过蛇蜕皮的过程，但有几次，我惊动了草丛里的蛇，并在那里发现了蛇皮。那里有一面低矮破败的老墙，长满了大麦一般的草，我在那里接连几次发现了蛇蜕下的皮，那里似乎是蛇最喜欢的蜕皮的地方。蜕下的皮颜色很淡——丝毫没有蛇本来的颜色，它就像是被涂上了一层清漆——但这并不是指它的棕色，而是它的平滑。蛇的眼睛上蒙着一层透明的薄膜，所以，村民们有种说法，蛇在眼睛上长了一层皮。

　　分叉的木棍是捕蛇最好的工具：它可以把蛇的头部插在地上而不造成任何伤害。如果蛇的尾巴被抓住——乡下的小伙子们经常这样捕蛇——蛇不会低下头，而是将其高高昂起，但它也不会向上爬，因为这样的姿势让它在劫难逃。如果它能够到人的手臂，就会马上缠绕在上面。蛇经常出没在房顶上。这样的房顶通常比较低矮，长满青苔和杂草，地上的常春藤沿着墙壁爬到上面。

那些常常在树篱下睡觉的割草者中流传着一种说法，如果有人睡在地面上，蛇就会从这个人的喉咙下面悄悄爬上去，嘴巴大长着。给草打捆的人中也有这样一种迷信说法，他们认为蛇是在人类的肚子里长大的，这些水蛇来自于人们饮用的池塘或小溪里的水。这种蛇是绿色的，和田野里的蛇十分相似。有人如果不幸喝了这样的水，就会把蛇吐出来。这些迷信说法显示出人们对动物生活习性几乎一无所知，虽然他们一生都在田野间和树篱旁生活。

草丛中偶尔会传出尖叫声，那是青蛙在极度恐惧中发出的声音。一条蛇抓住了青蛙的后腿，并且吞掉了大半。青蛙挣扎着、尖叫着，但无济于事。蛇一旦抓住了什么，就一定会将其吞下。我曾几次将青蛙解救出来，如果只有腿部受伤，它就会跳着逃脱，就像毫发未损一般。但有一次，我看到一只青蛙的半个身子都被它的死敌吞掉了：我想方设法让蛇将其吐出来，但没过多久，青蛙还是死掉了。青蛙的背部几乎是蛇的两倍宽，蛇竟然能吃掉如此庞大之物，真是让人不可思议。

在筑巢季节，有的鸟儿在低矮的灌木丛中筑巢，它们把蛇

威尔特郡的乡野生灵

视为天敌。我从未在树上看到过蛇(虽然我听说它们会爬树),但我曾在几英尺高的山楂树上见过蛇,它们在树枝间毫不费力地来回穿梭。有一次,我在鸟巢里看到了一条蛇:鸟巢空荡荡的——毫无疑问,它享受了一顿大餐,依然一副意犹未尽的样子。有的地方蛇相对较多,男孩子们总是在蛇筑巢时,先用棍子轻轻一捅,再把手伸进去,以免摸到的是蛇而不是鸟蛋。有时,蛇也会打破蛋壳吸吮鸟蛋——有人说,蛇更喜欢壳比较硬的蛋,但不论这是真是假,人们总能在鸟巢里发现破碎的没有蛋黄的蛋。一旦羽翼尚未丰满的幼鸟跌落到地上,它们就极有可能被蛇吃掉。

夏天,我坐在一条停泊在距河岸几百码的平头船中,看到一条蛇游到了三百码远的对岸。远远看去,只有一个小黑点稳稳地漂浮在水面。那是蛇的头部,露出水面,随着矫健的身体左右摆动。随着它渐渐靠近,身体两侧荡起道道波浪。蛇只有在十分有把握的时候,才会冒险游到距离河岸很远的地方去。它们在水中的动作和在岸上一模一样——蛇在水面上滑动着,身子蜷缩成螺旋状。它们前进速度适中,表现出一副悠然自得的样子。但你沿着小溪散步时,时不时会看到蛇潜入水中,在菖蒲间游来游去,直到它钻进水草中,不见了踪影。

在一个温暖的夏日里,我坐在橡树下的草地上,把枪靠在树上,观察一对啄木鸟和它们的幼鸟。但那闷热的天气真让人昏昏欲睡，在我还清醒的时候，我看一条蛇盘曲在草地上，正在我脚下。我屏住呼吸，好奇地要看看蛇要做什么。它紧紧地盯着我，正如我密切关注着它。好一阵，我们都一动不动。我刚一动，它就立即伸出黑色的、分叉的舌头，钻进河沟消失不见了。

有些乡下人说，他们通过一种奇特的味道就能知道哪片树篱有蛇频繁出没。如果有蛇被杀，或者狗经过时感到惊慌，那里一定会有一股刺鼻的气味。每到冬天，它们总是懒洋洋的。虽然我常常想在挖出的树篱下一探究竟，但从未见过冬眠的蛇被打扰。这或许是因为，蛇对地面的振动十分警觉，当斧子砍向荆棘和水曲柳时，蛇可能已经逃走了。而且，这些树篱可能并不是蛇最喜欢的栖息地。据说，蛇吃老鼠，偶尔也会钻进牛棚舔食洒在地上的牛奶①。它们有时也在草地上的沟纹中，在排水沟潮湿时活动。

青蛙具有爬高的能力。我曾看到青蛙在长满常青藤的屋顶上，它们一定是沿常青藤爬上去的。从某种程度上说，它们的爪子很适合抓握，并且能吸附在上面。有时，青蛙会发出低沉的声音，就像是嘶哑的"咕咕"声。猫有时会抓住青蛙的腿，折磨它，放开它又抓住它，最后将它一口吞下。这个可怜的小家伙会发出痛苦而又恐惧的叫声。

没有什么比花园小径上的蟾蜍更能预示降雨的到来。很多村民会告诉你，成百上千只小青蛙有时会爬得满地都是，但一下雨就全都消失不见了,雨后又会出来。在有的地方,青蛙出现得更为频繁。我就知道这样一个地方,那是一个豁口,周围都是黏土,通道被来来往往的马和牛踩得极其坚实。这个豁口靠近一条小溪,水流缓慢得如同停滞。我曾几次在这里看见青蛙军团拥挤在草地稀疏的地方,与树篱相比它们似乎更喜欢这里。

蟾蜍喜欢平静的池塘,很少在流动的水中出现。人们挖出黏土制砖,留下的坑里满是积水,蟾蜍就经常在那里,每到春天,数不清的青蛙也会来到这里,叫声一直传到五十码以外。

农夫们说,在挖古树的根时——以前是将其锯下——会在树洞中发现蟾蜍,这是一件很神奇的事情。这些古树的底部常常是空的,且与沟渠相连,所以蟾蜍可以在两者间自由通行。现在,人们依旧认为蟾蜍是有毒的,有人还会告诉你,他们的手上时有疼痛,就是因为无意中碰到了蟾蜍。

他们还说,一条被激怒的蛇如果没能逃走,就会朝你的手咬上一口,虽然是无害的。如果受到木棍的威胁,蛇则会扭动着身子缠绕其上。这明显是蛇生气时的反应,但它们能否收缩自己的身体呢?即使能,也只是收缩一点点。到了夏天,人们经常能在维克农场附近的小溪里看到蛇。

这条小溪和很多其他的小溪一样,在下游有许多闸门,将水引向草地或池塘,有的池塘在小溪上游,小牛时常在溪边饮水。有时,人们把溪水引向岸边的农舍,距闸门不过几码远。除此之外，还有堤坝，既可浇灌邻近的草地，又可将水位调节在合理的范围内。

在距离湖边不远处的一个安静阴凉的角落中，有一个生满青苔的闸门，那是翠鸟最喜欢的栖息地。虽然我们经常看到这种色彩亮丽的鸟掠过湖面，但它们在小溪和池塘上能觅得更多食物。它们会停落在树枝上，观察自己的猎物。

在湖面上，唯一能找到大树枝的地方就是浅滩，下面都是淤泥，水面上也长满杂草。那里柳树枝繁叶茂，有些树枝可以落脚，但水面上有杂草覆盖。水底有淤泥的地方，很难见到翠鸟喜欢的斜齿鳊。所以，在流水流入小湖的地方（尤其是在入口处，聚集着很多鱼）能找到翠鸟，而不是远离中心的地方。

这个古老的闸门建在一条支流上，几乎被树木和灌木覆盖，它已经腐烂了，要想穿过去，还真是件危险的事情。几片树篱在此相遇，形成了一片荫蔽，一条小溪从中间流过。不过，路过这里时一定要小心，因为河岸长期受到流水侵蚀和水鼠的破坏，河岸的边缘已经被蔓生的野草隐藏起来了。这些水鼠一直威胁着堤坝的安全：它们会沿河岸活动，把闸门上上下下挖得满是洞。水正从其中一个洞口中冲出来，如果不及时进行修补，流水就会携着泥沙不停流出，导致闸门后面水位降低。因此，在闸门和大坝附近，这些海狸一样的小东西并不受欢迎。

如果你悄悄地走近这几片树篱，迈过那根堵住裂缝的棍子,小心翼翼地拨开灌木丛,或许会看见一只翠鸟,以它最爱的姿势停落在那里。这根木棍不能受到挤压,否则缠绕其上的柳枝就会发出咯吱咯吱的声音,那根木棍也会断裂,惊吓到鸟儿。那只翠鸟就蹲坐在穿过闸门的横木上,距离水面两英尺高。

翠鸟常去的另一个栖息地是一条干枯的树枝,伸入到水流汩汩的池塘中。它更喜欢横木或枯枝,因为在上面视野更为清晰,也更有利于潜水和捕食猎物。它蓝色的背部、翅膀和红润的胸部并不如当地的鸟儿那么漂亮。又尖又长的鸟喙看上去有身长的一半那么长:这只翠鸟呈楔形,从嘴向后慢慢拉长。雄鸟的颜色最为鲜亮。

这个小池塘里有石斑鱼、河鲈、刺鱼,有时还有幼雄鲑鱼;幼雄鲑鱼常常在水的漩涡边。在这里,斜齿鳊是翠鸟最常见的猎物。它更喜欢四英寸大小的斜齿鳊,它们一旦靠近,翠鸟就立即弹跳起来。有时,翠鸟能捕到很大的鱼,几乎是它的两倍大。翠鸟会将其拖到很远的地方,这种小鸟的翅膀上聚集着巨大的能量。它用嘴叼着鱼,在飞行时,鱼几乎是垂直的;很可能是因为它飞得太快了,必须把头微微偏向一边。如果它只为自己捕食,它无须把猎物带到远离岸边的地方。跑来跑去的水鼠踩踏出了一片平台,成了翠鸟的餐桌,这里也通向小河上的闸门,那里也被踩得光秃平滑。但翠鸟喜欢在水边或在开阔的远离灌木丛的地方享用猎物,它认为这样才更安全;需要喂养幼鸟时,它能叼着与自己一样大的鱼,飞很远的距离。

有一年夏天,我一连几日来到一片树篱中去,距最近的小溪大约有两个田地远,我拿着枪,隐藏在护堤上。没过多久,一只翠鸟飞了过去,似乎对树篱很是留恋,它紧贴着树枝低飞而过,既没有朝向小溪,也没有朝向池塘;这看上去有点奇怪,但过了一会儿,它又飞回来了,发出专属于它的悠长哨声。不到一小时后,它离开又返回,这次,嘴里叼着一条鱼,在阳光下闪烁着银色的光芒。接下来的几天皆是如此。这只翠鸟,也许还有另外一只,不停地来来回回,它们叼回的鱼数量惊人。一小时之内,一只飞回,另一只又飞走。鱼也大小不一,有时非常小。

翠鸟当然也有自己的巢。但人们一般认为翠鸟会把巢建在小溪附近,或在河岸高处,池塘后面,所以我很难想象它们的巢在哪里。它们径直飞过另一个树篱的小开口,事实上是在两个树篱的夹角处,飞了大约二百码远;可我又觉得这可能是一种错觉,因为这种鸟并没有穿过树篱,只是在那个角落有自己的巢而已。

就在这个夹角处,有一个久已废弃的锯木坑,几年前从沟渠扩大而成,当时是为了方便把四处散落的木材锯成小木段而修的。为了避免牛群不小心掉进去,锯木坑上草草地搭上了一些厚木板,刚刚好能盖住坑口,不过这样也使得坑里漆黑异常。就在这个锯木坑里,翠鸟安了家,鸟窝看上去有点像是兔子开掘出的洞。这里距离孵卵地和小溪大约有四百码远，这样已为人父母的翠鸟要带着自己捕捉的鱼飞上四分之一英里才能回到家里。这个锯木坑的位置就在一条人来人往的小径附近，不过好在茂密的树篱遮挡住了过往路人的视线。

还有一次，我在一片护堤上发现了翠鸟的巢，下面是静止污浊的池塘，里面没有鱼，距离农舍也不过二十步远。农舍位于小山上，离最近的小河也有三百码远。这个池塘只有在天气潮湿时才会水位涨满，田野中的牛、马和饲养的鸭子经常来到这里。池塘旁有一堆柴垛，人们经常往来于此，翠鸟就在这里筑巢，抚育后代，不仅一个季节是这样，接连几年都是如此。它们不得不带着所有从小溪捕捉的鱼，飞过花园，掠过屋顶。它们在这里筑巢的原因很难说清，因为溪边明显有很多更适合筑巢的地方。

有一年夏天，我看见翠鸟一家四口停落在一枝枯枝上，树枝横跨在小溪之上，小溪在树篱边流淌。那里也有一个闸门，迫使溪水分别流向两个池塘。小溪底部侵蚀出了一条深深的河道，所以需要闸门抬高水位，便于小牛饮水。我早就知道护堤上有一个鸟巢，住着两只鸟，但却没有找到它。

当幼鸟慢慢学会飞翔，它们经常栖息在树枝上，树枝向外伸出，悬在水面上。父母时不时从远处的小溪中带回小鱼，因为只有在那里才有停落的横木和一两条鲤鱼。幼鸟的颜色并不鲜亮，直到来年春天，它们才能拥有像父母一样浓重的颜色。我曾在冬天猎杀过许多鸟儿，那时，它们的颜色已经开始发生变化了，但还是和完全成熟的鸟儿有很大差别。

翠鸟虽然飞得很快，但很容易被射中，因为它们的飞行路线就像箭一样直。如果没有灌木丛和柳梢的干扰，你一定能将其射下。翠鸟一旦受到了惊吓，就一定会朝自己最喜欢的方向飞去，这种习性几乎是致命的，因为捕鸟的人对此了如指掌，早就持枪等候了。无论翠鸟每天去哪里觅食，它们都飞向同一个方向。它们虽然总是漫无目的地沿着溪水游荡，但却有着固定不变的生活习性。于是，我很快就推测出了翠鸟下一个目的地。

通过记录这些鸟儿频繁出没的地方，你就能知道哪片浅滩上有成群的鱼儿，也能为你钓到大鱼提供诱饵。一般来说，沿溪而生的山楂树就是个极佳的地点。树根和灌木丛松弛了土壤，树下的洞也更深，鱼儿就常去那里。从上面看，这些山楂树密不透风，但下面却十分开阔。翠鸟能在这里藏身，避开人们的视线：如果它一直停落在这里，一动不动，就能逃避所有关注。当我穿过这片灌木丛寻找鹬时，我多次看见一道亮丽的淡蓝色光芒从低矮的树枝中射出来，接着一只翠鸟飞过草地，发出尖利的口哨声，飞向遥远的树篱！贮水池附近是这些鸟儿的好去处。

到了夜晚或凌晨，偶尔有一两只黑鸦飞到支流的闸门上。这种鸟常常吞食幼鸟，因此，人们一看见它们就开始猎杀，就连

布谷鸟

John Gould, *Cuculus Canorus Cuckoo*, 1862-1873

　　布谷鸟的叫声十分嘹亮，比其他任何鸟类的叫声传得都远。

Samuel Henry Alken (1810-1894), *Two Greyhounds Coursing a Hare*

猎野兔

带上猎枪,牵起猎狗去寻找野兔,如果早晨雾气朦胧,十分潮湿,那么这天可能风和日丽。

收获

George Vicat Cole (1833-1893), *The Harvesters*

　　就在这之前,爱尔兰人来到了这里,因为在收获的季节,英格兰地区总是有很高的薪水。爱尔兰人对给他们提供工作又对他们仁慈的雇主十分友善。雇主也总是最先选择雇用他们。因此,这批爱尔兰人每年都会回到同一片农场,就像布谷鸟会定期飞回一样。他们就住在露天的小棚屋里,在树篱中生一团火。他们勤劳能干,很少喝酒,举止得体。

鲑鱼

Benjamin Fawcett, *Grilse (Young Salmon)*, 1900

　　这个小池塘里有石斑鱼、河鲈、刺鱼,有时还有幼雄鲑鱼;幼雄鲑鱼常常在水的漩涡边。

啄木鸟

John Gould, *Picus Major Great Spotted Woodpecker*, 1862-1873

　　在一个温暖的夏日里,我坐在橡树下的草地上,把枪靠在树上,观察一对啄木鸟和它们的幼鸟。

翠鸟

Francois Nicolas Martinet, *Kingfishers*, 1760

翠鸟常去的另一个栖息地是一条干枯的树枝,伸入到水流汩汩的池塘中。它更喜欢横木或枯枝,因为在上面视野更为清晰,也更有利于潜水和捕食猎物。它蓝色的背部、翅膀和红润的胸部并不如当地的鸟儿那么漂亮。

沙锥鸟

Francis Orpen Morris, *Snipe*, 1858

　　沙锥鸟有时两三只在一起进食,也有时是独自进食。它们不会到别的地方去,比如水塘或小溪什么的:沙锥鸟只待在湖边。

斜齿鳊

Benjamin Fawcett, *Roach*, 1900

躺在草地上,静静地朝池塘对岸看去,斜齿鳊正在深水中游泳,浅水中,一只鲈鱼等待着顺水而下的食物。

它们的蛋也不会剩下，以免它们数量增加，当然，这是在水域受到保护的地方。但在这里，它们并不总是被捕杀。我曾经看见过黑鸦和黑水鸡从远处的小拱门下游过来。黑水鸡喜欢小桥，也常在桥下觅食。一旦受到惊吓，它就潜入水中消失不见，只是偶尔伸出头呼吸。

有一天，我惊动了浅池中的一只黑水鸡。它立即潜入水中，我知道它不能在水中待太久，周围又碰巧没有太多灌木丛，于是观察着它会在哪里冒出头来。等了一会儿，我正纳闷这只鸟游到哪里去了，突然看到水草在微微摇动。仔细一看，似乎有个很小很小的东西在那里移动——就在离我不过十五码的地方。那好像是鸟喙，正在浮萍附近觅食，它的身体和头部都在水下隐藏着。因为池水很浅，黑水鸡只能站在池底，把嘴伸出水面来觅食。

---

① 下面这封信友善地提供了例子。

金斯敦维卡拉格，威尔汉姆，多塞特，

一八七八年十月二十七日

先生，您好：

关于您提到的蛇喝奶的事情，我想告诉您三个月前发生的一个实例。在金斯伍德，也就是堪普斯顿农场（为卡拉夫特先生所有,在科夫堡附近),挤奶工发现有什么东西从墙上的一个洞钻进牛奶场喝奶。他觉得可能是老鼠,于是在洞口设了个陷阱,他每天都能捉到一条蛇,一共逮到了十七条!卡拉夫特先生证实了这件事。告诉我这件事情的是班克斯先生,他是科夫堡的教区长,挤奶工亲口将此事告诉他。

你忠诚的,

斯宾塞·史密斯

威尔特郡的乡野生灵

第*19*章
小溪的路线

　　为了方便小牛饮水，人们将小溪的岸边挖成了坡状，夏天，鸟儿经常来此栖息。起初，为了使牛群饮水的地方土地坚实而铺在这里的小石头，已经风化成沙子，被冲刷进水中了，因此水底沉积了大量泥沙。溪水中心菖蒲蔓生的河洲将水流一分为二。流速最快的部分流经饮水处，将更多的泥沙冲入水中，所以，小溪边缘的水面上漂浮着一层细沙，距岸边六英寸远，不过一英寸深。这就是鸟儿沐浴的乐园，它们就这样日复一日飞到这里，整个夏天都在这里度过。

　　麻雀、八哥、燕雀（包括美丽的金翅雀）、画眉鸟和其他鸟类不停地飞来飞去。不同种类的鸟儿们经常聚集在一起洗澡；当然也有鹡鸰鸟。鹡鸰鸟迈入水中，站在那里。有时，它用脚翻动着水底，就像是在觅食。画眉鸟十分喜欢这里，时常从邻近的树篱中飞来。它们喜欢有水的地方，经常在这附近觅食。画眉鸟栖息在溪边的山楂树下。偶尔人们也会看见老鹰沿溪流盘旋或栖息在附近的树上。毫无疑问，鸟儿对水表现出了特殊的偏爱。

正如鸟儿喜欢树篱，鱼儿也有自己最爱的地方，走过了闸门，许久都不见鱼的踪影。这条小溪突然变得弯曲起来，形成一个回路，几乎朝来时的方向流了回去，就像 n 的形状。被溪水环绕其中的狭长陆地一头很宽，另一头只有两三码。两侧水流湍急，似乎要将其侵蚀成两个很深的池塘。人们在那里放上堆积物，以防止泥土坍塌，一棵柳树悬垂在池塘边。躺在草地上，静静地朝池塘对岸看去，斜齿鳊正在深水中游泳，浅水中，一只鲈鱼等待着顺水而下的食物。在堤坝附近，水流减缓，半明半暗的淤泥中，有许多鲤鱼。

不远处有几只寒鸦，以斜齿鳊为食，但它们并不会主动游到那些深洞中去。寒鸦经常在浅水区或紧靠岸边活动，因为那里有菖蒲的遮挡，或躲到水草后。它似乎知道斜齿鳊会时不时游过弯曲的河道——从一个池塘游到另一个池塘——当它们需要游过这片浅水时。如果有鱼独自经过这里，那么它一定是必死无疑了。

在狭长陆地的上游（生长着柔嫩的枝条），另一条小溪汇入：这条小溪很深，水流湍急。在平静的回水处——靠近或远离急流——是寒鸦的另一个觅食地。

如果受到了惊吓，鱼不会在急流中上下游动，而是朝着倾斜的方向跃出五六码，跃到溪流的对岸，隐藏到另一棵漂浮的水草下。而如果要重新开始，它会再次弯曲成 Z 字形，并再次隐藏起自己。最初,在你尝试用一根长棍碰触它之前,它会一直保持不动,但随着一次又一次的移动,它会越来越警觉,直到最后,你刚一靠近,它就会迅速逃走。

　　狗鱼通常都在平静的池塘里游动,这些池塘或者有溪水汇入,或者通过沟渠与溪水相连。它们能通过一个隐蔽的管道从小溪游到池塘。池塘里的狗鱼比溪水中的大:这些却比较小——大约有一到两磅重。在产卵的季节,它们三两成群地从池塘游回小溪中去。它们彼此肩并着肩,挨得很近——三个同行时,最大的一只通常在中间。每到这个时节,池塘里都挤满了狗鱼,那些经常沿小溪漫步的人会惊讶于这么多狗鱼都来自于哪里。

　　虽然大多数时间,狗鱼都在平静的池塘中,但有一些也会到处游动,尤其是体重在一到两磅的小家伙。它们会跃过那些阻挡它们游向下游的堤坝。我曾看到一条年幼的狗鱼,大约一英尺长,它跃过一个大坝,径直掉落三四英尺,摔在裸露出水面铺满石头的地面上。那条狗鱼又向前跃出两英尺,侧身摔在了石头上。它静静躺了一分钟,然后弓起身子,跳入水中,顺水而下。这样的狗鱼有时会落在灌溉草地上,漂流到很远的地方。

　　在安静隐蔽的地方,水澄澈而不湍急,当地人把刺鱼称作"米尼",它们把巢筑在岸边;刺鱼在沙地挖出一个小洞,洞里有很多流水携带而来的细小根须,相互缠绕如同小一束柴草。根须上堆积着卵细胞，上面又覆盖着一层泥沙，或许是刺鱼有意为之，又或许是随水漂流时聚集在上面的。有一些细长的根须微微地向外伸出，上面没有泥土，也没有沙粒，正好形成一个通道口。我曾看见过很多类似的情况，但从未见过刺鱼试图往巢里钻。当然，这是不可能的，因为开口并不够大。

巢口达到一定大小之后，就很容易发现刺鱼，因为它会一直看守在这里，这个时节，它的胸部呈鲜亮的深红色。它会全力看护鱼巢；如果它受到食物的诱惑不得不离开一会儿，也会马上返回来。如果一条细小的树枝或根须漂过来，要撞向鱼巢，它会用嘴将其叼走。它也会把渐渐堆积起的沙粒移走。清澈的流水对卵细胞是必不可少的，所以，鱼巢的入口处要小心保护，防止阻塞。很快，大量鱼苗涌来——这是我们能想象到的最小的生物，只有手指甲的一半那么长。它们在鱼巢周围嬉戏，一旦受到威胁，就会避退到鱼巢里。

小溪分成几支从桥拱下流过。这里有几条瀑布，湍急而清澈，击打在石头上，泛起水花，这里有不计其数的杜父鱼——这是一种生活在水底的鱼，身长足有四英寸，头部宽大，占全身比例很大。这种鱼很少从泥沙中游上来，总是躲藏在卵石后，把头扎进泥沙中，只有尾巴裸露在外。它们不停变换姿势，从底部迅速游到另一个地方。它们很贪心，总是把渔夫的诱饵吃掉后就逃之夭夭，让渔夫大失所望；据说村民们吃这种鱼。

"石泥鳅"——小男孩们都这么叫它——也躲藏在卵石后或卵石下,用手就能抓住它们。它们的生活习性变化无常,有的地方数量众多,而有的地方沿河水寻找很远但却徒然无获。我借助白羊鱼作诱饵,在常常路过的一条小溪里发现了一条,尽管这里的泥土或溪流和其他地方并没有明显不同,但它们从不会露出水面。在溪水中,狗鱼似乎并不在意它们;但湖水中没有白羊鱼,所以在那里,白羊鱼就是一种致命的诱惑。任何事情都不是一成不变的,白羊鱼能引来梭鱼,但如果一条斜齿鳊出现在梭鱼面前,白羊鱼可能就失去诱惑力了。

一场洪水把大量悬浮的泥土和沙石冲刷到水里,污浊的河水吸引了很多鱼前来觅食;但大量的泥土使它们不得不另寻他处。张网捕鱼的人们熟知这一点,他们会在桥下或暗渠下张网——那里是鱼大量聚集的地方。然后河水底部被竹竿搅动起来,直到再次满是污浊。这样的流水经过暗渠(没有被搅动的地方,鱼反而很安全),携着鱼顺水而下,落入网中。开始,鱼儿还想逆水而上,却受到了竹竿的阻挡。据说,即使是喜欢泥沙的鳝鱼遇到这种情况,也会顺水而下,漂流很久。

在泰晤士河沿岸,人们通过稍稍搅动水底来吸引鱼,但夜间放诱饵捕鱼的人十分厌恶这种方式。捕鱼者有一根长长的竹竿,末端有耙子一样的铁齿。捕鱼者把泥土耙起来,等上几秒钟,张开网,就会有小鱼游上岸。他们把这些小鱼装进水桶,然后离开。

与溪水相通的沟渠是所有水生物最爱的地方,在那里能发现许多昆虫。那里是芦苇的最后一片生长地;随着农业的发展,这种美丽的植物在逐年减少。在溪边的一两个河堤上可以看到一小块河床,沟渠的入口处,和泥沙淤积而成的三角洲上生长着一丛一丛的芦苇。有些人十分喜欢芦苇顶上美丽的花穗,为了摘到它不惜长途跋涉。我用这种花穗做了几支笔:这样的笔可以写字,比鹅毛柔软,但也更容易磨损。

冬日里,沟渠中的山鹬可能会被潮水涌出来。山鹬很喜欢沟渠,因为那里一年四季都有涓涓细流——这是季节性河流不常见的——流水来自一条小山泉,即使在严冬也不会结冰。当奔流的小溪也进入冰封期时,它仍然可以流动一段距离。

现在,溪边一棵芦苇也没有——它们都在偏僻的角落躲藏着,芦苇周期性的消失或许能解释这一现象——并不是每年一次,而是每时每刻都在发生。这样能够避免泥沙淤积而导致的洪水,菖蒲的根足以抵挡这种冲击,但其他很多水生植物都对此无能为力,所以只能生长在不被外界打扰的地方。

当地的居民说,和树篱一样,不同的池塘有不同的景致。有些田地、树篱相对荒芜,有些却是鸟儿的乐园;池塘也是如此——有的时常有鱼儿出没,有的则一条鱼也没有。曾经有一个池塘我尤其喜欢,因为那里似乎没有任何有生物:甚至连在最小的沟渠中也能生存的棘鱼都没有，但注入这个池塘的小溪里是有鱼的。池塘里连蝶螈都没有——就像一片小死海。还有一个池塘以其不计其数的蜗牛而著名。刮起大风的时候，蜗牛就在避风的岸边排成一队。

苍鹭是来到这片池塘的所有鸟儿中飞得最高的，也是这里的常客。人们每天都能在同一时间看到它们。但在筑巢期，它们的数量会明显减少。距离这里最近的苍鹭巢大约有三十英里远，这或许能解释它们数量的减少。夏季到来之前，池塘的水位最高，苍鹭很难找到食物。

苍鹭高飞在空中，每扇动一下宽大的翅膀，就能向前飞很远的距离，所以，乍一看它们似乎飞得很慢，那是由于你的眼睛被它们缓慢扇动翅膀的节奏蒙骗了。实际上它们的速度很快。苍鹭去湖边的时间似乎没有任何规律性——虽然总是在下午到来——但是，它们有明确的飞行路线。然而到了冬天，它们的飞行变得有规律起来，傍晚从湖中飞到湿地上，清晨再返回——也就是说，这时的湖水是流动的，并没有结冰；如果湖岸被冰封，草地上只会出现一两只苍鹭。

干燥的夏天过后，秋天到来，这是最适合观赏苍鹭的季节。这时，水位降低，小岛露出水面，狭长的沙洲沿着两侧的浅滩延伸出五六十码长。经过了最为干燥的季节，水位下降了很多，在水面最宽（水最浅）的地方，湖水的发源地距离最近的树篱也有一百码远。而这正是苍鹭喜欢的地方,因为谁能越过这么宽阔的泥地接近苍鹭而不被发现呢?我曾在白天看到过八只苍鹭,在狭长的沙洲上站成一排,如士兵一般井然有序:邻近的小岛上还有六只。它们没有觅食——只是静静地站着;天色刚一暗下来,它们就沿着小湖四散飞走了。

虽然苍鹭主要在夜晚觅食,但它们常在白天捉鱼。一般来说,长长的脖子能让它们发现危险,但也并不总是如此。好几次,我都在水位很高灌木丛生时发现了苍鹭,并且得以走近到距它不足五码的距离。它受到惊吓后的动作笨拙又滑稽:它企图逃走,却无法迅速起飞,至少需要五十码的距离才能让它飞上天空。

苍鹭和鹬在飞行时差别鲜明,鹬能在你脚下起飞,以每小时三十英里的速度疾驰而去! 修长的腿,探伸的脖子,宽大的翅膀和身体,表现出一副一览无余的姿态。然而,我曾用一杆普通的枪和猎杀鹬的子弹,让苍鹭一次又一次成功逃脱。你能听见子弹一发发射出去,然后传来它奇怪而尖锐的嘎嘎声,它拼命扇动着翅膀,很快,飞到了半空,平静安稳地飞走了。它的脖子似乎弯了下来,头部微微后倾,所以乡下人说:苍鹭经常带着一条蛇飞。

苍鹭能瞄准的地方远没有你想象得多。它虽然很高,却没有宽度,实际上比看上去要小得多。如果你在小溪中悄悄靠近,走到与它相距不到三四十码的地方，在它警觉地四处观察时瞄准头部，很容易就能击中。

苍鹭的生命力极其顽强：即使头部被击中，即使已经奄奄一息，它依然会高昂着脖子长达几小时之久。它不可能扭动脖子——因为，它的脖子就像皮革或螺旋形弹簧：你无法将其折断，唯一能使其摆脱痛苦的方法就是割断它的动脉；即使这样，你依然能看到肌肉的收缩。曾经有个农夫想要被我射中的苍鹭，我给了他，他把苍鹭煮熟了。他说煮了八个小时后，仍然对它的脖子无能为力。

这种鸟一定具有十分敏锐的视力，所以才能在夜晚捕食，才能把食物从深水中叼出来。严冬时节，当湖面结冰的时候，它们一定感觉很难熬。很多苍鹭都离开了，可能飞到没有冰封的湖面上去了。但也会有一两只一直徘徊在草地上，直到什么食物也找不到，才失望地离去；它们飞落到一片没有水的草场中央，一连几个小时都孤单地站在那里。我推测，苍鹭在冬天来到池塘一定是为了池底的小鱼，因为这时的湖水还不是太深。据说，当鱼儿受到冰封的河水保护时，苍鹭就会以草地上的青蛙为食，但它们找不到太多的青蛙，因为我每天都在草地上捕鹬，很少看到青蛙。

夏天过后，湖水水位变得很低，这时很适合观察生物的生活习性。通常人们只能在湖边看到一两只乌鸦，但有时也能看到十几只在岸边忙碌着。它们捕食湖中的蚌。水浅的时候，任何路过湖边的人都会留意到水底泥沙上的一道道细长的凹槽，从湖的边缘——大约一英尺以内的地方——延伸到水更深的地方。沿着凹槽看过去，有时能在水深一两英尺的地方看见蚌——有时比较开阔，有时十分狭窄。这些凹槽是水生物经过时，它们的脊背留下的痕迹。

水底有上百个这样的凹槽，大多从浅水区延伸到深水区，还有一些相互交错着，显示出蚌活动的路线；偶尔人们能看到其中一只缓缓移动着，在泥土上刻下痕迹。但它们通常在夜间活动，在黑暗中慢慢靠岸。水深的地方，它们比较安全，一旦靠近岸边，乌鸦就会猛扑向它们，乌鸦一整天都在关注着这里的动静。

除了那些在岸上被吃掉的蚌，还有大量的蚌被水冲到草皮稀疏、土质僵硬的高地上。如果没有被踩踏和破坏，蚌的两扇贝壳通常是完好无损连在一起的，这说明乌鸦能娴熟的打开壳，吃掉里面的肉。蚌的身长从两三英寸到九英寸不等；最大的蚌并不常见，五六英寸长的蚌却不计其数。有些传统的家庭主妇会把一扇洗净的九英寸蚌壳放在糖果罐里做勺用。

有时夏天气候非常干燥，水位也很低，有些水浅的地方已经裸露出了陆地，人们甚至能走在上面，虽然有些地方会有流沙和细沙。鱼儿之前可以在方圆四分之三英里内游动，现在只

威尔特郡的乡野生灵

能被迫退居到只有几英亩大的深洞里。在如此狭小的地方，它们显得惊恐不安。

已经很多年没有人在这片水域捕鱼了，所以狗鱼和鲈鱼都肆意繁衍，数量惊人；它们占了相当大的比例。人们经常捕到六磅重的狗鱼，偶尔也能捕到八磅、十磅、十二磅或十四磅重的鱼。狗鱼一般不超过二十八磅，然而，有一天有人打上来一条三十多磅的狗鱼，打破了这个记录。人们认为在深海区应该还有更多像这样的大鱼，有农夫曾在晴朗的日子看到狗鱼在岸边晒太阳，他说看到了一条鱼，像男人的腿一样长。这里狗鱼众多，即使看到这么大的狗鱼也不足为奇。如果你在阳光明媚的日子里漫步在水边，只要你小心翼翼，不引起地面震动，也不让影子投入水中，朝柳枝和灌木周围看去，就能看到沐浴着阳光的狗鱼。

当炎热的天气持续一段时间之后，这些贪婪的生物都退到几英亩大的水域随心所欲地捕食鱼儿，斜齿鳊成了最大的受害者；每隔两三分钟就能看见小鱼跃出水面，挣扎着想要逃脱，一次就有二三十条小鱼上蹿下跳，水花四溅。几百条斜齿鳊仓皇逃窜，水面上留下它们游过的痕迹，它们一会儿这里潜入水下，一会儿那里跃出水面，每天二十四小时，从未停歇。

这些可怜的鱼儿啊，快速游向浅水区，然后凭借着这份力量继续前行，来到泥土地上，喘息片刻，再次跃入水中；狗鱼有时也会潜下再跃出，对猎物穷追不舍。一览整个池塘，鱼儿落入水中时,水花飞溅的声音从四面八方传来。它们在阳光下闪烁着银色的光芒。到了夜晚,同样是水花四溅,水声四起;只是鱼儿激起的道道波浪在黑暗中难以辨别。

令人不解的是狗鱼刚刚降生时,性格十分孤僻;有时,一群小鱼在浅滩嬉戏,只有小手指那么长的狗鱼,独自躲在石头后面,这石头就是它的藏身之处。温暖的日子里,几乎所有这样的地方都埋伏着一个年轻力壮的海盗。斜齿鳊虽然惊恐万分,但玩儿起来时却肆无忌惮;狗鱼正躺在水面上晒太阳——这时的湖水水位适中,小鱼好像知道它正在午休。

斜齿鳊总是成群结队的活动,在产卵期,鱼儿聚集在石头众多的岸边,看上去黑压压一片。成群的斜齿鳊在方圆一百五十码,距岸边七八英尺远的水域活动。它们聚集在石头周围,时而游到石头前,时而又游到石头后,钻进狭窄的裂缝;众多小鱼拥挤在一起,很容易就能用手抓住它们;惊恐中,它们相互碰撞,激起水花。这种现象能持续一两天,然后,大多数鱼又游回深水中去了。

在产卵期,斜齿鳊会被老鼠捉到——不是水鼠,而是家鼠或野鼠,这种老鼠在湖边十分常见,它们体积很大,吃掉了很多斜齿鳊。我曾在通向老鼠洞的路上,看到死鱼散布在各处,因为老鼠捕杀的鱼太多了,它们吃不完,也不及搬走。我曾朝它们开枪射击,它们从岸边游出大约五十码的距离,我怀疑它们刚刚窥探过水鸡等水禽的巢;只要有机会,它们会对鱼下手的,只是在产卵期,这种事情具有毁灭性的结果;对这些老鼠而言,斜齿鳊唾手可得;它们还经常去河沟或河堤,就像鼬鼠、乌鸦和鹰一样危险,所有的猎物都难逃其魔掌。

欧洲鲤生活在泥洞里。除了它们,其他的鱼也常常来这泥泞或多石的岸边游玩。湖水涨满,向外蔓延成一片浅水区,水底满是泥沙。在这里,你或许一条鱼也看不见:但这里一定有鱼;如果你在夏日里,乘坐一艘小船,悄无声息地随风漂流,你可能会发现,经常在岸边游动的鱼群都消失不见了。鱼儿喜欢的水域是溪水汇入的地方和深水区突然变浅的地方。水底的轮廓和特征对鱼的生活习性有着很大的影响。因此,那些对水底了如指掌的人捕起鱼来,与渔民不相上下。

第 **20** 章

湖边的野禽

　　"夏沙锥"（也叫鹬）每年都按时来到湖边，在这里度过天气较暖的几个月。水边的浅滩常有十几只一群的鹬鸟过来造访，一旦受到惊扰，它们就贴着地面飞起来，并发出哀怨的尖叫。沙锥鸟会围成一个半圆，飞到离浅滩一百码的地方，然后再折回来；只要你愿意不停把它们扑腾起来，它们就会一直这样来回飞。沙锥鸟有时两三只在一起进食，也有时是独自进食。它们不会到别的地方去，比如水塘或小溪什么的：沙锥鸟只待在湖边。

　　但一到夏天，这片水域就只剩下几种鸟儿了。只有两三种野鸭还在这里产卵：它们的窝不在湖边，而在邻近的水塘。水塘与湖相接，水从湖里流过来——这是人们特意挖出来的，因为湖岸过于泥泞，不方便牛去饮水——此处十分安静，周围环抱着灌木，很适合搭窝。鸭子也把窝搭在偶尔流进来的小河边。这里还有一条大沟，里面满是菖蒲和灯芯草，上面又有浓荫，鸭子不时会把窝搭在里面。但鸭子并不生养后代，虽说有人记得它们原先曾这样做过。

在春天会有很多黑鸭，它们在湖面上彼此追逐着，显得很有生气；它们的窝也十分常见。此处水鸡的数量自然也很多。为什么它们搭窝时似乎总也学不乖呢？无论是在湖边、水塘，还是小溪，水鸡从不预先考虑水位的变化；所以它们的巢经常被水冲掉。偶尔，河水猛涨上来，鸡窝就被整个冲到下游去了。如果它们把窝建在岸上稍高点的地方，此类不幸是完全可以避免的。

湖底有几亩低矮的柳树丛，水位较低时，树丛就裸露在干燥的地面上；但在春天和初夏，它们却没入水中五六尺深。黑鸭最喜欢在这里搭窝，而且同样不长记性：它们的窝几乎就搭在水上，水位一涨，窝就被冲跑了。

据说，水獭在很多年前常到水塘来，但近来却从未在这里出现过了；然而，还是不断有传言说有人曾见过水獭。有一年夏天，人人都在说这事，而且又实在传得太神，我便彻底做了一番调查，结果发现这故事是由一只巨大潜鸟的移动催生的。这鸟在水下飞快地游，而又时常贴近水面，所以就掀起了一道浪花，那痕迹就在水面上一直前进。这就是人们想象出来的水獭。那鸟儿后来被打下来了，但对于它到底是什么品种，人们却没个说法。不过肯定有好多种潜鸟都被杀掉了。鹏鹕也常常被打下来。

海鸟偶尔会飞来这里——特别是有一种被当地人叫作"海燕"的，经常在狂风过后出现，并在水面上盘旋一周甚至更久的时间。有时，这样的鸟儿你能同时看见六到八只。平常的那种海鸥来得很没规律,一般是在冬天或春天;据说它们预示着坏天气。有时,海鸥也会在此停留片刻,我也在水草里见过它们。考虑到此处距海的路程,海鸥自然是比较常见的。

野鸭会在快要到冬天的时候回来,每年最冷的这几个月份,都会有一群数量不等的野鸭留在这里。白天,它们会很小心地在宽阔的湖中央游动,远远躲到射程之外;到了晚上,它们就上到地面,或是沿着河岸找东西吃。水鸭时常造访此处,赤颈凫有时候也能看见。偶尔还会有大量猎鸟出现在这里:据说这是它们正被严酷的天气驱赶到南方。有一次,我见到湖面简直是黑色的——猎鸟几乎覆盖了半里长,四分之一里宽的水面。这样的场景令人难忘,因为始终有大量猎鸟在起飞、盘旋,它们扇动翅膀发出的噪音也大得惊人。不过,猎鸟只会在这里逗留一小段时间。

据说鸭子在飞行时会排列成 V 字形,我曾多次试图观察到这种形状,可最终都失败了。它们飞行时的确会排成某种形状,但那些过来水塘的鸭子更多是飞成一排或者说是一条线,队伍向下倾斜,就像士兵被召唤时排成的梯队。水鸭看起来比野鸭勇敢得多:它们从小河中起身时,经常遭到射击;而野鸭则几乎不去小河,即便去了也不怎么被人找到。它们在漫灌的大草地的渠道中游水,但都很小心地躲在射程外。因此,要想在白天射到它们,唯一的办法就是找两个人等在树篱的不同位置,再找另一个人去把鸭子赶上来。

一般来说，沙锥鸟最先出现在耕地，接着是湖边——它们通常愿意待在泥泞的岸边——最后才去小河。冬天临近时，它们就大批离开湖水去到河里。流过泥炭地的小溪是沙锥鸟的最爱。体型较小的姬鹬常到水浇地和潮湿的垄沟去。当湖水冻结时，白天，野鸭就成群结队地站在冰面上，一站就是几个小时；它们的脚印就被留在了冰上。

沿着流水的岸边走，你会注意到漂在水面上的树枝、野草和树叶；它们被风吹起的海浪托着，标识了后者的高度。海边的沙地因为潮汐高度的变化已经变成了阶地。夏天，湖中较浅的部分密密麻麻地长满了水草，小船在此必须花大力气才能通过；有些水草能长到八尺甚至十尺高。在岸边的沼泽，一些地方长满了杉叶藻，草尖就从水面伸出来：这里总有一丝沼泽的味道，当脚踩进柔软的土里时，味道就更大了。

秋天水位较浅时，水草就被割掉了；它们和长在岸边的水草以及灯芯草一起，组成了你能想象到的最糙的草料。粗糙一点的被用作垫草，最好的则被混在饲料中喂牛。很多草料被装车运走了，但留在这里的还要更多。走在绵软的地面上，你能一直听到急促的"砰砰"声：这是脚踩到地上的杉叶藻时，空气突然被压缩发出的声音；杉叶藻茎秆中空，每隔一段距离还长着节。

在某个季节，当风连续不断地刮了几天之后——这通常是

湖边的野禽

南风或西南风——野草常被风带到对岸去，排成一行；还有大量枯枝从乔木和柳树上掉下来。在小范围内，海上的浮木也发生同样的现象。此外，研究自然力对水塘和小河产生的影响，确实有助于我们理解地表发生巨变的过程。

比方说，水的东北边界不断侵蚀陆地，带走沙土，这就证明是南风和西风在起作用。浪花在六七百码外就积蓄起力量，翻滚着拍在岸上，逐渐使河岸减损，将地面冲走，形成了一处微型的悬崖峭壁；其表面总是向里凹，顶端和底部都要凸出来一点。这种现象十分显著，以至于粗心的人走得太近，会发现草地突然褪去了；他还注意到自己得赶紧离开，以免几担重的地面突然陷进水里。

在此过程中，土地肥沃的部分被冲散了——或者说是悬在了水中，而小块的石头和较重的沙砾最终沉下去，形成了沙质的河底，成了游鱼的好去处。暴雨中，肥土可以说使与海相接的几码水流褪去了颜色；因此坐船经过时，你就可以根据浪花的颜色判断自己是否靠近了"悬崖"，会不会有危险。水流不停地侵蚀地面，速度很快，以至于有一棵中空的老橡树——站在被称为夏季满潮的位置——现在离河岸已经很远了，中间甚至能走船。

老橡树挺立在水中，就像一座木质的孤岛；浪花不断拍打在树上。有时，水面上的波纹将阳光投在凹凸的树干上，随着波纹不停扩散,树干上光的纹路也不断移动。岸边的水实在太浅,浪脊的影子一片追着一片就投在沙质的河底。它们把最亮的光投在树干上,织出了一个漂亮的蕾丝边——底下,它们自己的影子就浮在沙子上。沙子也被水波微微冲出了几道曲线。这些水波冲出的线实在太轻,也许你一掌就能抹平五十条;然而,它们有时却能保存好几个世纪,学生可以据此得知水流曾到过的位置。在一些最古老教堂的地基下面——僧侣最喜欢把教堂建在水边——最初的土上还能发现水流冲出的痕迹。

八哥在老橡树中空的树干里做了巢,有很长时间它们都在这儿安全地养育后代。八哥似乎知道水能给它们以保护,而倘若把巢建在生长在陆地的树上,它就在人们力所能及的范围之内了。

如同在海边一样,水浪过来时先是卷成拱形,然后才碎成浪花;在这里,当有大风吹起来时,小一些的水浪在到达缓坡的海岸时也会卷起来。清早,当太阳逐渐积蓄热量,白色的雾气就融在水面上消失不见了。一个炎热的夏季,当湖涨满水,且湖水被水坝和闸门刻意蓄起来时,我观察到水位几乎每天下降半英寸。这一情况实在惊人,因为与此同时,还有一条支流汇入湖中,补充的水分还要超过渗漏所流失的。在如此宽阔的湖面上有半英寸的水被蒸发掉,就意味着几千加仑的水进入了大气中;因此,即便是这个微不足道的小水塘,几天里也能积聚出一团不小的云。那么，从海面蒸腾掉的水汽又该有多少啊！

在冬日，有时早上会结厚厚的冰，霜风凛冽，而太阳则高悬在蓝色的晴空中，我觉得此时它就和夏天的清晨一样漂亮。有一个这样的早晨，我正穿上冰鞋，偶然抬起头，就吃惊地发现一只鸟，形貌与平常所见的不同，它体型庞大，正缓缓叫着飞过头顶。我立即认出那是只鹰，而那次则是我唯一一次在这里见到它。那只鸟在视线中停留了一会儿，最终离开了，朝着太阳向东南方飞去。

那天下午，霜还没开始下，风逐渐停了；被吹得四处乱飞的枯叶都堆在了角落和背阴处。夕阳西沉，万籁俱静，空气却显得清新宜人。接着一些木头被扔进了火里，火光清晰明亮——燃烧着的木头表面裂开，成了形状不规则的小方块；于是老人便摇着头说，"这会冻上的。"夜晚临近时，一群马经过这里，马蹄踏在地上发出响亮的声音，这说明泥土迅速变硬了。脚踩在路面上，草地嘎吱作响；白天，榆树上挂着白霜。茅草屋顶挂着冰柱，水塘则已经冻住了。

霜冻的事是最说不准的：它也许会融化，甚至下起雨来，一下就是几个小时；但话说回来，即便在午后下了雨，夜半时天也可能放晴，而到了第二天清早，冰已结了四分之一寸厚。有时，霜冻开始得很慢：在农田中间，地面还是软的，牛的蹄子踩上去还会微微下陷；而在树篱处，地面已经很硬了。不过，随着温度逐渐降低,冰就开始形成了。它会一如既往地冻上一周,可你却几乎看不见什么冰,因为同时会有一场大风刮起来,而湖中不停流动的水和浪花也是不会冻结的。因此,长时间的霜冻极难预测。

但霜冻还是来了。两场真正大的霜可以在湖面结上很厚的冰,使得人甚至能站在湖边上;三场霜就能让人站到几码之外;有四场,人就可以安全地横穿湖面;一周之内,冰就会有三四寸厚,马车都能在上面跑。冰的样子也各有不同:若是下了一场冻雨或是一场雪(这有利于结冰)——冰的颜色就会很深;若是风平浪静,冰面就会色泽较深,平整光洁,几乎完全透明。不过,根据区域不同,冰的样子也有差别;有些地方的冰带一点淡黄色。总有些地方结冰最晚,比如鸭子游水处的冰洞,有小溪流入的河口,那里的冰也从来不会冻得很结实。

沙锥鸟现在也过来小河和水草处。田鹬和红翼鸫常在山楂树丛进食,但不时也从灌木中跑出来沿着溪流飞行。乌鸫也从灌木底下飞出来,那里的地面或许还有些潮湿。在小瀑布上下,水花也冻上了;水面结了冰,水就在冰层下面流,还不断冲击出白色的气泡。黑水鸡、苍鹭和翠鸟都喝不到水。这种情况对翠鸟危害极大,极端天气如果持续两周,将给它们造成致命的打击。

我记起自己曾经走在这样的溪边,还见到一只周身覆盖着蓝色羽毛的翠鸟落在灌木上。我急忙将枪口朝向它,准备好射击，以防这鸟儿突然飞走；但它依旧坐在那儿，丝毫没有注意到我的靠近。由于对此感到十分震惊——因为翠鸟采取的坐姿可以使它轻易看到任何来人；而且一旦发现有人，这些鸟儿通常会立即逃走——我迅速走到了灌木的对面。那鸟儿还待在大树枝上。我取下枪管，用枪口碰了碰它红色的胸膛；它掉了下来，落在了冰面上。原来，它是晚上落在树枝上时被冻住了。因为根本找不到鱼，翠鸟更可能是饿死的而非被冻死的。

就在那年冬天，后来我曾不止一次在灌木下发现死掉的翠鸟。它们仰面朝天躺在冰上，缩着的爪子举得老高；是死后从窝里掉出来的。很可能树枝上那只翠鸟是因为部分被小树枝撑着才没有掉下来。

接着就下雪了，雪落在地上有几寸厚；在有些地方，雪被吹积成堆，厚达几英尺。这下就轮到其他鸟儿和动物忍饥挨饿了。草地上，兔子的脚印交杂在一起很是混乱，人们最终不得不放弃追踪它们的念头。雪显示出了兔子活动的痕迹。乍看上去，似乎没人怀疑这群兔子有十几只之多；但实际上只有一对兔子在雪上来回奔跑，它们的脚印由此印在了草地上的各处——它们在到处寻找绿色的草叶。

不过，兔子只是偶尔刨开雪吃草。虽说它们的本能就是挖洞，而且在各处似乎都能见到它们挖洞寻找食物的痕迹，但兔子却好像没有系统清走积雪的意识。但它们会剐蹭桦木的树皮——事实上，其目标几乎是所有的幼苗和树——它们也会在晚上到花园去，就像野兔做的那样。它们会沿着小丘四处爬动，在饥饿的驱使下终日搜寻食物，而不会花片刻时间待在洞里。

对野兔来说，一周多点儿的大雪就能夺走它们的体力：它们只能跑上二十到三十码，偶尔还可能死于一根枯枝或被生擒。它们比家兔还要无助，因为家兔还可以藏在洞中躲避危险；但雪下个不停时，野兔的境遇真可说是悲惨，它们都不知道该往哪儿去。鸟儿会躲到牛栏和鸟窝；其中，画眉通常躲进树篱中。鸟类之所以会成群地飞来房子和花园，是因为在这里的小路上积雪都被清走了。

天气恶劣时，水草是最常被光顾的地方；那里很少全都冻上。如果清晨有几层薄冰，到中午时水就会没过冰的很大一部分；水托着冰浮起来，还会推着它漂向更远的地方，这就使边缘的地面变得很松软。画眉和乌鸫来到环绕着草地的树篱处，在那儿，田鸫和红翼鸫有几百只，如果受到惊吓，它们就会立刻飞到树上。

据老人说，漫灌地（和其他开放水域）晚上不会冻住，直到月亮出来才会结冰；月光明亮清晰，据说就是月亮使水"抓住了"——这是说，纤细的、丝线般的冰屑出现在水面上，然后聚在一起，最终覆盖了水域。因为水草地完全冻结的时间很晚，所以小鸭和水鸭也到这里来。几乎只有在小河被冻上时，小鹏鹏才从水里飞出来：其他时候，这鸟都在水下来回潜游繁衍后代，使种群的数量翻一番；或者更多地被猎狗抓住，而非展翅起飞。但河面结冰时，什么都做不了，它们就会飞走。斑鸠几乎不太去潮湿的地方，但它们常和田鹬一起造访山楂树丛。前者似乎很喜欢缠满常春藤的树，也许是为了吃浆果的缘故。

据说鱼总是往泥里钻，而狗鱼则恰好相反：你也许能看到它就躺在冰面下，其背部明显贴着冰层；它们似乎是半冬眠的。在暖冬——就好像我们这里近几年的情况——树篱中的果子相对没怎么被鸟儿动过：由此可以看出，它们并不十分受鸟类喜爱。

村民若是常在夜间活动，自然会对天气格外关注，其亲身经历使他们不得不相信，在下过雨的晚上流星比在晴朗明亮的天气更多。他们说的就是那种雨云一团团飘过，天空不时阴沉，不时又露出来一点，间或有阵雨降下的天气。他们说，那些流星就在云上面，而且就是道道光线而已：他们的意思是那流星没有光点，也不同于我们偶尔见到的陨星。

没有月亮时，天黑得惊人，我曾对这点很感兴趣。虽然有时天上没有云，星星也很亮，但用通俗的话说，夜晚还是"漆黑一片"。繁星之间天空很黑，看起来没有丝毫光亮。另一方面，也有没有月亮，但夜晚（虽说是在冬天）却颇为明亮的。树篱和树都能看得清清楚楚，路面很亮，隔着老远就能看到有东西接近；有

威尔特郡的乡野生灵

时,这甚至出现在天空部分被云遮盖的情况下。因此,夜间的明亮程度似乎不完全取决于月亮或星星。山上的牧羊人说,有时夜晚极黑,羊群会被吓得跳到篱笆外。

当木料被劈开作柴火时,通常被堆成"四方形";有时,人们会见到这种四五尺高的柴堆全都闪闪地发着磷光。每根劈开的木柴都能清楚地彼此区分开——其表面若隐若现着一丝微弱的淡黄色光。此时,近旁的一个柴堆中突出的柴火棍儿也一端发出亮光,好像被火点着了一般。那光十分耀眼,你第一眼看上去甚至会被吓到——好像木料马上就要整堆烧起来了。走过中空的老树,它们内部看起来好像在闪光——那光是从绒状的朽木(可作引火用的火绒)中发出来的。年代久远的柳树有时树干从上到下都发出一条条这样的光线。由于这种磷光现象只是偶然发生,所以它似乎是取决于大气状况的。

有一天晚上,我注意到窗帘上落了一个很像萤火虫的东西,但那里却没有萤火虫;那光是淡淡的绿色。第二天早上检查过后,我发现就在那个位置的布有一点损坏,几乎都要烂了,而且还略微变了颜色。在那个特别描述过的地区,萤火虫并不是很常见。

鬼火的事几乎已经消失了,就像南瓜灯的民俗也不再在乡间流传。可是有一次,我似乎隔着老远看到在两个树篱交汇处的河沟里闪着明亮的光。我以为那是个恶作剧,就走上前去,可亮光却消失了;我仔细查探了一番,发现没有人,就起身离开,可那亮光又再次出现。我又走过去,那亮光又消失。那之后又过了几天,它又出现了;这说明那亮光一定是某种鬼火。河沟中积有一点死水,还有不少烂木头——是从树上掉下的树枝。

对我来说,与天气有关的现象中,最有趣的似乎就是云的放射。这似乎在晚上更为常见,而且,当效果最显著时,地平线处将出现一团低矮的积云,大致呈拱形,流光从其中射出横跨天际、越过天顶,最终消失在另一端的地平线上。在两端的地平线,这些流光几乎要彼此相接;而到了头顶,它们却又相隔很远——我想这是由于透视的缘故。通常光线不会拉得很长,只有极少的流光能到达天顶,在那儿它们像扇子一样展开。如果太阳已经沉了下去,云又恰好是白的,这些光线就特别像北极光;由于二者外形相同,所以当极光呈白色时,就很难与流光区别开来,只有它们在天上划过的情形例外:极光一会儿伸展,一会儿收缩;而云放出的流光只是缓缓地漂移。有时,天上只有一线云,一条光线从其中伸出划过天空。就我自己的观察而言,在云放射过后,通常会有风沿着流光移动的方向刮起来。

有一年冬天,我散步时突然遇上了暴雨,于是就跑到一棵树后去躲雨;有一段时间我身上完全是干的。可天突然黑了下来,我迅速环顾四周,发现有一团黑云飘到了风口处,就贴在地面上。它飘过时,树立刻被遮挡住了;那团云离得越来越近,我能看到其中心向外鼓胀，而形状则是倒悬的——或者说约略有些前倾——就好似顶角被切掉的倒置的圆锥。云团鼓胀的部分呈灰黑色，其底端就擦着地面飘过，离地面的距离不会超过普通榆树高度的一半。它来得很快，一瞬间我就全身都湿透了，而地面也已经淹了水。但雨似乎并没有下起来，只是地面上积了一层浅的水；这种情况并没有持续多久，天不一会儿就放晴了。我站在下面躲雨的那棵树靠近一个很大的水塘，我觉得那团云当时就是被水塘吸引过来的。大面积的农田都被水覆盖了，好像突然被灌溉了一番；但积水的地方并不多，大概只有一亩地左右。

晒草的人有时会说起在晴天听到的神秘响声，周遭寂静无比，那声音极像远处的雷声。他们深信那声音是"空气中的"，但我很肯定，那是在海上的舰船发出的枪声。在此种情况下，爆炸声一定沿直线传播了超过五十里——如果声音是从最近的海军基地传来的话。通过观察，我得知雷声不能像炮声一样从如此远的地方传过来；我甚至怀疑它是否能在十里外被听见。村里一些老人至今还认为是雷而非闪电劈开了树木，他们询问巨大的噪音是否能让窗子格格作响，还想知道假如声音再大一点，橡树能否被劈开。不过他们承认闪电有时也能造成一些破坏。

译后记

　　理查德·杰弗里斯是英国维多利亚时代著名的自然作家,以描写英格兰乡村风光,记录英格兰乡村生活著称。杰弗里斯从小喜欢独自在乡村漫游,热衷于发掘当地的历史,成年之后的每一次漫游更是一次次的在自然中寻古、考察风土人情之旅。《威尔特郡的乡野生灵》便是他的散文杰作之一。

　　翻译此书的过程,就如同与杰弗里斯共同漫游十九世纪的英国乡村,既目睹了云聚云散、风来雾起,天气的瞬间变换,也看到了连绵起伏的山坡密林、悠闲自在的牛群和啸聚山林的鸟群。杰弗里斯的散文并非单纯的风景描写,他更重视乡野之中的生灵,以及居住于乡间的民众,特别是时代变迁、历史转换带给乡村的变化。这种视角使得他笔下的乡野风景富有层次变化,既有历史的沧桑感,又充满了生命的活力。

　　今年七月我有幸踏上了英国的土地,虽然未能造访威尔特郡,却也得以欣赏类似杰弗里斯笔下的风景,体会这里的风土人情。乘坐大巴或火车从曼彻斯特前往约克郡、格拉斯哥等地的时候,从车窗一闪而过的是浓淡不一的各种绿色,与或天空中大团的云朵相互映照。用树篱、木栅栏或是石头围起来的农田、牧场。

一片片浅绿色的牧场上散布着悠然自在的牛羊，羊群如同绣在绿毯上的朵朵白色小花，淡雅迷人。收割过的草场上，均匀散落着成捆的干草。农舍的颜色大多是灰色、红色或白色，坐落在绿树浓荫之中，令人不由得心生向往之情。今时今日之英国，距离杰弗里斯所生活的时代已经过去了一个半世纪，但是英国的乡村却仍然保留着最初的模样，优美、宁静的田园风光也因一栋栋维多利亚风格的房子和布满苔藓的石头而蒙上了古雅的面纱，显得格外动人。

我造访蒂斯利的莱姆公园时，恰好是阵雨过后，浓密的小水珠好似极小的珍珠覆满草地。阳光为层层叠叠的乌云镶上金边，偶尔穿透云层投射下来，瞬间就点亮了一片林地或草丛。蓝铃花隐身于草丛之中，羞答答地垂着头，因为草之坚韧粗糙，显得格外柔弱、娇美。举目四望，无论是耸立在草地上、形如伞盖的苍翠大树还是远处连绵起伏、坡度极缓的山坡上重叠起伏的山林灌木，都令人油然而生一种敬畏感。我深一脚浅一脚踩在沿着山丘绵延的绿色小径上，强烈地感觉脚下的路就是杰弗里斯所推断的古道，不但撒克逊人曾在此征战，"古罗马的鹰旗也可能曾遍插此地"。远处还耸立着一座古堡，几乎与烟灰色的天空融为一体。这座古堡看似孤独萧索，却恰是人类与自然共生的见证。在通往古堡的路上，我想到，任何一种景色，若是没有动态的生命的存在，便要逊色不少，而历史的遗迹在其中，便增添了沧桑感，使得一方草地、一块石头、一片密林都蒙上了神秘的面纱。

这里有丰美的草地，低矮的灌木丛，高耸的云杉，通往远方的绿色小径，还有欢快奔跑的小狗，穿着沾满泥巴的雨靴大步向前的一家三口,低声交谈、缓步前行的老两口。相遇时,我们交谈了几句关于"湿热的"天气、"美丽的"乡村和"无趣的"城市,便又各自向前了。我们知道,照耀我们的太阳,曾照耀杰弗里斯笔下的山林,也同样照耀着今日我们所涉足的地方,这就是时间的奇妙,短暂而永恒。

本书分工如下:石梅芳翻译前言及第1—19章,赵永欣翻译第20章。石梅芳校对全书。感谢学生陈星宇、杨艾苒协助校对全文。